オール・グリーンズ
万事快調
ALL GREENS

A debut novel by DOU NAMIKI

波木 銅

文藝春秋

Published by BUNGEISHUNJU

無邪気であること、ナイーブな子供であることは、大人の社会では犯罪なんだ。

――クロード・ルルーシュ

万事快調《オール・グリーンズ》

朴秀実《ぼくひでみ》は文庫本を手元に開きつつ、教室の廊下側の壁に背中を預けていた。前方の扉に一番近い席でぼんやりしていた岩隈真子《いわくままこ》が、近くにいた彼女を見上げつつ言う。

「なに読んでんの？」

朴の手元の文庫本の表紙を覗き込んでくる。『侍女の物語』と見えたタイトルを口にし、面白いの？　と尋ねる。

「うん」

朴が窓側にある自分の座席に座れないのは、第三者にそれを占領されているからだ。しかも、勝手に椅子に座られるくらいならまだいいのだが、あろうことかクラスのもっとも活発な男五人と女一人で構成されるグループ、その中の中心人物が机の縁に臀部《でんぶ》をのせている。

朴は本を読みながら、奪われた自分の座席をちらちら観察していた。

「下品な連中だな」

それを見かね、岩隈がスマホを眺めながら細々《ほそぼそ》と言った。

朴の机に腰掛けている矢口美流紅《やぐちみるく》の過剰な笑い声は教室の反対側にまでよく聞こえる。

もし、さ。朴は溜息混じりに岩隈へ投げかける。

「いま私が堂々と自分の席に戻ったらどうなるかな。ちょっとごめんね、座っていいかな、って」

岩隈は失笑してから答える。

「一瞬気まずい空気が流れて、お前はあっ、ごめんね、って苦笑いされる。連中は場所を変えてまた馬鹿騒ぎをはじめる。それだけ。あ、まず手始めにお前への嘲笑を交わし合ってからね。それか、お前のことなんて誰も気にも留めない。矢口はお前の机に座り続ける。お前は椅子に座っても、あいつのケツに視界を塞がれる。なにコイツ、空気読めねーってキモがられながら」

「ひえー」

朴は小さく溜息を吐《つ》き、文庫本のページをめくる。『侍女の物語』はスリリングなクライマックスへと突入している。続きはあとでじっくり読もうと、栞《しおり》を挟んでページを閉じた。

「映画館の上映前の案内でさ」

うん、と岩隈が相槌《あいづち》を打つ。朴は岩隈をとくに親しく思ってはいない。べつだん話が合うわけではないし。ただ、こういうときに会話を交わせるクラスメイトが他にいないから、孤立を回避するために彼女のそばに寄っているにすぎない。彼女たちはふたりとも、英語や体育、および実習授業などのペアワークを乗り切るための救済措置としてお互いを認識している。

目つきも性格も人当たりも（頭も！）悪い岩隈は、この偏差値低めの田舎の高校においても当然のように浮いているから、彼女と好意的に関わることはクラスの多数派から外れることを意味する。岩隈と対等に接するには、彼女をほかのクラスメイトのようにイワクマコと、あるいは名前の『マ』と『コ』の間に撥音《はつおん》を加えた、劣悪がすぎるアダ名で呼ばないだけでいい。

「前の座席を蹴らないでください、ってのあるじゃん。私いっつも、いくらなんでもそんなことするヤツなんていねーよって思うんだけど、ああいう連中が実際にやるのかもね」

朴は上履きの緑色の爪先で矢口たちのグループを指し示す。

間違いねぇ。岩隈はにやりと笑い、でも、と続ける。

「あいつらは映画鑑賞なんて文化的なことしねーよ絶対。二時間も椅子に座ってじっとしてられるわけねーって」

へへへ……確かに、そうだね。朴はこそばゆさを感じ、上唇を軽く舐《な》めた。岩隈は周囲から揶《や》揄《ゆ》される要因のひとつ、左目を強くつぶってから一拍遅れる形で右目を閉じる、ぎこちないウインクを思わせるその独特な瞬きを何度か繰り返したのち、言う。

「高校での人間関係なんて卒業したら無意味なんだから、のちのちああいうヤツらから落ちぶれてくわけ。楽しみー。早く死にゃあいいのに」

岩隈は矢口を睨みつける。矢口が陸上部の優秀な選手であり、なおかつ学業成績もまた最上位であるという事実はあえて無視した。

モテるし、教師受けもそこそこよく、あまつさえあの女、足も速いのである。女子生徒が三人しかいないこのクラスの中、自分や岩隈と違ってクレバーな矢口美流紅は、的確な立ち回りをもって男社会にうまく溶け込むことができている。朴は皮肉めかしてそう分析する。三十人いるクラスメイトの強烈な男女比の所以《ゆえん》は、ここが工業高校の機械科だということにある。

露悪的な性格の岩隈は、田舎の底辺工業高校に入っちゃった時点で私たち人生詰んでんだよ、と持ちネタのように吐き捨てる。彼女は先週の全校集会で「置かれた場所で咲きなさい」とスピーチした教師に向かって中指を立てて罵《のの》ったが（もちろん本人のいないところで）、そのときは苦笑しながらなだめた朴も、本心では同じ心持ちだった。高卒で地元の製作所にでも就職し、家電かなんかを作る仕事ができたら御《おん》の字。人生を旅にたとえるなら、私の人生＝旅はしょせん日帰り旅行なのである。それも近所の動物園とか行って終わりのやつ。……『遠足』じゃん。私の人生って、『遠足』だったの？　思えば、この高校には修学旅行すらない。何年か前の生徒が旅行先のシンガポールで友達を溺死させて以来、廃止となったのだ。

チャイムが鳴るや否や教室に入ってきた担任教師が着席を促すよりも先に、教室内外でバラバラに散っていた生徒たちは席に着いていく。朴も自分の椅子に座った。机に手を当ててみると、矢口の尻によって人肌に温まっていた。

担任が言う。

「みんなが進学して、二ヶ月だな」

この高校では専攻する学科ごとに学級が割り振られるので、二年生になってもクラス替えはない。朴は彼の言葉から、こいつとあと二年ツラを合わせる必要があるのだと改めて思い、うんざりした。担任の話にわざわざ耳を傾けるほどの価値はないと判断した朴は、膝の上で文庫本を開く。

「こういうときだからこそ、気を引き締めなきゃダメだぞ」

俯《うつむ》きながら、膝の上の文字を目で追う。

「合い言葉があるのよ」と彼女は言う。

「お前たちの戦いはもうはじまってるんだ。中には、自由を履き違えた人間もいるだろう」

担任の顔など見てはいないが、朴は彼のしかめっ面を語気から容易に連想できた。

「合い言葉?」とわたしは尋ねる。「何のために?」

「くだらないことで人に迷惑をかけたり、やるべきこともやらないで遊び回ったりするような人間は……はっきり言うとクズだ! いいか、そういう連中の言葉に耳を貸すな。お前たちは、やるべきことをやれ」

朴はカッカッカッカッ、と、黒板がチョークで引っ掻かれる音を聞いた。

「相手が仲間かどうかを」と彼女は言う。「確かめるためによ」

バン、と、担任が黒板を平手で叩く。

「自らを律すると書いて、自律。お前たちには、この一年間を通して、しっかりと自律することを覚えてほしい。ちゃんと勉強して、男は家族のために強く賢く、女子はおしとやかに。元気な子どもをたくさん産んで、健康に育てる！」

まぁ女子、三人しかいねぇけどな。

発言ののち担任が砕けた口調でそう付け加えると、まばらに乾いた笑いが起こる。

それを知ることがわたしにとってどんな役に立つかはわからないけれど、わたしは尋ねる。

「どんな言葉なの？」

「まっ、こういうこと、今は言っちゃいけないんだけど。いやぁ、めんどくさい時代だよな。お前ら、親とかに先生がこんなこと言ってたんだけどーってチクんなよー。俺はお前たちを信じてるから、あえて言うんだぞ？」

「〈メーデー〉よ」と彼女は言う。「一度あなたに試したことがあるわ」

担任は拳で数回、扉をノックするように黒板の『自律』の文字を叩く。
「自分の意思で、ふるさとのために。日本のために、みんなのためになれるような立派な大人になってくれること。俺はそれを願っています。そのための自律。義務も守れないくせに、権利ばかりを主張するダサい大人にだけはならないようにしていこうな」

「〈メーデー〉」とおうむ返しに言う。その日のことは覚えている。わたしを助けて。

溜息を逆再生したような音がした。朴の一つ後ろの席で、矢口が露骨に欠伸《あくび》をする。朴はなんとなく、襟足をいじるフリをしながらそっと背後に首を回してみた。ちょうど机に突っ伏そうとしている矢口と、一瞬だけ目が合った。

ねぇ、火事だって。火事。うちの近く！

放課後、朴はブックオフに寄り道して古本とCDを買ってから帰宅した。玄関で靴を脱いでいると、母と弟の会話が聞こえてくる。

ふたりは二階のリビングでテレビに向き合っていた。茨城県・東海村の一軒家で火災。男性一名が死亡。その家は三人家族だったらしいが、妻と息子の行方は分かっていない、とのこと。地元が全国ネットに映るなんて、なんだか新鮮な気分だ。

やだね、気持ち悪いね、との母の言葉に弟が頷く。

「今日、夜出かけるから」
朴はそれだけ告げて、弟の坊主頭を撫で、そそくさと自室へ向かう。夕飯はいらないという意思表示だった。母は口を閉じたまま、ん、と声にならない返事を返すが、朴はそれを聞いていない。

朴はいつも腹を空かせている。ダイエットをしているわけではなくて、週に一度渡される昼食代を、本やCDを買う金にあてているためだ。また、彼女にとって家族の揃った食卓ほど気まずくていたたまれない場所はないから、帰宅するや否やすぐに出かけようとする。

失業ののち今は日雇い労働者の父親と、その高校時代からの同級生であった母親。地元を一度も離れたことのない父は二世帯住宅を構えて両親、朴にとっての祖父母とずっと一緒に暮らしている。

祖父は二年前に死んだ。それ以来祖母は、リビングもキッチンもバスルームも二つずつ、二階建てをフロアごとに分割して世帯ごとに暮らすことになっている住宅のうちの半分を持て余している。

三つ年下の弟はというと、今年から不登校デビューを遂げた。彼はあるとき、クラスメイトたちにプールサイドに連行され、椅子に縛りつけられ、脱毛クリームをシャンプーのようにワシャワシャと自慢のロン毛に馴染まされ、頭を痛々しくまだらにして帰ってきた。今はその頭髪と引き換えに『グランド・セフト・オート』と『フォートナイト』をやりこむこと以外、人生におけるあらゆる難題から解放されている。中途半端に残った髪の毛があまりに惨めで丸刈りを決意したのはつい最近だが、今はようやく、それなりに生え揃って様になってきた。

朴はなにより、家族の食卓における振る舞いを切実に憎んでいる。両親はいわゆる食事のマナーにはどちらかといえば無頓着なほうで、それは構わないのだが、どうしても許容しかねるのが咀嚼《そしゃく》だ。テーブルの上に落ちたカボチャの煮付けをすばやく拾って口の中に放り込むのも（そして、何事もなかったかのようにテーブルについた黄色い染みを指の腹で拭う）、マジックカットの調味料を使ったあと、袋の口に吸い付いて内側に付着したソースを味わうのも好きにしたらいい。一度溶き卵を絡ませた牛肉を（「よく見たらまだちょっと生焼けだね、これ」とぬかしながら）すき焼きの鍋に戻すのだって、許す。しかし、くちゃくちゃくちゃくちゃと、口を大きく開けて、音を鳴らしてモノを嚙むのだけは理解に苦しむ。自分に対する嫌がらせのためにわざとやってるのかと疑わしくなるほどだ。食品を歯で砕き、唾液と混ぜ合わせ、子どもが遊んだあとの粘土みたいな状態にして、喉に通す。そのプロセスを耳障りな音と共に可視化させられると気が狂いそうになる。前に抗議の意を込めて食事中ずっとヘッドフォンを装着していたら父にビンタされた。父はこういったことを平気でする、古いタイプの人間だった。

朴は空腹でいることが嫌いではない。少なくとも、精神的地獄のような我が家の食卓にとどまるより、ずっとマシなのである。家族揃っての食事に参加しないことは彼女なりのプロテストなのだが、当然両親にとっては単なる反抗期としか認識されない。溝は深まるばかりだ。

朴は自室で私服に着替え、ウエストポーチを巻き、まっすぐな鍔《つば》に丸いステッカーのついたニューエラのキャップを被る。リビングでテレビを見ている母と弟を尻目に、階段を降りて玄関のドアを開けた。

狭い庭に出ると、乾いた洗濯物を鈍重な仕草で取り込んでいた祖母と出くわした。

祖母はいくつもの深いシワを顔じゅうに浮かべ、スミちゃん、お出かけ？　と朗らかに問う。

「そうだよ。遊びに行くだけ」

朴は祖母に伝わるように過剰に声を張り上げ、ゆっくり大振りに頷く。

「ほら。じゃあこれ」

祖母は懐からがま口を取り出し、おぼつかない手つきで三回折り畳んだ千円札をつまんだ。それを朴の手元に押し付ける。

「あ、ありがとう。ごめんね」

朴は苦笑する。同じ家に住んでいるとはいえ、生活リズムが根本的に違う祖母とは話す機会に恵まれない。祖母は孫と目が合うたびに、まるでそれが義務だと言わんばかりに小遣いを渡す。朴はそのたびに気まずさと喜びをそれぞれ七対三くらいの割合で同時に感じる。周到に畳まれて切手ほどの面積になった千円札を手に握った。

祖母は笑いながらきびすを返し、洗濯物を取り込む作業に戻った。物干し竿から毛玉のたくさんついたベージュのセーターを外し、ゆっくりと屈んで足元のカゴへ入れる。

朴は外に出ようとした足を止め、しばらく迷ってから引き返す。

「手伝うよ」

大きな声を出し損ねた。祖母は、ふぇっ？　と小首をかしげ、作業を続ける。

「取り込むの、手伝ってくよ！」

物干し竿から洗濯物を外す。あれっ、悪《わり》ぃねぇ。祖母は微笑む。

彼女が三十分かける作業を、朴は五分で終わらせた。洗濯物の詰まったカゴを一階のリビングまで持って行ってやる。

「別に、お小遣いくれたからやってあげてるわけじゃないからね」

自虐っぽく言ったが、祖母はその言葉を聞き取れなかったらしい。

「スミちゃん、ありがとねぇ。時間大丈夫け？」

「急ぎの用事じゃないし」

祖母ががま口からさらに『駄賃』を取り出そうとしたので、たまらず手を振ってその場をそそくさとあとにした。


目的地は駅の近くにある。朴は徒歩二十分かけて、ＪＲ『東海』駅に向かう。道中、コンビニで祖母からもらった千円を使ってチューハイのロング缶とサンドイッチを買った。そのころにはすっかり日は沈んでいた。

駅周辺にある公園のうちもっとも規模の大きいそこに足を踏み入れると、ノイズ混じりの音楽が流れているのが聞こえてくる。

公園の隅に、スピーカーを中心にして円陣を組むように囲んで立つ若者たちがいる。朴はその輪に向かって、レジ袋からチューハイの缶を取り出しつつ、ウィーッスと軽快に声をかけた。

「ウーッス。あ、ニューロマンサー」

「ウッス」

六人で構成された輪《サイファー》のうちの一人が振り返る。朴のことをニューロマンサーと呼んだ少年は、右手の指に挟み込んでいたタバコを左手に持ち替えた。朴は自分の右手と彼――ジャッキーの差し出した右手を叩き合わせて軽くハイタッチをし、続いて握り拳を軽くぶつけ合う。挨拶のハンドサインだ。

「これ、どっち回り？」

朴はジャッキーに尋ねつつ、輪の中に加わる。中心に置かれた小型のスピーカーからはバスタ・ライムスの『ブレイク・ヤ・ネック』のインストゥルメンタルのビートが流れている。

「時計回り」

髪を肩まで伸ばした気弱そうな少年が即興でラップをビートに乗せている。ぼそぼそとした口調はスピーカーの音量に負けて聞き取りづらいものの、小節ごとにしっかりと脚韻を踏んでいるのが朴にも分かった。中学二年生、フリースタイル・ラップは初挑戦、とのこと。この集まりに新顔は貴重だ。缶のプルタブを開けつつ、朴は右手を振った。

彼が八小節ぶん言葉を続けると、ジュクジュクジュク、とスピーカーからスクラッチ音が流れる。ラップをするターンが彼の左隣の男に移る。

「初挑戦？　その覚悟すげぇ」と直前の彼の言葉を使った押韻。「まるでアムロ・レイ」

「俺からのアドバイス、you know say《ユノ・セイ》？　フリースタイルは頭脳戦……」

朴はチューハイで喉を潤しながら、彼の流暢なライミングに身体を揺らす。最年長の画餅児《ガベイジ》は東京での活動経験もある、この中では最も名の知れたラッパーだ。ここ『東海村サイファー』の主催者でもある。彼が言葉を吐き出すたび、輪の中からウェーイと気だるい歓声が湧く。

スクラッチを聞いたのち、画餅児の右隣にいた朴はこれからどう続けようかすばやく思案する。顔の前でしきりに手を小刻みに動かしながら、たどたどしく八小節ぶんを『蹴る』。

「フリースタイルは頭脳戦、たしかにそう、それはオーケー。

でも私は優等生、じゃないからけっこう……」

言葉に詰まった一小節は、はにかみながら「エイ、エイッ」と発声してやり過ごす。頭脳戦、優等生、母音はイ・ウ・オ・ウ・エ……。

「人生いつも辛《つれ》ぇ、って思うことばっか、さながら、頭はmother fucker《マザファアッカ》

でもガタガタ、震える身体が、温《あった》まったらそれからだから」

語尾の母音をアに変え、隣のジャッキーにマイクパス。

数時間、フリースタイル・ラップの応酬が続く。その間にメンバーが抜けたり増えたり、食事やタバコを買いにいったり戻ってきたりする。朴が空になった缶を捨てがてら輪から外れて休憩していると、同じく一時的に集団から抜けていた画餅児に話しかけられた。

「ニューロ、お疲れ」

「あっ。お疲れっす」

画餅児は輪の近くにあるベンチに座った。朴もその隣に座る。画餅児は口にくわえていた短くなったタバコを吐き捨て、靴底で火を揉み消した。ポケットからセブンスターのパッケージを取り出し、新たな一本に火をつける。

「一本、いる？」

「あざっす」

朴は顔の前で手刀を切ったのち、差し出されたパッケージから一本をつまみ出し、唇に挟んだ。ライターを借りて火をつける。

ビートとラップを聞きながら煙を吐き出す。夜空に煙が混ざり合ってすぐに消える。

「ニューロさぁ。最近うまくなってるよなぁ」

「そうっすか？」

夜なのにサングラスをかけた画餅児の横顔を一瞥《いちべつ》する。

「うん。俺、今度水戸でイベント主催するから。ニューロも出なよ」

画餅児は力強く煙を吐く。

「マジっすか。ありがとうございます！」

うん、そうそう、と画餅児が相槌を打つのを見ながら、朴は考える。フリースタイルは好きだけどあくまで趣味で、楽しいからやってるだけで、プロのラッパーになりたいわけじゃない。そもそも素面《しらふ》じゃ人前で歌うなんて到底できやしない。

それでも、尊敬《リスペクト》する彼の、ヒップホップ好きの人口なんてたかが知れているこの村（村！

町ですらない）で地元を盛り上げようとしている彼の称賛なら、仮にお世辞でも悪い気はしない。ゆっくりとタバコの煙を吸い込んでから、吐く。

「俺の友達《マイメン》にさぁ、ニューロのこと話したんだよ。有望な女の子ラッパーがいるって。そしたら、ビート作ってくれるっつうからさ。リリック書きなよ。曲できたら、ライブ呼んであげるからさ」

朴は彼のほうにすばやく向き直る。露骨に動揺を露わにしたため、フハッ、と吐き捨てるように笑われる。

画餅児は唇の内側に付着したフィルターの欠片《かけら》を爪で取り、足元に弾いた。

「マジっすか」

クラブのステージの上に立ってラップしている自分の姿を想像してみるものの、まったく具体的なイメージが浮かばない。

「どうする？　無理にとは言わないけど。ニューロ、才能あるからさぁ。音源バンバン出しちゃったりして、本格的にやってみてもいいと思うんだよ」

歯を見せてニヤリとした画餅児の肩を、誉め殺さないでくださいよぉ、と冗談めかして軽く小突く。

もちろん、憧れはある。自室でノートの切れ端に韻を踏んだ詞を書き留める、そんな小っ恥ずかしい趣味だっていまだにやめられていない。

「やります」

画餅児のラップは早口ながらも聞き取りやすい。それはきちんと腹から発声することを意識しているからだが、今もまたその発声法で、大きく笑う。

「さすが。あいつに連絡入れてみるわ」

「あ、あざっす」

短く頭を下げてみせる。もしかしたら、あくまでもしかしたらなのだが、自分の曲が売れに売れて、みたいなことはないにせよ、それなりに評価されて、少なくとも地元では名の知れたラッパーに成り上がったり……。絶対にないとは言い切れないじゃないか。

朴は吸い切ったタバコを排水溝に捨ててからサイファーに再び加わった。自分の生活とか、世間のニュースとかを題材にラップをしたのち、解散となった。初参加の中学生は最後まで残っていた。終電で帰るらしい。

こんな時間までいて大丈夫？　と朴は自らを棚にあげて心配する。

みんなと別れたあと、朴は充足感を身にはらませながらふらふらと帰路についていた。今なら、なんだってできる気がする。

瞬間、恐るべきものとすれ違った気がして、高揚した気分は一瞬で冷め、立ち止まった。

簡易的なトタン屋根つきのベンチがある。高速バスのバス停だ。そこに、フードを被った人間が横たわっていた。単なるホームレスだと割り切って、いつものようにそっと目を逸《そ》らしながら素通りするにはあまりに異質だった。

朴は引き返す。街灯すらもろくにないバス停の周辺は不穏な雰囲気をたたえていた。そっと身体の横たわるベンチを覗き込む。

まず、フードの隙間から見える顔とその身体つきから分かるように、この人物は女性だった。女のホームレスなんてはじめて見た、と思う。

そして、その彼女は衣服に血痕と思しき汚れをおびただしく付着させている。

死体？

さらに、彼女の膝を枕にして、猫のように丸まっている子どもがいる。

以上が、朴がそれを無視して先に進むことができなかった要因だった。それは良心か好奇心でいったら後者であるのだと自覚しつつも、そっと顔を近づける。少なくとも、二人のうち子どものほうは生きている。寝息が聞こえる。

一か八か、彼女の身体を揺すってみる。反応がないと分かると、さらに強く揺する。彼女は起きてこない。ホントに死んでる……？　痺れを切らし、両手を使って肩を強く叩く。大丈夫ですか？　おーい、おーい、と耳元で繰り返す。再び身体を揺する。反応はない。

車道を挟んで反対側に、自販機の光が見えた。朴は道路をすばやく横切ってペットボトルの飲料水を二本買ってきた。それをベンチの上にそっと置く。しばらく待っても、彼女たちはピクリとも動かない。

フードの袖を捲《まく》りあげてみる。見様見真似で、脈を調べてみようと考えた。

朴は露わになった彼女の細くも赤く腫れた腕を見て、短く声を漏らしそうになった。

手首から肘にかけてぽつぽつと、丸い火傷《やけど》の痕がいくつもある。この世の不条理をありったけ集めて一箇所に移植したようなその腕を見て、全身に寒気が走った。

この火傷の痕は〈メーデー〉だ。

「わたしを助けて」という声なき声を、偏執的に感じ取る。その痛々しい、だらりと垂れた右腕の手首に、二本の指を這わせる。

彼女の脈拍を感じられなかったのは、単に正しい脈の測り方を知らなかっただけにすぎなかった。その事実をのちに知ったとき、朴は頭皮から出血するほど頭を掻きむしって後悔するのだが、このときはただ、本能的な恐怖に促されるままに逃げ出した。

家にまっすぐ帰る気にもなれず、近くにあった『ココス』に入ってぼんやり時間を潰した。あの奇妙な親子については、忘れよう。ただ、たまたま、あそこで眠っていただけだ。気を取り直して、画餅児に渡すための曲でも考えようと、スマホでメモアプリを開く。空腹を満たすためにハンバーグプレートを注文し、店内で流れる米津玄師《よねづけんし》のヒットナンバーに合わせてテーブルを指先で叩く。

運ばれてきたハンバーグを味気なく咀嚼する。ナイフで切った断面はまだ赤く、斑点状に焼け残りがあった。それが、さきほど目の当たりにした女性の腕の火傷痕と呼応する。

なにも言葉が浮かばない。手元に開いたメモアプリは白紙のままだ。

突然、スマホが振動する。驚いて肩を震わせながら画面を見ると、電話の着信だった。表示された発信者の名前には朴成俊《ぼくなりとし》とある。父だ。朴は家族のアドレスを本名で登録している。

「もしもし？」

うんざりしながらスマホを耳に当てる。リビングにあるテレビの音声混じりの父の声が聞こえてきた。

「お前、なにしてんの。いま何時だと思ってんの」

とっくに日付は変わっている。

「友達の家にいる。朝までには帰る。じゃあね」

それだけ吐き捨て、電話を切った。

一時間くらい経ったあと、朴はふたたび彼女たちのいたバス停に舞い戻った。本来、自分は彼女たちを『ココス』に連れていき、訳も聞かずに食事を奢ってやるべきだったのだ。どうしてもその思いを振り切ることができなかった。子どもには、ドラえもんの顔の形をしたプレートにのったキッズメニューを、母親にはアルミホイル包みのハンバーグと、ボトルのワインを。

バス停にもう彼女たちはいなかった。


何日かあと、朴は東海村での火災事件には続報があったことを知る。男の直接の死因は一酸化炭素中毒だったものの、検死の結果、背中に刃物による傷が見つかったこと、また、寝室に焼け残った包丁が落ちていたことが判明。事件後、行方不明者となっており、容疑者となった妻の原《はら》田《だ》瑞穂《みずほ》は、息子とともに路上をあてもなく歩いていたところを拘束された、とのこと。

ツイッターでそのニュースを引用した投稿を見る。母親が夫を殺害して逃亡、家に放火して証拠隠滅を試みた……という論調が大半を占めていた。『#母親が犯人』のハッシュタグと一緒に貼り付けられた顔写真には見覚えがあった。報道により、息子の名前が健《けん》であることも知る。

原田瑞穂は眠らず、ただ、布団に横になって身体を休めていた。

そっと起き上がり、布団の中に忍ばせていたハンドバッグを開ける。包丁、タオル、麻縄、手袋。間違いない。自動車学校の技能試験のようにそれらを念入りに確認し、深呼吸後に手袋をはめる。チャックを開けたまま、バッグの持ち手を摑む。隣で眠っている健を起こさないように気を配りながら、寝返りで蹴り飛ばした毛布を小さな身体にかけなおしてやった。

壁にかかったアナログ時計の針が秒を刻む音、隣で寝ている健の寝息。取るに足らない微音なはずのそれらにも、今は腹痛を催すほどに不安を煽られる。

震える手で扉の取っ手に手をかけ、恐る恐る、建て付けの悪い引き戸を滑らせる。歪んだレールがキャスターを引っかけ、ガタン、と鳴った。思わず歯を食いしばる。

音を立ててしまったが、健は起きてこない。自分の鼓動さえ耳障りだ。静かに呼吸を整えつつ、引き戸を少しずつ開けていく。

そっと居間から廊下に出る。男の眠る寝室に向かって廊下をゆっくりと進む。扉ごしに鼾《いびき》が聞こえた。断続的に続くそれは、錆び付いた古い機械が稼働する音を彷彿とさせる。

寝室の扉の前に立ちつくす。いまさら後には引けない。扉を開ける前に、かつて自分や息子が受けた屈辱的な仕打ちを思い出そうとした。されど頭に浮かんできたのは、寝る前にスマホでプレイしていた『キャンディークラッシュ』の画面とか、ラジオから聞こえる伊集院光の笑い声とか、閑散とした平日のドトールコーヒーとか、取るに足りない記憶ばかりだった。

そっと扉を開ける。電気の消えた部屋の中で、男の鼾がより大きく聞こえる。タバコと汗の匂いと熱気のこもった埃っぽさを肌に感じながら、男の眠るパイプベッドに足音を殺して近づく。さて、今の彼の姿勢は仰向けか、うつ伏せか。あるいは横向きになって眠っているだろうか？うつ伏せでいてくれるのが、もっともやりやすい。

ベッドに近づくたびに全身が震える。六畳の寝室がとてつもない広さに思えた。

一歩一歩、小刻みに、瑞穂は震える脚を前へ進める。男の姿を目視できるあたりまで近づいたとき、なにかを踏んだ。ピッ、と軽妙な電子音が鳴り、青ざめる。足でリモコンの起動ボタンを踏んでいた。天井付近にあるエアコンが作動する。二十五度の冷風とその稼働音は瑞穂を絶望させたが、男が目を覚ますことはなかった。落ち着いてリモコンを拾い、停止ボタンを押す。

気を取り直し、瑞穂は手袋ごしに包丁を握りしめる。

喉仏の動きが見える位置をめがけ、刃を突きつける。

皮膚を突き破ったつもりだった。しかし結局のところ、包丁の先端は男の着るジャージの首元を軽く撫でただけだった。刃先が布に引っかかり、繊維をほつれさせる。失態を覚える頃にはもう遅く、案の定、最悪の事態に陥った。

男は唸りながら身体をくねらせる。ゆっくりと目を開けると、そこには鬼気迫る表情で包丁を握る妻。彼は自らの置かれている状況をすばやく察したようで、ベッドの上を転がって立ち上がりつつ瑞穂に肩をぶつけにかかる。

男は瑞穂が右手から滑り落とした包丁をすかさず拾い上げる。

瑞穂は扉に向かって走り出そうとした。右足を踏み出したとき、爪先に突発的な鈍痛を感じた。つった右足がもつれ、そのままフローリングに倒れ込む。うつ伏せのまま、床を這いずって部屋の外まで逃げようとするも、背中をたやすく男に踏みにじられた。

瑞穂は右手に包丁を握ったままの男に後ろ髪を鷲摑みにされた。瑞穂は頭部に走る強烈な痛みに歯を食いしばりつつ、無意識のうちに両手をばたつかせた。左手の先に何かが当たる。エアコンのリモコンだった。とっさにそれを摑んで振り上げる。ちょうど角が男の右手首を叩く。取るに足らない一撃だったが、それで生じたわずかな隙に乗じて拘束から抜け出すことができた。髪の毛をいっぺんにちぎり取られる、鋭い痛みを頭皮に感じた。

瑞穂が足元に転がっていたジッポーライターを手に取ったのは、あくまでも威嚇《いかく》のつもりだった。男に再び摑みかかられる。

喉を握りつぶさんといった様子で両手を用いて首を絞めてくる彼の頭のうしろで、息も絶え絶え、片手でジッポーの蓋を開け、指の腹でヤスリを擦る。

シュボッ、と軽快な着火音とともに、小さな火が男の髪を焦がす。

男は突発的に肩を震わせ、右手を振るって瑞穂の手からジッポーを弾く。ジッポーはベッドの上の、丸められた薄手の毛布に落ちた。蓋は開いたまま、火はついたままだ。男は、オイルを補充したばかりだったことを思い出す。引火した毛布はよく燃え、シーツにまで広がった。雨戸の閉まった暗い部屋をオレンジ色の炎が照らす。男は瑞穂をそっちのけに、咳き込みながら着ていたジャージを脱いでしきりにそれに叩きつけた。火は消えず、むしろジャージまでも取り込んでいく。男は短く悲鳴をあげてジャージを投げ捨てた。それが新たな火種となって、カーペットを、クローゼットを、壁紙を燃やす。

呆然としていた瑞穂は、頬に刺すような熱を感じたことで我に返った。男の露骨な動揺ぶりを察し、意を決する。

洗面所に水を汲みに行こうとした男の進路を全身で塞ぐ。

男がまくし立てるが、パチパチと音を立てる炎と煙が、内容の理解を阻んだ。煙の充満した部屋の中で瑞穂は火事場の馬鹿力的集中力をもって床に落ちた包丁を見つけだす。間髪入れず、外に出ようと背中を向けた男に向かって、刃を突き刺した。柄《え》を握りしめる右手の手首を左手で握り、全体重を預け、倒れ込むように。男の着るタンクトップ越しに、それは想定していたよりも案外たやすく皮膚にめり込んでいくのだった。それから男の背中に刺さった包丁を引き抜き、溢れ出る血飛沫《ちしぶき》とともに再び刺し、何度もそれを繰り返す……そんな様を想像し、実行しようとしたものの、一度刺してしまった包丁はいくら強く引っ張っても、男の背中から抜けなかった。両手に付着した血液やら汗のせいで、うまく力を込められなかったせいかもしれない。

瑞穂は部屋を出た。扉を閉める。男はもう追ってこない。居間にいるはずの健を探す。健はあろうことか、この混沌のさなかにも布団の上で寝息を立てていた。すかさずその小さな肩をしきりに叩くと、ゆっくりと目を覚ます。煙は寝室から廊下を経由し、居間にまで漂ってきている。ただならぬ気配を本能的に察した健は、泣きも叫びもせずに目をしばたたかせた。それは男に平手打ちされるときと、同じ仕草だった。

逃げるよ、と瑞穂は言い聞かせる。玄関のほうを指差した。

それでもまだ彼女は、自分の行為を客観的に分析できるほど冷静さを取り戻してはいなかった（はたして、そのとき健は血だらけの瑞穂を母親だと認識できただろうか？）。深夜に叩き起こされ、まだ眠気を振り切れていない五歳児の腕を引っ張って、玄関に向かって走り出す。

玄関を飛び出す直前に健に靴を履かせてやることを思い出したのはまだよかったが、財布やキャッシュカードを持ち出すことまでは頭が回らなかった。もっとも、仮に彼女がそれに気づいていたとしても、もう取りに戻ることはとうてい無理だった。

外に出たとき、自分に手を引かれる健がその小ぢんまりとした一軒家を振り返ったのを瑞穂は見ていない。

それどころではなかった。着ているスウェットにフードがついていることを思い出し、そっとかぶる。どこへ行けばいいのか。とにかく、この住宅地から抜け出すことが先決だと、健を連れて歩き続けることしか頭になかった。

取り返しのつかない失態を犯したとひどく狼狽するのは、これから数時間経ったあと、疲労と眠気が限界に達した健を背中に背負ったときだった。

どこまで歩いたのだろう。瑞穂は背中に伝わる健の鼓動に神経を尖らせつつも、心ここにあらずといった調子で、ただただ他にできることなどなにもないから、車もめったに通らない国道の歩道をひたすら進んだ。どこまで行っても道路の両端にあるのは田んぼばかりで、建物らしい建物も見当たらない。数少ない街灯の光は、傷だらけの親子が進むべき先を示す道しるべになるには明らかに力不足だった。背中で健がぶるぶると震えている。大丈夫だよ、と声をかけるべきだろうか？　それとも、気休めはやめたほうがいい？　分からなかったから、瑞穂はなにも言わなかった。

寒気と空腹と疲労に容赦なく生命を削り取られていく。今年の六月はまだまだ寒い。

あの家であいつに殴り殺されるのと、息子を巻き込んで路上で野垂れ死ぬのと、どっちがマシだっただろうか？

休みたい。朦朧《もうろう》としてきた意識の中、思う。眠い。

視界の先にベンチがあった。瑞穂はそこに横になる。

根拠はないが、朴は彼女たちがあそこにいたことの顚末をそんな風に想像した。それが脳に染み付いて離れない。決死の覚悟で自由を摑みとろうとした親子を見殺しにしたのかもしれない。後ろめたさは日に日に拡大していくばかりだった。

昼休み、岩隈は自分の席から、背中を曲げて弁当を口に運びながら朴を遠巻きに観察していた。今日の朴は登校してくるや否や机に突っ伏し、イヤホンを耳に詰めたままスクールバッグを枕にして眠りこけ、ついに昼休みになっても起きなかった。教師にも隣の席の生徒たちにも放ったらかしにされた彼女は、悲しいかな、今日一日ずっと目覚めることはなく、内申点に大きな傷を残すことになるだろう。午後のアーク溶接の実習も無断欠席だ。ホームルームのとき担任にバインダーの角で頭頂部を叩かれてもピクリとも動かなかったのは、クラスにささやかな笑いを提供した。

岩隈はいつものように、さっさと昼食を食べ終えて図書室に行くことにする。

さて。プラスチックの弁当箱の中、最後に残ったプチトマトを咀嚼しながら席を立つ。耳障りな笑い声と食べ物の匂い（岩隈のもっとも嫌悪する匂いは運動部の部室の匂いであるが、次点は他人の弁当の匂いである）の蔓延する教室からさっさと抜け出そうとする。

そのとき、背後から何か軽く小さなものが飛んできて、背中に当たった。痛みはないが、突発的に振り返る。足元に落ちたそれを拾うと、未開封のコンドームの箱だと分かった。舌打ちしたくなる。それを手にとってしまったことをひどく後悔していると、男子生徒がゲラゲラ笑いながら、机をずらして進路を作りつつ近づいてくる。

「イワクマコ！　ごめんな！」

手元から箱を奪うように取り上げた彼に、背中を軽くさすられる。

岩隈はなにも言葉を返さない。

「なぁ。ごめんって」

そっと目線を逸らす。

「痛かった？」

岩隈はなにか言おうとしたものの、唇からかろうじて漏れたのは弱々しい母音の『ア』だけで、それを彼が気に留めるはずもなかった。直前までいた教室の窓側、そこに集うクラスメイトたちのもとに上機嫌で戻っていく。

「おい美流紅、投げんなよ！　イワクマコ泣いちゃったじゃねぇかよぉ！」

彼らの爆笑が響く。その中で最も岩隈の耳に障ったのは、甲高《かんだか》い矢口のものだった。

「だって、あんな飛ぶとは思わなかったからさぁ」

矢口はヒーヒーと息を漏らしながら、両手をバシバシと叩く。

「いやすげぇよ。こう、シュート回転してたからね」

「いや、ゴムをシュート回転させんな！」

「リリースポイントがずれてんだよ」

「美流紅、イワクマコに謝ってこいよ」

「イワクマコー。ごめんね！　謝るから殺さないで！」

矢口のその一言が、いちばんウケたらしい。

岩隈は椅子を蹴飛ばした。背もたれが床にぶつかり、大きな音を立てる。教室内のざわめきがピタリと止まり、スピーカーの電源を引き抜いたような静寂が訪れる。無言で引きつった笑いを浮かべたり、互いに目を合わせあったりしている彼らのもとに近づいていく。そして、できるだけ冷たい目で嘲《あざけ》り、こう言う。

「お前ら、それぜんぜん面白くねーから。デカい声出せば面白いとでも思ってんの？　私を巻き込むな。てめぇらだけで勝手にスベってろ」

集団から笑顔が消えた。すかさず、唯一まだヘラヘラとにやついている矢口に人差し指を、その化粧をしても隠せていない口唇ヘルペスを爪で刺すかのように突きつける。

「とくにお前。お前が一番つまんない。死ね」

突如標的となった矢口は他人に否定されることに慣れていないがために、なにが起こったのか理解しかねている様子だ。数秒後、たまらず俯いて（このとき前髪がだらりと顔面に垂れ下がって、『貞子』みたいになる）鼻をすすりはじめる。岩隈は小さく舌打ちし、きびすを返して教室をあとにした。

もっとも、最後に矢口に向かって、そのコンドーム、五個入りでしょ。お前ら男五人でさ。ちょうど全員分にいきわたんじゃん。一回ずつみんなに使ってもらえば？　と吐き捨てることもできたのだが、さすがにそれは性根が悪すぎるのでやめておいた。

……という空想ののち、岩隈は廊下に出てから深く溜息を吐く。あそこで実際に椅子を蹴れるような度胸が自分にあったとしたら、あの気づまりな空間もちょっとはマシに思えるのだろうか。

ところで、あの連中はもとより、こんなに騒がしいのに机に突っ伏したままビクともしない朴はなんなんだよ。死んでんのか？

仮に本当に死んでたら、めちゃくちゃ面白いな。想像してみる。

「おい、朴。起きろ。いいかげんにしろ。もう放課後だぞ。おい、朴。朴ったら。ぼくちゃん！朴秀実！　朴ー！　えっ……？　ぼ、朴？　嘘だろ、朴、朴ーっ！」

思わず小さく吹き出す。飛び散った唾がブレザーにかかったので、袖で拭いた。

図書室には岩隈を含めて生徒は三人しかいなかった。そのうちのふたりはカードゲームをプレイしている。

読書用に設けられた長テーブルを悠々と陣取り、岩隈は本も読まずにスマホで毒にも薬にもならないパズルゲームをして時間を潰し、昼休みが終わるのを待った。

しばらくして、貸し出しカウンターに座っていた男子生徒が立ち上がった。猫背のままゆっくりと教室を歩き、長テーブルに近づいてくる。その気配を察知し、岩隈はアプリを閉じて顔を上げた。

彼は控えめな口調で岩隈に話しかけた。

「あ、あの。いいい岩隈まっまっ、せせ先輩」

「どうしたの？　藤木《ふじき》くん」

藤木漢《かん》は、今の図書委員会と中学時代の漫画研究部、二つの立場において岩隈の後輩にあたる。

「ほおお放課後、い、いい委員会の集まり、あ、あ、あるじゃないですか」

「うん。知ってる」

「せせせ、せぱ、先輩。き、来ます？」

「もちろん」

岩隈が人格を否定されることがないばかりか、むしろ中心人物としてリーダーシップを発揮して場を纏めたり、ウィットに富んだ冗談で場を沸かせたり、知識を披露して感心させたりすることのできる校内で唯一のコミュニティが委員会だった。ゆえに、とくに必須ではない月に一度の定例会への参加を欠かしたことはない。

「ところでさぁ」と岩隈が切り出したのと、藤木がなにか言おうとしたのがちょうど重なった。あっ、あっ、あっ、と口をパクパクさせた藤木に、岩隈はそっと手のひらを向ける。

「いいよ。先話して」

岩隈は彼の、喋りながら右のもみあげを耳の穴に突っ込む癖を眺めつつ、言葉を待った。藤木はしきりに頷いてから、え、えっと……と、まるで空気中に散った単語をかき集めるかのように顔の近くの空気を手で摑もうとした。

「きっ、きっ、きっ、今日って。んんんにっ、じ、時間、ありますか。ほおおお放課後、そそそお、相談、したい、ことが、あって」

相槌を打ちながら最後まで言葉を聞き取ったのち、ゆっくりと頷く。

「放課後？　まぁ、大丈夫だけど」

理由は聞かなかった。ありがとうございます、と藤木は小さくこうべを垂れる。

「あ、で、あの。せぱ、先輩のっのっ、話は……？」

すぐさま、岩隈の「ところでさぁ」の続きを促した。

「いや、たいしたことじゃねぇけど。藤木くん、部活入った？」

この高校に漫研はない。

「かっ、かっかか、化学部。こっ、とっ、とも、だち、に、ささ誘われて」

「ふーん。つーか、化学部なんてあったんだ」

「うぶぶ部員、こここっごっ五人しかいいないいんですけど！」

藤木はおどけた口調をしてみせた。

「はは」

岩隈は小さく笑いがてら、彼の左手にあった文庫本に注目する。読みさしのまま、栞代わりに人差し指がページ間に挟まれていた。意外なタイトルだったので、あっ、と発声しながらそれを彼の腕ごと持ち上げた。

「『綿の国星』じゃん！」

「はい」

藤木は小っ恥ずかしそうにはにかみ、文庫本のページをパラパラめくってみせる。漫画なのだが、図書室にあるほかの書籍と同じようにビニールのブッカーでラッピングされている。

「図書室にあったの？　文庫版だから？　大島弓子作品ってもうすでに、『はだしのゲン』とか『火の鳥』と同格になってるってこと？」

自分はいつか人間になれると思い込んでいるペルシャ猫の視点で語られる、ファンタジックかつユーモアとペーソスに溢れた『綿の国星』。自分なんかが読むことに後ろめたさを感じるくらいの大傑作だが……。なんで図書室に、よりにもよって大島弓子的世界観からいちばん遠いところにあるこの高校に置いてあんの？

「こっ。この前。あああ新しい本、にっ入荷する作業したんで。で、そのとき、勝手に持ってきたんです。おっ、俺の私物を、まっ、紛れこっ、こませました」

藤木は大島弓子の熱狂的なファンで、嗜好の傾向が似ている彼とは中学時代から仲がよかった。岩隈は、男として生きながらも『バナナブレッドのプディング』を本質的に理解することのできる数少ない人間のひとりとして藤木を評価していた。

「へぇ！　やるじゃん」

『綿の国星』！　岩隈にとって、これがなくてははじまらない、と明言して差し支えない一作だった。

病気がちで、ちょっと転んだぐらいで骨折するばかりか米をといでいて突き指をしたことさえあるほど虚弱であった佐々木《ささき》道子《みちこ》と、出血を止める身体機能が欠如しているために小さなかすり傷がそのまま死に直結する可能性をもつ岩隈宏樹《いわくまひろき》によって構成された岩隈夫妻は、娘たちの動的な遊び相手、たとえば公園で簡易的なバドミントンをやるとか、軽自動車で高速道路に乗ってどこかに連れて行ってやるとか、ピクニックのために四人分の握り飯を作るだとか、そういうことが難しかった（さながら陶器製の両親である。自分や姉をふたりで「つくる」工程もさぞかし命がけだったのだろうと思うと、岩隈はいつでも苦笑できる）。

その代わりと言ってはなんだが、母は自分たちに膨大なアーカイブを遺してくれた。母が十代のころから絶えず買い揃えていた、部屋の壁をそっくり覆う本棚にぴっちりと揃ったピンクの背表紙群は圧巻だ。萩尾望都、山岸凉子、竹宮惠子などを筆頭に、「24年組」少女漫画の網羅ぶりは資料的価値を見出せるといっても過言ではない。科学館や水族館で知見を深めたり、家族みんなでキャンプ場にテントを張って結束を深めたりといった経験こそなかったが、『風と木の詩』や『トーマの心臓』、および『アラベスク』などで、幼少期の岩隈はそれらの対象年齢より一足早いうちから情緒を学びとってきた。

母によって与えられた作品群のなかでとりわけ心を摑まれたのが大島弓子作品で、とくに『綿の国星』全七巻はあらゆる台詞を暗記するほどに読み倒した。好きとか嫌いとかじゃなくて、この作品は自分にとって『必要』なものである、と確信した十二歳のころから、将来、家を出たときを想定して自分用に文庫版（こちらは全四巻）を自腹で買い揃えている。

読者はチビ猫と視点を共有する。いつか自分は人間になるのだと信じている彼女にとって、猫と人間は同じ種類の生き物なのである。

だから、その白い毛皮はエプロンドレスとして、人間には「ニャーニャー」としか聞こえない鳴き声も詩的な独白や悲痛な叫びとして表現される。

頭の上には猫の耳（いつか、このころから「ネコミミ」ってあったんだ、と母に言うと、むしろこれが「元祖」なんだよ、と教えてくれた。諸説あり）。その小さな体で吉祥寺゠チキジョージの街を駆けめぐるアウトドア派の飼い猫である彼女は、野良猫が魚屋から魚をくすねることと、人が対価を払ってそれを購入することの根本的な違いが分からず、砂浜をでっかい猫のトイレだと思っている。『綿の国星』はさながら人間とは異なる視点で綴られる叙事詩なのである。

「せせせっ、せぱっ。むうう昔のマンガ、くくくっ、詳しいですよね」

「そうでもないよ」

中学のときの漫研所属時代、いつまで経ってもいっこうに絵が描けるようにならなかった岩隈は、知識の面で卓越することで組織の中でメンツを保っていた。『ガロ』の掲載作品から『進撃の巨人』の最新話まで、草食動物のような視野で情報を蓄える。彼女はインターネットがあるからこそアイデンティティを確立できる人間のうちのひとりだった。

とくに話すことがなくなってから、岩隈は、あ、そうだ、と沈黙の埋め合わせをする。

「『侍女の物語』って小説、うちにあったっけ。侍女……侍に女のほうのじじょ、ね」

さぁ？　調べてみますね。藤木は貸し出しを管理するのに使う備え付けのパソコンで蔵書を検索した。

「んんんっ、な、ない、いいいみたいです」

「そっか。じゃあ、いっか」

「ど、どんな、本、なんですか？」

「知らないけど。友達が読んでたんだ。まぁ、ないならいいよ」

全身にじんわりとした不快感の漂う痛みを感じながら、朴はゆっくり頭を起こした。眠気は覚めたが、周囲をさりげなく窺うと、ただならぬ違和感があった。近くの生徒たちの会話が自分への揶揄のように聞こえ、焦《あせ》らされる。

イヤホンをすばやく外してブレザーのポケットにしまう。違和感のある頬に指を這わせると、くっきりとコードの跡がついていることが分かった。ホームルームの間に少しだけ目を閉じたつもりだった。今もまだ教壇には担任がいるし、明らかに授業中の雰囲気ではなかった。もしかしたら、眠りに落ちたのはほんの一瞬だったのかもしれない。

ぼやけた目で壁掛け時計を見ようとしたそのとき、背中がチクリと痛んだ。ビクビクしながらすばやく後ろの席に首を回す。

矢口が頬杖をつきながら右手で青インクのボールペンを弄《もてあそ》んでいた。朴はおそらく自分のワイシャツの背中には、青い点がついているだろうと予想する。

矢口は気だるげな顔つきで、朴に向かってそっとささやく。

「今、帰りのホームルームだから」

「……マジ？」

「うん。ずっと寝てた」

「う、うわぁ。一日中……？」

朴は唇を半開きにした。一気に顔面が熱くなり、みるみる耳まで紅潮していくのが分かる。起こしてくれてもよかったのに、と軽口を叩こうとしたのだが、その直前で、一年以上も同じ教室にいるのに彼女と直接言葉を交わしたことは数えるほどしかないことを思い出し、言葉を飲み込んだ。

「危なかったぁ。……学校に泊まるハメになってたかも」

朴は肩を小さく持ち上げて苦笑した。矢口はすでにスマホの操作に取りかかっており、もう朴のほうを見てすらいない。

朴は教師に顔を見られないようにうつむき続け、ホームルームが終わると誰よりも早く教室を出た。昨日は結局朝帰りになってしまった。そのまま寝ないで着替えてシャワーを浴びて、ギリギリで電車に飛び乗ったのだ。父にも二回掌底《しょうてい》打ちを受けた（連続ではなく、セクションごとに二回。朝帰りそのものの咎《とが》と、彼の話をまともに取り合わなかった咎で、それぞれ一回ずつ）。

図書委員会の定例会は三十分足らずで終了となった。掲示板に貼る今月の『図書だより』の執筆を請け負った岩隈は、なにを書こうかなとぼんやり考えながら藤木のもとへ近づいていく。

「で、話っていうのは……」

委員会の生徒たちは足早に図書室を出ていく。最後まで残っていた者は図書室を施錠し、鍵を職員室まで返却しに行かなくてはならない。

「あ、あの」

藤木はなぜか挙動不審に周囲をキョロキョロと見回した。

「ひぃい、人、いなくなってからで、え、え、いいですか」

「ああ、いいよ」

岩隈としては、鍵を閉める役割を担うのはできれば避けたかった。人が捌《は》けるまで、適当に本棚を眺めつつ図書室を歩き回る。午後五時の夕日が窓に差し込んでいた。図書室のある校舎の隣には部室棟があって、ここから窓ごしにそれが見える。夕日がやたら眩しいのは、部室棟の屋上にあるビニールハウスの表面が光をこちらに反射しているからだろうか？　去年園芸部は活動停止、事実上の廃部となったため、ビニールハウスはもぬけの殻だ。


「マーコちゃん。鍵、お願いしてもいい？」

最後から三番目に図書室を出ることになったデザイン科の女子生徒に、いいよ、と頷く。引き戸が丁寧に閉められる。藤木と二人きりになり、若干の緊張が走る。

藤木とはなかなかに長く関係が続いていた。今年になって彼がこの高校に進学してくることを知って、なんだかほっとしたものだ（地獄へようこそ、ご愁傷様、とも）。中学で漫研に所属していたときには原作・作画を分業したこともあった（今思えばその作品は、『リバーズ・エッジ』の臆面もないパクリであったのだが。そのくせ岡崎京子の情緒や文学性をまったくコピーできていなかった。パクるならせめてもっとうまくパクれ、と岩隈はストーリーを担当した過去の自分に思う）。彼になにを言われても、私はかまわない。覚悟はできてる。無意識に手に取っていた本を棚にしまって藤木に向き直った。

上階にある音楽室から、吹奏楽部の演奏が聞こえてくる。

窓から差し込むオレンジ色の光が彼の顔を照らした。今はちょうど、日没前の数十分。最も美しい画が撮れるとされる、マジックアワーだった。そういえば、六月に入っても今年はあまり雨が降らない。

「あ、あ、あのっ。いいい岩隈まっまっ、せせ先輩」

「うん」

ゆっくりと頷く。

「ひぃ、っ。ひとつ、おっ、おおお願いが、あ、あって」

今、彼の発言を阻んでいるのは先天的な吃音《きつおん》だけではないだろう。岩隈は黙って言葉を聞きながら、彼の勇気そのものに尊敬の念を抱く。例の左右でタイミングの違う瞬きを繰り返しながら、発言の続きを待つ。

君が望む答えをあげられるとは限らない。それでも。

「うん」

藤木はしゃがみ込み、足元にあった自分の荷物をテーブルにのせた。彼は教科書を入れたリュックだけでなく、大きなボストンバッグを持っていた。ボストンバッグのジッパーを開け、中から何かを取り出す。それは刃渡り七十センチほどの、包丁を何倍にも大きくしたかのような刃物だった。

「は⁉」

岩隈は無意識のうちに叫んだ。古典的なギャグマンガでは、突拍子のなさのあまり後ろにひっくり返ってしまうという描写があるが、まさに、それをやりそうになった。

「ままマチェーテです」

「知ってるよ！　なに、私を殺そうってか！」

意味が分からなすぎて、無性に笑いがこみ上げてくる。藤木はばつの悪そうな顔を浮かべながらそれの柄を握り、長い刃を見せつけてくる。

「あっ。あ、あ、いいいいや、そお、おおうじゃなくて。……せぱ、先輩に、これを」

「くれるの⁉　プレゼントって？　いや、お前、どういうセンスしてんの⁉」

あ、いや……。藤木は首を激しく振りながらマチェーテを本棚に立てかけた。

「ああああの、じっ、実は……」

藤木はとつとつと語り出した。要するに、ネットでこれを買ったはいいが、家族に見つかってしまって処分されそうになったため、しばらく預かってほしい、とのこと。『メルカリ』で千円だったからプラスチック製のレプリカだと思ったんだけど、いざ届いてみると本物だった。新しくできた友達とはまだそれを渡せるほどには親しくなっていない（笑い飛ばせる間柄じゃない）から、頼れるのは付き合いの長い岩隈しかいない、とのこと。

「はぁ。いいけどさぁ」

岩隈は頭を抱えながらもマチェーテを手に取ってみる。金属のずっしりとした質量を感じた。

「いっ、いちおう、のっのっ農具なんで。じじじ銃刀法違反じゃ、なないんですけど」

「南米とかで。植物切ったりするのに使うんだよね。……そういう問題じゃねぇよ。カバンに入んないし！」

大容量のノース・フェイスのリュックでも、到底手に余る。

「あ、あ、こっこれごと、持ってっちゃって、だだ大丈夫です」

藤木はボストンバッグを手に取った。マチェーテをそれにしまう。岩隈はバッグの持ち手を肩にかけてみた。中でスペースを持て余してガタガタと動くことが分かる。電車に乗っているとき、膝の上に置いていたバッグが揺れたはずみで、刃が布地を突き破って外に飛び出す様子を想像する。乗客がざわめく。常磐線の車両はパニックに陥る。誰かが叫び、近くにいた誰かに身柄を拘束される。そして、駅員に連行されて警察に突き出される。

「バカかよ。で、いつまで持ってりゃいいの？」

「ほっ、ほおお……ほとぼりがさっさっ冷めるまで。おおお願いします」

藤木は深々と頭を下げる。ほとぼりってなんだよ、と岩隈は呆れる。

「せめて、鍵は返してきてよ。こんなの持って職員室に入ったら大変なことになるし」

は、はい。あああありがとうございます。藤木は感謝の意思を表明したのち、カウンターにある鍵を手に取った。

「これでさぁ。突然武器を手に入れた私が試しに犬とか猫とか殺しだしてさ。殺しの快感を知って、しまいには人間にも手をかけたりしたら、どうする？」

「おっおっ俺は、かまいません！　そそそれでもせぽ、先輩を軽蔑したりはしっ、しません」

「かまえよ。そういう問題じゃないだろ」

岩隈は口から空気が抜けたように息を吐き、力なく笑った。

図書室をあとにし、藤木と別れる。家までの距離がいつもより長いように思えた。


陸上部の練習後、矢口は三年生の男子部員に話しかけられた。部員たちは一週間後の大会を前にして緊張感が高まっている。この芹沢《せりざわ》も例外ではないようだ。

矢口は百メートル走とハードルに個人で出場し、四百メートルリレーのメンバーにも選抜されている。引退を目前にして部長を二年生に引き継いだ芹沢は女子の集団の中にいた矢口を連れ出し、倉庫兼トレーニングルームに誘う。

「美流紅、ちょっといい?」

矢口は頷き、芹沢についていく。

「調子どう? 今日の練習見てたけど、美流紅、なんかフォームが硬い気がするんだよね」

「そうですか! うーん。どこらへんが気になりましたかね」

悩ましそうに、なおかつ活発に答える。

「腕の振りがちょっと硬いかな……」

「なるほど……」

ちょっといい? と、芹沢が背中側から腕を伸ばし、手首を摑んでくる。汗で湿った指先が皮膺に食い込んだ。

「こう、脇をしめて、後ろに引く！」

腕を引っ張られる。その動きに従って、腕を動かす。

「そうそう、そんな感じ。繰り返してみ？」

その場に立ったまま腕を前後にしきりに動かし、フォームを整える。

左右の腕を前に出すたびに、芹沢はハイ、ハイ、ハイ、とそれに合わせて口にした。

「いいね。この調子で、本番まで調子保ってやってこ」

「はい、ありがとうございます！」

矢口はにこやかに笑みを浮かべてみせ、頭を下げた。

その後、芹沢の様々なアドバイスに一つ一つ頷き、へぇ、なるほど、ありがとうございます！と対応していく。芹沢は腕を組み、満足げだ。

話がひと区切りつき、お互いに会話がなくなったとき、矢口はなんとなく切り出した。

「あ、それって、『時計じかけのオレンジ』じゃないですか」

彼がスポーツウェア代わりに着ていたTシャツを指さす。

「あー、そうだよ。知ってる？」

「大好きですよ」

ただ女子に「教えたいだけ」の具体性のないアドバイスにニコニコ頷いてるくらいなら、映画の話でもしてたほうがずっとマシだ。歯を見せて笑う。

「へぇー。意外」

「そうですか？」

あ、でもさ。芹沢は悪戯っぽくにやつく。

「暴力描写とか結構エグいしさ。女の子にはキツいんじゃない？」

「え？　ああ。……あー。まぁ、そうですね」

芹沢はバーベル台のベンチに座った。矢口は壁にもたれかかる。

「キューブリックでなに好き？」

「そうだなぁ。……気取ってるって思われちゃうかもしれないけど」

一旦苦笑を浮かべてから、続ける。

「『現金《げんなま》に体を張れ』っすかね。チーム犯罪モノ、っていうんですか？　そういうの好きなんですよ」

「ふぅん。俺それ見てないわ。結構マニアックなの好きなのな」

「ぜんぜんマニアックじゃないですよ。キューブリックがハリウッドで最初に撮った作品ですし。いろんな映画にオマージュされてるし」

芹沢ははぁー、と息を吐きがてら一瞬むっとしたが、このとき矢口はそれに気づかなかった。

「そうそう。俺この前ヤバい映画見てさ、『アンチクライスト』っていうんだけど」

おっ。矢口は若干前のめりになる。

「いいっすよね。私、トリアー大好きなんですよ。『四章』の終盤エグいっすよね。日本版だとモザイクかかってるけど、あれ、クリトリスをチョキンって切ってるんですよね、ハサミで……」

森で夫婦がね。大変なことになるんだよね。いちばん好きな監督の映画の話題が出たので、否応なしにテンションが上がる。

「ああ、見てるんだ。すごいね」

芹沢は半笑いで、どこか投げやりに言った。

「あと、最近見たのだと、『アレックス』とか。近所のツタヤで偶然見つけてさ。これってね……」

「ギャスパー・ノエですよね。時系列が逆回しの」

そうそう、となぜか不服そうに頷かれたことを矢口は怪訝《けげん》に思う。

「あと、『隣の家の少女』とかも」

「あー。ケッチャム原作の。なかなかキツいっすよねぇ」

芹沢はしばらく唸り、じゃあさ、となにかを思いついたそぶりを見せる。

「『ブルーベルベット』は?」

「デニス・ホッパーがグロくていいですよね。リンチも大好きです」

「あと、『オーディション』とか」

「三池崇史の！　最高ですよね、悪趣味で……」

芹沢が次々と挙げるタイトルの法則性はつかめなかったが、とにかく知識の面において勝りたいのだな、という意思がなんとなく察せられた。矢口はどうしたものか、と笑顔を作りながら考える。なんなら『時計じかけのオレンジ』もタイトル以外はぜんぜん知らないんですよー、ってカマトトぶったほうが円滑だったかな。

「昔のもよく見るんだよね。ペキンパーの『わらの犬』とか、ベルトルッチの『ラストタンゴ・イン・パリ』とか、あと……『ローズマリーの赤ちゃん』」

「へぇー」

ところで、と話題を変えにいくことにした。

「今年から、那珂《なか》市にミニシアターできたのって知ってます？　私、マジで感激したんですよ」

『那珂』という町は自分の住む東海村にもそこそこ近い。映画館といえばかなり遠出してようやくシネコンがある、といった感じの、「映画を見る」と「イオンモールに行く」がほぼ同義である暮らしの中において、ミニシアターの登場は革命的だった。どうしても見たい映画があるときは（田舎でブロックバスター大作以外の映画をスクリーンで見ることはほぼ不可能である）、それなりの資金と時間をかけて、高速バスで東京まで「遠征」するわけだが、これまでその多大な出費の代償として与えられていた体験が、今、手軽に味わえるようになった。誇張抜きで、生きてて一番嬉しかったことかもしれない。ジム・ジャームッシュやグザヴィエ・ドラン、パク・チャヌクの新作だって見られる！

「あー。ミニシアター」

「すごく小さいんですけど、ラインナップもいい感じなんですよ！　こんな辺鄙《へんぴ》なところにわざわざありがとうって、感謝の気持ちでいっぱいっすね」

「俺さぁ、あんま映画館、行かないんだよね……」

「はぁ」

「いやぁ。家でＤＶＤとか、配信で見るほうが気楽じゃん」

「そんなもん、しょせん代用品ですよ。そもそも映画ってのはスクリーンで見る用に作られてんだから。メディアはあくまでアーカイブです」

言ってから、失態を犯したと気づく。ちょっとした軽口のつもりだったのだが、いよいよ芹沢は露骨に不機嫌になった。

「いいじゃん別に。どういう映画の見方しようと」

「あっ。いやいや。そうですよ。ダメとは言ってないじゃないですかぁ」

口角を上げつつ、大げさに両手を振る。そして、言葉を付け加える。

「私は芹沢先輩みたいに、いっぱい映画見てるわけじゃないし。……今度、なんか面白い映画あったら教えてくださいね！」

芹沢と別れ、女子部室の代わりにもなっている更衣室に入る。談笑していたふたりの女子マネージャーの会話に加わりながら着替える。シャツを脱ぐと、疲れを全身にどっと感じた。練習によるものではない。精神的な疲労だった。

朴の家族たちはあるときから心配事をひとつ共有することになった。

朴はいつものように家族の咀嚼音に身悶えしながら、一秒でも早く食事を終えてこの場を去ろうとした。テーブルを囲む四人全員が問題なく見られる位置にテレビがあるものの、誰もそれに目を向ける素振りを見せない。テレビの賑やかな音だけを聞いていた。

「やっぱり、施設とかに入ってもらうほうがいいのかな」

母が金平ごぼうを嚙みながら、独り言のように言う。

「まだ、様子見てもいいんじゃねぇのかなぁ」

ニチャニチャニチャ、と父は口を大きく開けて白米を味わいながら、首を伸ばし、虫の死骸の溜まった電気カバーを見上げた。白米はとくに、咀嚼されていく様子が見るに耐えないものの一つである。朴は会話に割り込むために両親間の話が途絶えるのを待っていたのだが、二人はその隙を与えない。弟は終始無言だった。

「でも、介護するのは結局私になるんだから」

母はやや強めの語気で言ったので、金平ごぼうの胡麻が口元から飛び、床に落ちた。

両親、とりわけ母がうんざりしているのも無理はない、と朴は思う。祖母が「祖父が化けて出てくる」と騒ぎ出したのだから。

ついにボケちゃったのか、あんなに元気そうだったのに。横断歩道を渡るときに小走りしたり、朝から晩までご近所さんとカラオケに入り浸ったりするくらいに。こういった機会はいつか必ず訪れるのだと覚悟していたけれど、いざ直面するとなると……両親はどうするべきか決めあぐねているようだった。

「俺だって協力する」

「当たり前でしょ。だから、私たちが無理したらお義母さんにも負担になっちゃうかもしれないじゃん、って話」

「知ったような口利くなよ。俺だって辛ぇんだよ。いろいろ考えてんだよ」

「もともとちょっと変なんだよ。お義母さんは」

母のこの言葉に、弟はなにか言いたげに口を一瞬開き、直後それをなかったことにするかのように味噌汁を啜った。

二年前に祖父が死んでから、彼の部屋であった一階の部屋がひとつ余っている。祖母は深夜、その部屋から物音がするのだと言う。それだけならまだよかったのだが、家じゅうに盛り塩を置きはじめた時には、家族たちを絶句させた。

祖父の死以来、祖母はその部屋に足も踏み入れないし、そもそも祖父の遺品が入った段ボール箱を中に積み上げて、入ろうともしていなかった。


「スミちゃん、幽霊っていると思うけ?」

朴にとって、この家に住む者の中で唯一会話が気づまりでないのが祖母だった。

何日か前、祖母は登校しようと駅に向かう朴を引き止めて、四枚の五百円玉を手渡しながら言った。

「いやぁ、どうだろ……。実際に見たことないしなぁ」

祖母の言う「幽霊」の正体に思い当たる節のある朴は、そんなわけねぇだろ！　と断言できず、苦笑を浮かべざるを得ない。

「じいちゃんの部屋から、ガタガタッ、て音すんだ。ささやき声とか、人の気配もする。まさかネズミかなんかがいるわけではないべ？　でも、気持ち悪くて入れないんだ」

朴は祖母からそっと目を逸らす。

「気のせいだよ」

手の中の、祖母の体温の残った硬貨が突然重くなったような気がする。

祖母の潔癖なほどの几帳面さは、家族たち、とくに母をいつもうんざりさせている。祖母は出かける前のみならず就寝前にもガスや水道を逐一「指差し確認」したり、バス代を節約するために一時間かけて徒歩で役所に行ったりする。そのうえ冷蔵庫に画用紙ほどのサイズのホワイトボードを貼り付けて、毎日、一時間刻みの予定表を作り、それに忠実に行動すること、こなした予定を一つずつクリーナーで消していくことに無上の喜びを感じているような老人なのだ。ある種のマゾヒストなんだよ、と朴はひそかに思う。（孫以外の）人にも、自分にも厳しい。それが祖母のパーソナリティーである。なお、彼女の一人息子である父はそのうち「人に厳しい」部分のみを継承し、それを家父長的メンタリズムとして昇華させている。マゾヒストがサディストを産むこともある。

「そうけぇ？」

「扉の建て付けが悪くなってて、風でバタバタいってるのかも。うち、ボロいしね」

祖母は不服な様子だった。「幽霊」よりは幾分現実的な理由だろうがよ！　朴は人差し指で自分の頰を軽く搔く。

「幽霊って。なに、じいちゃんが化けて出るってこと？　なら、玄関に塩でも置いたら？」

その後、祖母は本当にそれをしてしまったのだから、朴のこれは失言だった。

「ばあちゃんが不甲斐《ふがい》ないから、じいちゃんが叱りに来てるのかもねぇ」

「まさか。うちで一番しっかりしてんのに」

どうせなら他のヤツらを呪え！　朴は顔の周りにまとわりついてくるハエを払うような手つきをしながら小さく笑う。祖父は癌を患って病院で死んだ。だから地縛霊にはならないと思うけど……と言おうとしてやめた。

「スミちゃんもなんかあったら教えてね。ばあちゃん、なんか最近気味悪いよ」

「うん。わかった。……あんまり、気にしすぎないようにね」

祖母がくれた二千円を財布にしまい、朴は家を出た。

幽霊だなんて、冗談じゃないよ。


祖母はいつも二十時には眠りにつく。

二十二時、朴は自室をそっと出て、二階から一階へ降りた。

祖母はリビングにあるリクライニングソファーで眠る。背もたれを百八十度に倒し、座布団を三枚重ねて枕代わりにする。祖父は本来寝室として設計された部屋を自分専用にしていたので、彼女はずっとそうし続けていた。もう祖父はいないから寝室としてその部屋を使えるはずではあるものの、祖母は身体に染み付いた習慣を変えようとはしなかった。

朴は空き巣のように息を殺して迅速に廊下を進み、ゆっくりと元・祖父の部屋のドアを開けた。自室から持ってきたスマホ用のマイクと、ストッキングと針金で自作したリップノイズ削減用のポップガードをそれぞれ取り出す。

画餅児に送ってもらったインストを流しつつ、ノートに書き込んだリリックを口ずさむ。ラップを録音したいがリビングに近い自室でするわけにはいかず、かろうじてレコーディングが可能な場所はここしか思いつかなかった。どうせ仮歌だし。

それが祖母にとっての「幽霊」の正体だった。深夜にこそこそと現れ、ささやき声を残す。彼女の心境を思うと申し訳ないが、まぁ、聡明なばあちゃんのことだから、のちのち考えすぎだったと気づくだろう。高を括《くく》りながら、マイクに声を吹き込む。

「結局のところみんな不器用だから、その刀捨てちまえ武器よさらば……」

曲のフックにあたる部分だ。「不器用だから」と「武器よさらば」でやや強引に韻を踏む。今流行りの、三連符のリズムで言葉をすばやくまくし立てる節回しだ。

もしこういうことが起こったら、指をさして大笑いして、盛大に喜んでやろうと思っていたはずだった。されど岩隈は、それを実際に目の当たりにすると、そういう想像をした自分自身も含めてあまりに惨めったらしく感じる他なかった。

矢口は数日前の旋盤実習で失態を犯した。ボーッとしていたのか知らないが、機械に指を挟んで大怪我しくさった。今は右手に包帯を巻き、片手での生活を余儀なくされている。切断するかしないかの大騒ぎらしい。機械の隙間に挟まれた指が発する生々しい音や吹き出した血によって演出されるスプラッターは過度に痛々しく、心置きなくざまぁみろ、と笑えなかった。

昼休み、朴は教室の壁に寄りかかって、イヤホンを片耳にかけ、フィリップ・K・ディックの『ユービック』を読んでいた。彼女はページに目を落としながらも、一人でモソモソと真っ赤なパッケージのカップラーメンを食べる矢口（本来、このような光景はありえない。彼女たちはひとりで昼食をとるような人間のことはウジ虫のたかった豚の死体と同じだと思っている）のことが気になって仕方がない様子だ。痺れを切らし、そばで椅子に座っていた岩隈にそっと耳打ちしてくる。

「矢口、ひとりでメシ食ってる。珍しいね」

「事故がショックだったのかもな。めっちゃ血ぃ出てたし」

あのとき、実習室は阿鼻叫喚の騒ぎだった。

岩隈が苦笑混じりに答えると、朴は小さく舌打ちした。

岩隈はいきなりなに？　と眉をひそめる。

「あーごめっ。その、違くて」

朴が不意に舌打ちをしたのは、片耳のイヤホンで聞いていた音楽のシャッフル再生の途中に挿入された、無料版の Spotify の広告（の内容）にムカついたからだ。それをかいつまんで説明した朴に、岩隈はフンッと口を閉じたまま短く吹き出した。

「あれウザいよな。きっと、広告が流れない有料プランへの加入を促すために、わざと寒いセンスのやつを流してんだよ」

「あ。なるほど。岩隈ちゃん頭いいね」

朴は心底感心したように、文庫本を持ったまま手を叩く。手のひらと表紙がぶつかり、パスッ、と鳴った。

「ちょっと考えれば分かるよ。お前みたいに思考停止してる連中を食い物にすることで、世の中って回ってるから」

ははは……ひど。朴は本に目線を落としながら笑う。岩隈は弁当箱に箸を突っ込みながら、そっと朴を見上げた。会話しながら、本を読みながら、音楽を聞いてるわけか。そういえば、昼休みにこいつがなにか食ってるところを見たことがない。痩せようとしてんの？　嫌味っぽく聞こうとしたが、思い直す。それの代わりに、桜でんぶをまぶした冷えた米を口に運ぶ。

「そういやさ、腹減んないの？」

え？　尋ねられると、朴はにやつきながら顔をあげた。

「いや、昼休みにお前がなんか食べてるとこ、見たことないな……って。早弁してんの？」

「ん。まぁ、うん……」

朴はえっとね、と指を立てる。なに？　と岩隈は首を伸ばし、話を聞くポーズをみせた。

「食事って行為そのものに、関心がないっていうか……」

「はぁ？　中二かよ、イキんな！」

「いや、そういうんじゃなくてさぁ」

そのとき、教室の窓側が若干ざわめいた。矢口が小さく声をあげたのが岩隈たちにも聞こえる。

「あっ。あーあ」

野次馬的に面白がるように、岩隈はぐるりと首を回した。矢口は左手だけで食事することに難儀した挙句、カップラーメンを倒してしまったようだ。机の上に麺がぶちまけられ、赤いスープが教室の床に染み込んでいく。

矢口はゆっくり椅子から立ち上がり、バッグの中からポケットティッシュを取り出した。近くにいた生徒も、それを片付けることに協力したようだ。周辺の床の木目のタイルに香ばしい匂いの染みこそ作ったものの、落ちた麺は即座に回収されてゴミ箱に移った。

「私の椅子の背もたれにもスープかかってんだけど……そこも拭いてよぉー」

矢口の手前は私の席だ。朴はあくまで小さく、目を逸らしながら嘆く。

「しかしさぁ。あいつらもひどいよな」

岩隈はそっと、教室の後方に溜まっているグループに目配せする。つい何日か前までその中心に矢口がいたのに、今となっては一人減ったことにも気づいていない、あたかもはじめから五人だったよ？　とでもいった感じで、あいも変わらず騒ぎ散らしている。

「矢口美流紅、ハブられちゃったのかな。まさか、事故ったから？」

「ありえるな。ああいう奴らの友情って、浅いから」

「そうかな。たまたま今日だけじゃないの？　そんな、昔の少女漫画じゃないんだから……」

岩隈は、ん？　とわざとらしく咳払いする。

「お前、昔の少女漫画のなにを知ってんだよ」

「……え、萩尾望都とか？　ごめん、適当言った」

「まぁ、あいつらもこのクソ田舎の底辺高という環境に毒された犠牲者にすぎないのかもしれないな。即物的にはしゃぐことしか楽しみを知らない」

「え？　ああ、そうだね？」

岩隈ちゃん、めっちゃ疲れるー。朴は苦笑した。

昼休みが終わるまでに、朴は立ったまま『ユービック』を二十ページ読み、タイラー・ザ・クリエイターのアルバムのうち四曲を聞き、Spotify の広告に二回辟易した。

「なぁ」

ふと、岩隈は言う。

「なに？」

「トイレ行かない？」

「ああ、うん。いいよ」

二人で教室を出てトイレへ向かう。校舎内に女子トイレは一階にしかなく、二年生の彼女たちが用を足すためには、わざわざ階段を降りる必要がある。

放課後、岩隈は校舎を出て、校門ではなくその反対側の部室棟へ向かった。教科書の入ったリュックサックを背負いながら、肩にボストンバッグもかけているため、ただ歩くだけでもなかなかに疲労を強いられる。三階建ての部室棟の最上階にたどり着くと、空き教室から演劇部員と思《おぼ》しき声が聞こえてくる。

「……マクベスは存在自体が悲劇なんだよ」

断片的に聞き取れた。分かりやすく抑揚のついたその口調から、「台詞」であるのだろうと分かるが、ふと、疑問に思う。うちの高校に演劇部なんてあったの？　知らなかった。入学時に部活紹介を見たときにもそんなもの載ってなかったような。演劇なら、ちょっと興味あったのに。

それはさておき、目的地は屋上だ。梅雨時の今、雨が降ってこないうちにこの目的を果たしておきたかった。屋上へ通じる扉には「立入禁止」とマジックで書かれたガムテープが貼ってあるが、鍵はかかっていなかった。周囲に誰もいないことを念入りに確認してから、ドアノブをひねる。古びた蝶番《ちょうつがい》は不快な音を立てながら開く。

屋上へ上がる。ここに足を踏み入れるのははじめてだった。教室ほどの広さで、床は落ち葉やビニール袋などのゴミや鳩の糞で著しく汚れている。そして、それらを統《す》べる象徴のように、管理されなくなって薄茶色に汚れたビニールハウスが鎮座している。上履きの底が汚れるのに顔をしかめながら、汚い床を歩く。

不祥事を起こした顧問教師の退職処分によって、園芸部は事実上の廃部となった。

顧問を務めていたのは一年の日本史教師だ。彼はあるとき、なにを思ったかデザイン科の教室で児童ポルノ画像をプロジェクターでデカデカと投影した（間抜けなことに彼は授業資料用のUSBメモリと、エロデータ入りのそれとを取り違えた……というのが通説だが、岩隈はその笑い話を真に受けていない。むしろヤツは意図的に、自身の秘めたる加害欲求を満たすためにそれをやったのだ、と考えている。デザイン科のクラスには女子生徒が比較的多く、今年度は十人もいる）。その噂はたちどころに広まり、彼の今野《こんの》という名前に由来するロリコン野《の》という造語がしばらく流行した。今野そのものを表すほかに、今野的なふるまいをした、たとえば隠していた秘密を漏らしてしまった者に対して、「お前ロリコン野じゃん」と茶化す使い方もある。派生して、あえて教室でプロジェクターで自分の恥ずかしい画像や動画をさらす「ロリコン野チャレンジ」をする連中もいた。

今野の退職後、彼による女子生徒へのセクハラ被害の告発が数件あったことも記憶に新しい。それで、ただでさえ悪いこの高校の評判は地に落ちたのである。チャンチャン。

岩隈は異臭ただようビニールハウスに近づく。ビニールをめくって、その中に入る。屋上の面積の半分くらいを埋めるその中に入ると、むわっとした熱気がまとわりついてくる。

中には枯れた植物や、カビの生えたプランターやジョウロやらの園芸道具が打ち捨てられていた。顔をしかめつつ、奥へと進む。

隅に、マチェーテの入ったバッグをそっと置く。高校生にもなって自室を姉と共有しなければならないアパートには安全にマチェーテを保管できる場所などない、ということに最近気づかされたのである。「このバッグ、なに?」という姉の疑問にシラを切り続けるのも、もう限界だった。図書室から見えた、汚いビニールハウス。元・園芸部への負のイメージも相まって誰も寄り付かないここに置いておけば、まず見つからないだろう。藤木も最初から、こうしておけばよかったのだ。

岩隈はみずからの聡明さを讃えつつ、部室棟を出た。

『東海村サイファー』は毎週木曜日、十九時より開催される。

朴はいつものように、帰宅するや否や自室に駆け込んだ。私服に着替え、ウエストポーチを巻き、ニューエラのキャップを被る。家を出る前に、庭にいた祖母に声をかけられる。他愛のない会話ののち、お線香あげてきなよ、と言われた。早く出かけたかったのだが、そうだね、と笑顔を浮かべる。

一階だけにある和室に置かれた祖父の仏壇の前に座り、置いてあるチャッカマンで蠟燭に火をつける。線香を立て、リンの縁を鈴棒《りんぼう》で叩き、チーンと鳴らす。音の余韻までを聞き取ることはせず、フッと息を吹いて蠟燭の火を消した。

一刻も早く家を出る心づもりだったため、火をつけるのに使ったチャッカマンを持ったまま外に出てしまった。いまさら引き返す必要性も感じられない。とりあえず、ウエストポーチにしまっておくことにする。途中で空腹を解消するための軽食と緊張を和らげるためのチューハイのロング缶を買ってから、開催地の公園に出向く。

朴はサイファーの開始時刻より一時間早く公園に着いた。十分ほど待っていると、昨日連絡を入れた画餅児が手を振りながら小走りでやってきた。それに手を振り返す。

「あ、ガベさん。お疲れさまっす」

「うっす」

二人は右の手のひらを合わせ、拳を軽くぶつけ合う。

いやぁ、と画餅児は遠い目をする。

「音源聞いたよ。センスいいじゃん」

朴は完成した曲のデータを事前に送っていた。自分の住む東海村をテーマに、原発についてのトピックなんかを盛り込んだりした、現状からの脱出を歌ったシリアスなラップ……のつもりだった。タイトルは『センス・オブ・ワンダー』。

「マジっすか、ありがとうございます!　どこらへんがよかったですか?」

画餅児はしばらく苦笑しながら思案した。

「んー。……いやぁ、まぁ。全体的に。リリックもいいし、フロウもよくできてるし」

画餅児はダメージデニムのポケットからタバコのパッケージを抜き出した。んっ、とそれを朴に差し出す。

朴はその中から一本を摘《つま》み出し、唇に挟み込んだ。顔に向けられたライターの火に先端を近づける。

ふぅー、とゆっくり煙を吐く。画餅児はタバコを手元で弄びながら、でさ、と切り出す。

「今週の土日って空いてる？」

朴は吸い込んだ煙にむせつつ、はい、と答える。

画餅児はスマホを取り出し、なにやら操作をはじめた。

「あいつと連絡取ったんだけど、本格的にレコーディングしたいから、会えるかって」

朴は肩を震わせ、身体がぴくりと無意識のうちに持ち上がったのを感じた。

「マジっすか！」

画餅児に集合場所および時間を伝えられ、朴は動悸に胸を痛めながら頷く。

「あと」

「はい」

いよいよ、本格的に自分の人生が再始動するのでは？　視界の光度が幾分増したような感覚に陥る。

「制服着てきて、だってさ」

はい？　画餅児が言わんとしていることがよく分からなくて、朴は頬を引きつらせた。

「タダでレコーディングもミックスもしてあげるけど、それが条件だって」

「は、はぁ……」

頬にぽつり、と冷たいものが当たった。朴は空を見上げた。小雨が降り出していた。サイファーが中止になるほどの雨ではない。画餅児の持参するスピーカーは防水だ。

「あー、いや。べつに変態とかじゃなくて。まぁ、あいつの家、スタジオとかあるし。いい設備の使用料だと思って、さぁ。なんかされたりとかはねぇから。あいつ、いいヤツだから」

若干複雑だが、意思は変わらなかった。チューハイの缶を開け、口をつける。

「分かりました。ありがとうございます」

待ち合わせ場所と日時をスマホにメモし、覚悟を決める。どの道、ヒップホップって、潔白なんかじゃない……らしいから。

「まだ時間あるけど。みんな来るまでサイファー、はじめてよっか」

画餅児はリュックサックからスピーカーを取り出した。電源を入れる。

ビートが流れ出すと、朴の中の不安感が払拭された。

「やりますか」

腹が痛いけど抗いたい、からでっちあげたい叩き台。

まるで死体みたいな目で見る視界、それでも期待してる未来。

そんなラインを吐いたり、画餅児のあいも変わらぬ流暢なラップをじっくり分析したりしていると、しだいにメンバーが集まりはじめる。

「うぃっす。今日は早ぇな、ニューロマンサー」

ジャッキーがニトロ・マイクロフォン・アンダーグラウンドのTシャツで雨粒のかかったスマホの画面を拭きながら輪に加わった。

「あ、ジャッキー。お疲れ」

彼は自分と同い年で、県南のほうの高校に通っているらしい。フリースタイル・ラップを聞きながら、朴はふと思う。こいつはジャッキー。隣にいるのは主催者の画餅児。今バースを蹴っているのは、前回から参加した中学生のカフェ・オレ。

「……決して素通り、できない不条理、綴るストーリー、を刻むフロッピー」

そして自分は、ここではニューロマンサーだ。名乗っているのはあくまでMCネームというやつで、お互いに誰の本名も知らないのである。自分はその絶妙な距離感に居心地の良さを感じているのかもしれない。

小雨が降っているからか、今回はあまり人が集まらなかった。

でも今日はなんとなく調子がいい。朴は雨に身体を冷やしつつも、的確に押韻を重ねた。

「記録してくフロッピーディスク、リズムの上に言葉を築く。

怯《ひる》む、ことなくフィルムを回す……」

それが記録媒体である、ということはかろうじて知っているけれど、ここにいる誰もフロッピーディスクの実物を見たことはない。

矢口はＪＲ『東海』駅のホームに降り立った。左手でトートバッグの中からSuicaを取り出し、改札にかざす。

皮肉だな、と思う。もともと自分は左利きとして生まれてきた。それを幼少期、母親の教育のもと、長い時間をかけて右利きに矯正したわけだ。プルプルと腕を震わせながら右手で鉛筆を握り（母親に手を上からぎゅっと押さえつけられながら）、自分の名前を何度も書いたことが懐かしい。その熱心な「躾《しつけ》」の甲斐あって、今となっては左手で箸を持つこともおぼつかないのである。

駅の階段を降り、外に出る。駅前の寂れたイオンを通り過ぎて、バス停に向かう。

そのとき通りがかった公園から、音楽が聞こえた。ズンッ、ズンッ、といった感じの、断続的なリズムが耳に入る。興味はないがなんとなく、音のする方へ視線を向けた。

あれ？　あれって……。

興味深いものが見えた。四、五人の若者の集団が、スピーカーを囲んで身体を揺らしている。声も聞こえた。歌声のようなものも聞こえる。ラップ？　その、どこか儀式的にも思える奇妙な円陣の中に、ひとりだけ女が混ざっていた。制服を着ていないため確証は持てないが、あれは朴秀実じゃないか。クラスで自分の前の席に座ってるあいつ。

そこにそっと近づいてみる。やっぱり、朴秀実だった。ちょうど彼女はスピーカーのリズムに合わせて、なにやら早口でまくしたてていた。

「なるほどお前は童貞で包茎、それでもオーケーって万事を肯定

人生ってゲームはノーペイン・ノーゲイン、うなだれてたって超めんどくせぇ、だけ
ただ黙って突っ立ってたってダメ、今中指を突き立てるんだぜ
ほら逃げんじゃねぇ、今、ここで言葉を吐け」

へぇ。

なんだか感心してしまった。朴秀実、こういうことやるんだ。普段一言も喋らないから、どんなヤツなのかまったく分かっていなかった。

矢口はフェンスにぴったり顔をつけ、その集団をしばらく眺めていた。朴がラップ（？）を終えると、円陣の右隣にいた男がそれに続けてリズムを刻み出す。

なるほど。韻を踏みながら順に会話していくのか。思えば、朴秀実の前にラップをしていた中学生っぽいヤツは、俺は童貞で……と自虐っぽく言葉をリズムに乗せていた。朴秀実はそれを踏まえて応答したわけだ。彼女の次の番の男も、朴秀実の使った言葉をいくつか引用した。

純粋な好奇心が疼《うず》く。公園の中を横断しがてら、もっと近くでそれを聞いてみようと考えた。

今スピーカーから流れているのは、たしかパブリック・エネミーの『ハーダー・ザン・ユー・シンク』だな、と思う。ジェイク・ギレンホールの映画、『エンド・オブ・ウォッチ』で流れていたから聞き覚えがある。その曲からボーカルを抜いたインストに合わせて、彼らは思い思いに即興ラップを重ねていた。そういえば、『8マイル』で見たことがある。フリースタイル・ラップというものだ。

左手に持つスマホを眺める動作をしながら、集団をゆっくり通り過ぎようとしたとき、あろう

ことか、朴秀実と目があった。

決定的な瞬間を見られてしまった！　朴は身体を硬直させた。

眼球から血が滲み出るんじゃないかと思うくらい、顔が急速に熱を帯びた。即座にうつむいて顔を隠す。ジャッキーがラップするさなか、唐突に口にする。

「あ、そうだ。明日早いんで、じゃあ、私はこれで」

集団に会釈し、それぞれとハイタッチと拳を合わせる動作を行い、朴はその場から逃げるように離れた。矢口がそれを追い、ねぇ、と声をかけてくる。

朴は冷や汗を拭い、反射的に手にしたロング缶を口元に当てた。すでに中は空だ。

「あ、えっと……矢口さん。こんばんは」

なんて悲劇！　吐きそうになりながら、ぎこちなく笑う。よりによってこいつに見つかったら、もうあとがないじゃないか！　いじめられて不登校になった弟のことを思い出す。さすがにあそこまでにはならないだろうが、「クラスの陰キャが学校の外ではラップの真似事をして遊んでいた」とか、もう、典型的というか。相当キツいよね。

「何してんの？」

「えっと……ラップ」

朴は頭の中で『銀河ヒッチハイク・ガイド』の文庫本を三回めくった。『パニクるな』という太字の記述を探す。

「ふぅん」

矢口の胸元に目線を向けると、Ｔシャツに大きなブロック体で『BAD MOTHER FUCKER』と書いてあった。

朴は無意識のうちに歩みを進めていた。一秒でも先にこの場を去りたいという思いが、本能的に身体を動かす。気づけばロング缶を握り潰していた。

矢口がそれに追従する。公園を出て、人気《ひとけ》のない路地に入った。車がまばらに停まった駐車場が見える。もっとも、この周りにはそれ以外になにもない。

「あ、あのっ！」

朴は高速で首を回し、隣の矢口に向き直る。

「なに？」

「これ、みんなに……言わないでね？　お願いだから」

今にも泣き出しそうだ。朴は缶を投げ捨てるや否や両手を合わせ、あたかも敬虔な信者じみた顔つきで言った。

「酒のこと？」

「そんなのはどうでもいいよ！　いや、その、ラップ……」

言葉と一緒に内臓も吐き出しそうだ。

それを可笑《おか》しく思ったのか、矢口は表情を変えずに小さく鼻で笑う。

「言わない。別に、恥ずかしいことじゃないし」

興味もないし、別にそんなに面白くないし。むしろ感心したよ。ひとりで本読む以外に、好きなことがあったんだね。彼女の顔つきはそう語っているようで、朴はそれはそれで腹を立てた。

「私は恥ずかしいの！」

自分のどのふるまいがからかいの対象になるのかビクビクしながら教室にいる緊張感を矢口が理解できるとは思えない。自分や岩隈のような人間にとって、あそこは刑務所、あるいはテレスクリーンが見張るディストピアだ。

「そっか。でも、かっこいいよ。青春してんじゃん」

「青春っ」

皮肉かよ！　朴は頭を掻きむしるか地団駄を踏みたいのを堪《こら》え、下唇を嚙みしめる。

「私も、青春したかったな」

皮肉だな！　苛立ちが恐怖や気まずさを一瞬だけ上回る。

「青春って、矢口さんみたいなのを言うんでしょ。クラスでみんなで騒いで、部活、恋、友情、努力、勝利、絆！　卒業なんてしたくなーい。ウチら、ずっと一緒だよ！　桜の花びら散るときにー、って」

突発的に嫌味っぽく言ってしまった。後悔しても、もう遅い。

矢口がささやかに微笑む。

「そういうのは、漂白された青春のステレオタイプだから。全部嘘っぱちだよ。あんたみたいにやりたいことやってるのを本当の青春っていうんじゃーない？」

「気、遣ってる？」

今ビートが鳴ってれば。たぶん、死ぬまでまくしたててやるんだけど。あるのは脇腹の痛みと喉の渇きだけだ。いきなり舌嚙み切って死んでやろうかな！　朴はなにもできなかった。

「ラップしてよ」

矢口は言った。挑戦的な口調だった。

「は？」

「聞かせてよ。朴秀実のラップ」

「や、やだよ……」

「あっそ。つまんな」

冷たい無表情のまま、吐き捨てられる。

ここでバカにすんなと胸ぐらに摑みかかったらどうなるのだろうか。矢口がこちらの動向を窺うように、あえて沈黙しているのが見て取れる。

「音楽、鳴らしてあげようか？」

矢口はトートバッグからスマホを取り出し、ユーチューブでインストを適当に検索して再生した。キングギドラの『公開処刑』のイントロが流れる。

「おい！」

「ほら、はじまるよ」

「……お前にとっちゃ私は超カス、舌っ足らずなダサいオタク？

しかし言語野は太宰治、こっからはじまる私の夏
こんな時間になんの用だ、聞かねぇお前の甘い御託《ごたく》
弱者いたぶって楽しいか？　どうなってんのお前モラル」

八小節を埋める。本来であればここまでで他者にマイクをパスするのだが、当然周りにはジャッキーも画餅児もいない。矢口を睨むも、どこか満足げな目線を返されるだけだ。音楽はまだ続く。ヤケクソに手を振る。

「え、なにこれまだ続けんの？　止めんの？　お前になんの権限があんの？

バッチリされたよ公開処刑、見てよ私こんなに滑稽
これで満足か、返ってくるのは沈黙か、どうすか？

ロング缶、飲まなきゃ立ってらんない、傷つきたがりの好事家」

矢口は音楽を止めない。

「……いや、もう無理だから！　ふざけんな！」

朴はきびすを返し、その場から逃げ出した。

「待ってよ」

その腕を、矢口の左手にがっしりと摑まれる。

「いいじゃん。かっこよかったよ」

「うるせぇ！」

どうしようもなく、ゼエゼエと息を吐きながらその場のフェンスにもたれかかる。

「そっか。茨城弁って早口で語尾が上がって、攻撃的だからラップに向いてるのか」

「そこまで考えてないし。……私、そんな訛《なま》ってんの？」

朴は話題を変えたい一心で、包帯の巻かれた矢口の右手に注目した。

「あ。指。大丈夫？　大変だったね」

「めちゃくちゃ化膿したから切断だけど、まぁ、悪いことばっかじゃないんだ」

「どういうこと？　切断？　ヤバくない？」

人間の指って、トカゲのしっぽと違って一度切れたらもう生えてこないんだよ？　知ってた？

朴は警戒心の強い小動物のような目つきで矢口を見る。矢口はまぁ小指だから、とさして深刻でもなさそうに答えた。

「私、部活やってんだけど。陸上」

「知ってる。たしか、凄いんでしょ？　短距離とか」

でね、と言いがてら、矢口はトートバッグに左手を突っ込んで中からタバコのパッケージを取り出した。朴には見たことのない銘柄だった。一般的なそれより平べったい、灰色の箱。

「なにそれ」

「『ダブルハピネス』」

蓋を開け、左手の指と手首を巧妙に操って細長いリトルシガーを指に挟む。

リトルシガーかよ。普通のタバコより二百円くらい安い。高校生がタバコ代節約しようとすんな！　朴は揶揄したくなったが、そんな言葉が出るわけもなく、ただそれを黙って眺めていた。

「一本、いる？」

「あ、どうも……」

箱を受け取る手が震えているのを悟られないように、すばやくそれを手にする。

矢口がバッグの中からライターを出す。火をつけようとしたとき、その手元が狂った。指先からこぼれたライターが足元に落ちる。そこにはちょうど、側溝の蓋の穴があった。矢口はあっ、と小さく声を出す。

「落っこっちゃった。ドブに」

「あーあ」

リトルシガーを持て余すようにくわえたまま、矢口はかがんで穴を覗き込む。ここで朴はふと思い立ち、ウエストポーチのジッパーを開けた。

「火、あるけど……」

チャッカマンを手に取り、カチカチと鳴らしてみせる。

「なんで？」

「いや、なんか、たまたま？」

「ウケる」

無表情のまま言う矢口にチャッカマンを手渡した。

小雨のせいか、矢口は火をつけるのに苦戦した。かがみ込んで自分の身体で陰を作ると、やっと点火できた。朴も同じようにする。

矢口はふぅ、と煙を吐き出し、一息ついてから、でさ、と話を戻す。

「私、部活めっちゃ辞めたくて。陸上とか、死ぬほど嫌いで」

「はぁ」

朴は歯切れ悪く相槌を打った。

「だから、どうにか円満に部活辞める方法ねぇかなーってずっと考えてた。で、事故っちゃったから。ちょうどいいっしょ」

矢口は包帯に巻かれた右手を掲げる。

数回だけ吸ったつもりが、朴のリトルシガーは半分程度まで焼け落ちていた。

「こんな怪我じゃあスポーツなんて、とうてい無理だなー」

「うーん。そりゃあ、まぁ……」

退部なんて、顧問に相談すればなんとかなるものではないのだろうか。バカじゃないの？

「でも、指ちぎれただけなんだから軽い練習はできるだろって言われそうだし。だから、それに加えて精神を病んだフリをしてみようかなって思ってる」

「え？」

「突然の事故でショックを受け、今までの活発な性格も消え失せてしまった。これはとても、部活を続けられる状態じゃないぞ、って」

朴は苦笑した。どういう言葉を返せばいいか、まるで分からない。

「そんなに部活、嫌だったの？　つーか、あんなに血しぶき上げてて、大丈夫なの」

「人生はノーペイン・ノーゲイン、っしょ？　タダでは起きない」

サイファーでのフリースタイルで使った言葉を引用され、朴は下唇を噛んだ。

「どう考えてもゲインに対してペインが釣り合ってないよ！　部活なんて、こっそりバックれちゃえばいいのに」


うちにはどうしてお父さんがいないの？（さすがに実際にはこんな類型的な「子どもの口調」ではなかった）なんて、シングルマザーに問われる言葉のなかで、最も典型的なそれを口走ってしまったことがそもそもの問題だったのだろうか。

矢口が自分の自我を確立させてから絶えず脳裏にこびりつかせている考えだ。それはあたかもブラシの届かない位置の汚れのように、決して落とすことはできないのである。

父がいない理由、すなわち死因を明確に知ったのは十四歳の頃だった。

一九九九年、父は東海原発の作業員だった。そして事故に巻き込まれた。

されど死因は放射線汚染の後遺症ではなく溺死だ。いろいろあって、久慈《くじ》川の上に架かる橋から飛び降りた。

橋のフェンスの縁に上って、川に向かって身を投げる。死の間際に父が見たものは、近くにある『カインズホーム』の駐車場だったのだろうか？　走馬灯（あれば）に三歳の自分は登場しただろうか？

「ミルちゃん」

「なに、トキちゃん」

おかしな母親だ。それはファニーというよりイディオットで、言葉を選ばずにいうと、この人は狂ってる。矢口はそう思う。三十代後半にもなって『ティックトック』をやるヤツにマトモな人間はいない。

矢口が十二歳のときに、彼女の母親はどうにかなってしまった。

当時、ブライアン・デ・パルマの『キャリー』を見た。内気な少女キャリーはいじめと支配的な母親の圧力に耐えきれず、しまいにはパーティー会場で豚の血を浴びせられて精神が崩壊。サイコキネシス能力に目覚め、クラスメイトたちを皆殺しにする。復讐の末にキャリーはすべての元凶であった母親を殺す。サイコキネシスで家を崩し、自分ごと母親を巻き添えにして、瓦礫の下敷きになる。

エンドロールを眺めながら、切実に思った。このままだと、私はキャリーみたいになるかもしれない。

まぁ、超能力が使えるようになるんだったら、それはそれでいいかもしれないけど。

ところで、矢口がこういう映画をひとりで見ることを母親はなにより嫌悪した。R15のレーティングを守っていないことについてはどうでもよくて、暗い映画をひとりで黙々と見るような娘というのは、理想的でないからである。酒もタバコも無節操なセックスも許す。が、ネクラっぽい言動をすることだけは禁忌とする。それが矢口の母親のイデオロギーである。読書なんてものはもってのほか、スマホ以外の電子機器に詳しかったり、社会のシステムに疑問を呈したりしてはいけないのだ。メガネをかけているのはインテリ的なので、コンタクトレンズを買い与えたりもした。

「今日は、なにしたの？」

「別に。ふーちゃんとドトール行って、カラオケ」

「そっかぁ。トキちゃんはね、お仕事のあと、これ作ってたよ」

矢口の母は、じゃらじゃらと音のするクッキーの缶をテーブルにのせた。蓋を開け、中からレジンで作ったハンドメイドのアクセサリーを取り出してみせた。

「すごいね」

母の手元で、キーチェーンつきのストラップが揺れる。

矢口は母のことを「お母さん」ないし「ママ」と呼ぶことは許されていない。彼女の一人称たる、時子《ときこ》に由来するトキちゃんという名称を用いねばならない。

昔はかろうじて普通の母親だったはずなのだ。少なくとも、一人娘の利き手を矯正し、『イトーヨーカドー』の構内にある『めばえ教室』に毎週通わせるくらいには世間の目を気にする、ごく一般的な母親だった。それが今はこんな、中年の皮を被った女児に成り下がっている。

その訳は、わりとたやすく逆算的に解き明かすことができる。

まず、配偶者の死。しかも、不条理な形によるもの。それ以降、放射線と世間の目に尋常ならざる恐怖を植え付けられた。人付き合いを極力避けるようになった。

次いで、二〇一一年の震災。東北に近いここも水道や電気が止まってパニックに陥った。フクシマのニュースに怯《おび》え、東海原発がメルトダウンすれば自分たちの住むここも避難区域になることを知る。

トキちゃんはあることに気づいた。世の中のニュースは、知れば知るほど不安になるようにできている。つまり、情報を取り入れなければ、不安にならない。トキちゃんは新聞の購読を止めてテレビも見なくなった。これでもう、大丈夫。

要するに、きっかけは原発だ。放射線によって誕生した悲しきモンスターという点において、母親は広義の『ゴジラ』なのである。矢口はそう笑い飛ばす以外にそのいたたまれなさをやり過ごす方法を知らなかった。

トキちゃんは東海村の文化レベルをそのまま反映したような、駅前の「ないよりはマシ」としか言いようのない陰気なスーパーマーケットの惣菜コーナーに勤めるパートタイマーだ。両親の助けもふんだんに借りて、どうにか娘を養っている状態にある。

彼女は精神がおかしくなっても、母親としての「役目」を忘れはしなかった。これはいい話ではなくて、ある種の悲劇だと矢口は考えている。休日にはネコ柄のワンピースを着てルンルンとお出かけ、SNSで十歳以上も年下のヤツと楽しくお喋りするような、「子どもおばさん」そのものと化したのに、母親としての立場を捨てることはできなかったのだ。

ロメロの『ゾンビ』では、ゾンビになった人々が生前の習慣に基づいてショッピングモールに集まってくるけど、それと同じだ。いっそ、それこそ完全にイカれて入院しなければならない運びになれば、自分も彼女も、もっと潰しがきく生き方ができるかもしれない。

いきなりここでこの人のことを思いっきりぶん殴ったらどうなるんだろう？

トキちゃんと会話しているとき、矢口は頻繁にそう考える。そうすれば彼女は我に返るのだろうか？　はたまたパニックに陥ってさらに頭がおかしくなるだろうか？　おそらく後者であると思われるから、実行には移さない。

トキちゃんは、それでね、と前のめりになる。

「今日ね、社員さんからお寿司のクーポン、貰っちゃったの！」

何度も折り畳まれた『銀のさら』のクーポン券つきチラシをジャーンと見せつけてきた。

「マジ？」

「うん。今日は出前にしよ！」

矢口はカッと目を見開く。テーブルの手元を軽く叩く。ビニールのテーブルクロスが指先にべたつく。

「おーっ。やった！　じゃあ、私電話するね！」

トキちゃんからチラシを受け取り、スマホでそれに記されていた電話番号にダイヤルする。小躍りしながら、クーポン券の番号と住所をルンルンと告げる。

矢口がたかが寿司の出前ごときでここまではしゃげるのは、べつだん常日頃ひもじい思いをしているからではなくて、メソッド・アクティングの賜物だった。徹底的な役作り。『レイジング・ブル』でジェイク・ラモッタを演じるために三十キロ近く体重を増減してみせたデ・ニーロや、『ダークナイト』でジョーカーに精神を近づけすぎたあまり病んで不眠症になって死んだヒース・レジャーのごとく、矢口はトキちゃんの求める理想像の役になりきってみせた。明るくて、活発で、あまり深いことは考えない。いつも幸せ。

その結果、実際その通りになった。高校進学を機に矢口は、明るくて、活発で、あまり深いことは考えない、いつも幸せ、という人格を手に入れたのである。ゆえにクラスの中心人物になった。冴えないクラスメイトを嘲笑するのも、授業中に机に脚をのっけてスマホをいじり、教師をボイコットするのも、あくまで役作りだった。気づけば、それを「素」にすることができるようになった。

あるとき矢口はトキちゃんのスマホがロックを解除されたままテーブルの上に置かれているのを偶然に見つけた。

トキちゃんはトイレに行っている。画面に目を向けた。インスタグラムのホーム画面が映っている。親のSNSアカウントほど見たくないものはないけど、怖いもの見たさだ。

げっ。

アイコンの画像（サンリオの『キキララ』）とユーザーネームに見覚えがあった。自分の投稿にときどきハートマークの『いいね』ボタンを押してくるユーザーで、こちらからは返していないがアカウントをフォローされている。ときどきコメントを送信してくることもあったし、それに返信し、ささやかな会話をすることもあった。

ウジ虫のたかる腐肉を見たときのような気分にさせられた。全身に鳥肌が立つ。ヒッチコックの『めまい』で高所恐怖症の主人公が塔の上から下を見下ろしたときの、視界がぐらりとゆらめくように周りが遠のいていく、ドリー・ズームじみた感覚を味わった。

そっと、恐る恐る、母親のアカウントの投稿を覗いてみる。

『サプライズで、「今日の夕飯はお寿司だよー」って言ったらうちのチビが狂喜乱舞（汗の絵文字）。**小躍りしながら電話してくれたよ**（苦笑する顔文字）』

実際に「サッ」と音がしたのではないかと思うほどに、とてつもない速度で血の気が引いた。急激に体温が冷える。

寿司の出前をとったのは先週、この投稿がポストされた日時と同じだ。チビって、私のこと？これは相当に重症だぞ。あの人は私のことを幼児だと思い込んでいるのか？　それとも、娘が十七歳であるという自覚をもってしてあえて「チビ」と呼称しているのか？

どちらにせよ、よく分かった。要するにトキちゃんは、私に白痴であってほしいのだ。

無垢で愚直でまっすぐな。『フォレスト・ガンプ』みたいな？

難しいことはよく分からないけど。お母さん大好き。わーい、お寿司。

親にSNSのアカウントを覗かれるなど保護者立ち会いのもとマスターベーションをするのとなんら変わりがないのだが、トキちゃんの場合、あくまでパラノイアじみた過保護欲求からの監視行為ではなく、本気で娘と「友達」になろうとしている。

余計にタチが悪いよ！　矢口は爪で上唇を掻いた。

現状から脱出するためにはなにか、デカい「イベント」を経験しないといけない。そういうのが必要だと思っていた。無理矢理にでも変化を起こさなきゃ、私は一生このままだ。バカの集まりの中のちょっとイケてるやつ、という立ち位置をキープしたまま高校を卒業し、良ければ自宅から通える範囲内の短大に進学。悪ければ、近所の工場に就職。最悪のパターンは、本格的に精神を病むようになって身の回りの自己管理もままならなくなった母親の介護をしながら最寄りの『イオン』でパート暮らし。そのどれにせよ、高校の友達とずっとつるみ続け、地元で生涯を終えるだろう。

そのことを考えると、我が最も敬愛する映画監督の邪悪で病的な作品群を見るときと似たような心境にさせられる。

絞首刑にされたビョークの姿を見るたびに（自分とビョークを重ね合わせる欺瞞《ぎまん》はさておき）気が気でない。

この村はさながら、ラース・フォン・トリアー監督作の殺風景なセットなのである。

施術の済んだ右手を一瞥する。とくにショックはなく、『ゆきゆきて、神軍』に出てくるアナーキスト奥崎謙三の敬礼のポーズ（彼も右手の小指が欠損している）を真似して写真を撮るくらいには気楽なものだった。それでもやっぱりめちゃくちゃ痛かったし、ぱっくりえぐれた傷口から血が吹き出すのも、傷口がみるみる膿んでいくのもおぞましかった。

ところで、学校の実習で事故ったから、保険金が下りるのだろうか？

とりあえず、切断級の大怪我という「イベント」を経て、ここから抜け出すためのプロセスをひとつ、やり終えたと言えるのではないだろうか。

小雨が当たってリトルシガーの火が消えてしまった。朴は再点火しようとチャッカマンをカチカチやりながら言う。

「矢口さんって、このあたりに住んでんの？」

「うん」

「そっか。駅おんなじなのに、ぜんぜん気づかなかった」

矢口はリトルシガーをもう吸い切ってしまったようで、『ダブルハピネス』の箱から新しい一本を抜き取った。

朴はチャッカマンの引き金を何度も引き続けたが、ガスが残り少ないのか、なかなか火がつかなかった。一瞬だけちょこんと先端が赤く灯るのだが、それだけだ。

カチッ、カチッ、と、しきりに繰り返されるその音だけが鳴っている。

「貸して」

矢口はいつまでたっても火をつけられない朴の手からチャッカマンを引き寄せた。トートバッグからポケットティッシュを出し、ビニールのケースごと足元に置き、チャッカマンを向ける。

ささいな火はそれに引火すると、それなりに広がった。

それでリトルシガーに火をつける。

朴は墓参りの線香かよ、と軽口を叩こうとして、やめた。矢口に促され、自分もかがみこんで顔を火に近づけた。リトルシガーを再点火する。

つかの間、朴は熱っ、と短く漏らした。火のついたティッシュが思いのほか大きく燃え、風でなびき、爪先にかかる。それを踏んでもみ消し、燃えカスを側溝に捨てる。

その後、強まってきた雨に顔をしかめてから、矢口は、あのさぁ、と投げかけた。

「この町……町じゃねぇな。村。どう思う？」

「どう思うって？」

「つまり、朴秀実はこの村、好き？　ずっと住みたいって思う？」

「はぁ？　バ、バカにすんな。そんなわけないじゃん」

掃き溜めだろうが！　朴は苛立ちを隠さずに答える。こんな村に住み続けることを良しとする人間に見える？　見えるんだろうな！　この村に未来なんてない。なにかが減ることはあっても、これ以上増えることはない。

「だよね。私もそう。こんなとこに生まれちゃったのがもう、間違いなんだよね」

気がつけばふたりとも、雨で湿っているのもお構いなしに歩道の縁石に腰を降ろしていた。

「あっ、そう……」

なに言ってんだよ。朴は怪訝な目をした。お前みたいなヤツが、どういう了見で厭世《えんせい》ぶってんの？

「うちの親、なんか……ちょっとおかしいんだよね」

あー、それは分かる。朴は共感を示すために軽く指を鳴らす。

「うちの父親も話通じないし、今どき、めっちゃビンタとかしてくるよ。それもこう、ビターン、じゃなくて、なんつうの、この、掌底？　骨のとこをグッ、って。押してくんの。マジでキモい」

手のひらで自分の頬を強く押してみせながら言う。

「あと、弟は不登校だしさー。でね、家族みんなメシの食い方きったないの！　もう無理耐えらんねーよ、って感じ」

矢口ははっ、と小さく息を吐いた。

「そっか。じゃあ私のほうがマシかも。うちの母親は暴力は振るわないしな」

母親？　と朴は繰り返す。

「ああ。そう。うち、あれ。未亡人っつうか、シングルマザーっつうか」

「そっか……」

なにも言葉を返せそうになく、朴はうつむく。

「私が物心つく前に死んだんだけど、私の父親、いろいろあって、身投げしちゃった」

「マジ？」

朴はぎょっとして顔を上げ、直後、小首をかしげる。

「いろいろって、どういうこと？」

デリケートなことなんだから興味持ってくんなよ！　矢口はそんな風にはぐらかすためか、苦笑を浮かべる。それ以上朴は食い下がらなかった。

「とにかく、束縛強めっていうか。私、進学したいんだよね。Fラン大でもいいから。上京するために。でもできるか分かんないよなぁ。そのための金があるかどうかも」

「束縛強いんだ？」

「それなりに。なんか、ガキっぽいんだよね。こういう言い方はちょっとひどいけど……子どもおばさん？　みたいな」

朴はふふっ、と吹き出す。

フィルターだけになったリトルシガーを足元に捨て、苦笑がてら言う。

「だろうね」

矢口は意思表示として、わざとらしく眉をひそめる。

「だろうね、って？」

あっ、と朴はばつが悪そうに口を開けた。

「あれだろ。どうせ子どもに『美流紅《みるく》』なんて名前つける親は人間性に問題ある、とか思ってる？」

「あー、いや、そんなつもりじゃ」

そんなつもりだったが、たしかにその考えは偏見じみていたかもしれない。軽くうつむいてみせる。

「その通りだよ」

「あっ、そう？」

「せめて『紅流美《くるみ》』か『美紅流《みくる》』だったらまだマシだったんだけど。よりにもよって美流紅。美しく流れる紅。で、みるく。なんでだよ。いくらなんでも寒すぎる」

そうかな、と歯切れ悪く言う。というか、紅流美や美紅流も大概だろ。

「おーい美流紅ーって呼ばれるたびに、あっ死のうかな！　って思うわけ」

「……ところで、なんでミルクなの？」

矢口はあたかもそう尋ねられるのを分かっていたかのように、すばやく答える。

「ハーヴェイ・ミルクに由来してんの」

「けっこう文化的じゃん……」

「ってことにしてる。聞かれたときとか」

「ほんとは違うのかよ」

「うちの親はそもそもハーヴェイ・ミルクがどんなヤツなのかも知らない」

「だろうね……」

矢口は想像よりずっと興味深い人物だった。朴は彼女に対する警戒心のようなものがなくなっていることをふと自覚した。

「もし私が無難な青春小説か映画の登場人物だとするじゃん」

矢口は無表情のまま切り出す。

「え？　うん」

ずいぶん大きく出た仮定だな、と思うが、黙って頷く。親の悪口を言い合うっていうのは青春っぽいよね。

「最後には母親とわかり合って、自分の名前も気にいる。そして、大嫌いだったこの村での生活も、悪いもんじゃないなって思うに至る」

「うん？　まぁ、そうだろうね」

あるある。漠然としていて、ピンポイントにこれ！　という作品名は思いつかないが、そういうシーンは容易に連想できた。ドラマだったら、ＢＧＭでポローンってペシミスティックなピアノが鳴る。

「そういうの、ほんとクソだよなー！」

「え？　ああ、そうだね？」

青春物語だって、そうじゃないのもあるから。決めつけんな！

「そういうのもう、古くね？　って話。私は母親を見捨てるし、この村からも出てく。そして、二度と帰らない。それが私にとってのハッピーエンドなわけ。そこには家族愛とか郷土愛とか、そういうのないから。現状を受け入れることが良きこととされるなんて、異常でしょ」

「やっぱりおうちがいちばんだわ」

朴は小学生のときに演じたドロシーの台詞を冗談めかして再現した。

「私たちの人生ってそんな、ブックオフで百円で買えるような物語じゃないから」

語気を強めながらも表情は変えない矢口に、朴は小さく吹き出す。

あんたもあんたで、いろいろあるんだね。感慨深く溜息を吐く。

「朴秀実はどうすんの？　やっぱ、ラッパー目指すの？」

おっ、あてこすってきたな、とも解釈できたが、あえて頷いた。

「今度、曲作るんだ」

「ふーん。すげぇじゃん」

矢口さん、なんか、学校にいるときと印象違うね。そう言おうとしたのだが、タイミングを逃した。教室での下卑た笑い声と、今のちょっとシニカルなしゃべり。彼女の本質はどっちにあるのだろうか。

雨が強くなってきた。お互いに目を見合わせ、縁石から立ち上がる。寒っ、と朴は顔をしかめる。

「これから暇？」

「うん。まぁ……」

「どっかで雨宿りだな。ボウリング行かない？」

「マジで？」

まさか矢口と一緒に遊ぶことになるとは。構わないし、どこか感慨深いのは確かだが、その右手でボウリングなんてできるのだろうか。

矢口は朴の視線から、彼女の疑問を察した。

「大丈夫。左でもできるから。むしろ、利き手だと強すぎるからちょうどいいわ」

「あっ、そう」

電車で一駅の隣町に移動し、古ぼけた外装の『テラヤマボウル』の店内に入る。

「私、ボウリングやったことない……」

率先してカウンターに向かっていった矢口にそっと追従しながら、朴はそっと言う。

「マジで？　こんなとこに住んでて、ボウリング以外にやることある？」

一緒にやる友達がいねぇんだよ、バーカ！　という意味合いの苦笑を返す。


岩隈は常々自分のアルバイトしている店舗ほど最悪な職場はないと思っているが、今日はとくに、シフト終了三十分前に現れた客が気分をさらにめちゃくちゃにした。

眼鏡を外して右目を閉じると、ぼやけてほとんどなにも見えなくなる。ドン。ボウリングのボールがレーンに落とされる音、カコーン。ピンを倒す仰々しい音、ビロンビロン。ゲームコーナーから溢れる騒がしい効果音。店内に絶えず流れている、知らないバンドのＢＧＭ。視界を塞ぐと、視力ぶんのリソースを聴力に割けるのか、聞くに値しないものも含めて、いろいろな音がよりクリアに聞き取れる気がする。

大学生っぽいグループのうちの一人がストライクをとったらしく、仲間たちとハイタッチを交わし合ってはしゃいでいる。閉じていた右目を開けると、ぐにゃりと視界がゆがみ、立ちくらみに似た不快感が巻き起こる。眼鏡をかけ直す。

岩隈の眼鏡は右側のレンズに度が入っていない。左目の視力だけが著しく悪いからだが、それは昔、眼球を深く傷つけたことが原因だった。保育園に入園する前、彼女は束ねた剃刀《かみそり》の刃をタコ糸にくくりつけた手作りの玩具で遊んでいた。それをつまんで大きく腕を回し、すばやく回転させるとビュンビュンと鋭い音がする。それが楽しくて、ひとりでずっとその音を聞いていた。

今思えば、なんでそんなことを。ほかにもっと面白いことはなかったのだろうか？

こんな危なっかしいことやめなさい、と誰も止めはしなかったのだろうか？

案の定、遠心力をもった剃刀はその小さな左目を引っ掻き、騒ぎを巻き起こしたのである。かなり長い間眼帯をつけて生活していたのだが、大抵の子どもにとってそれは大いにからかいの対象であることは言うまでもない。

左耳にはめたイヤホンから、ザザッ、と耳障りなノイズが聞こえる。

「宗田《むねた》くん、シーバー取れますかぁ」

間延びした写真の声は過剰に大きいせいで音割れを起こしている。

宗田がそれに応答する。

「はい。宗田です」

「至急事務所まで来てくださぁい」

「はい。了解しました」

フロアスタッフが必ず肌身離さず装着しなければいけない無線機もまた、岩隈の精神を蝕むもののひとつである。宗田はなにかしらのミスを指摘されるために薄汚い事務所に出向くのだろうが、このように、社員連中によって常時見張られている、という認識のもとシフト時間を過ごすことが必要とされる。無線機を「シーバー」と呼ぶのもなんかヤダ。

茨城県北のしょうもない町の駅近辺にある、屋根の上の錆と鳥のフンで汚れた巨大なボウリングピンのオブジェが目印。薄汚い内装の『テラヤマボウル』は田舎のチンケな娯楽施設のくせに接客に熱心で、月に一度、「よくできた点」「改善すべき点」を記入する用紙を配布し（提出は全スタッフ強制である。高校生から、四十すぎの中年まで平等だ）、もっともお客様を笑顔にできた従業員を朝礼で「ベストスマイルスタッフ」に選定するような、そういう類いの店だった。岩隈は家から近いというだけでここを職場に選んでしまったことを心底後悔している。強いていえば、平日のシフトは楽なことが利点だ。

フロントのカウンターに立っていると、自動ドアの開く音が聞こえた。うつむいたまま、いらっしゃいませー、と鳴く。

「あっ」

思わず声が漏れた。ここには同級生が客としてやってくることもあり、そのときは素知らぬ顔で対応し、気づいていないフリをするのだが、今回はそれをし損ねた。

なんで？　不可解なあまり口を半開きにしたまま呆然と突っ立っていた。

「イワクマコじゃん。ここでバイトしてたんだ」

岩隈は、たとえばここで完全に無視を決め込み、接客用の笑顔で淡々と対応ができるほどの胆力を持っていないのを自覚した。あ、ああ、うん……と歯切れ悪く苦笑することしかできない自分を呪う。

それだけならいいのだが（なんでお前利き手ケガしてんのにボウリングしようとしてんの？という疑問もさておき）、矢口の陰に隠れるように、縮こまっている連れ合いが朴であると分かると、いよいよドギマギせざるを得ない。え、なに。お前、矢口と仲よかったわけ？　あんだけ一緒になって悪口言ってたのに？

まぁ、別に勝手にすりゃいいけどさ。どことなく、自分でもなぜだかは分からないが喪失感を覚えながら、バックヤードにレンタルシューズを二足取りに行った。

「お帰りの際は、こちらまで返却をお願いいたします」

わざと仰々しくこうべを垂れ、カウンターにシューズを置いた。矢口はそれを受け取り、ありがと、と軽く言う。朴はその間、気まずいのか、終始そっぽを向いていた。

「ボールって、どういうふうに選べばいいの？」

朴はレンタルのハウスボールが並べられたラックに目を這わせる。

「持ってみて、ちょっと重く感じるくらいがベスト。まぁなんでもいいよ。適当に選べば」

矢口が十ポンド球を手に取ったのを見て、朴も同じものを選んだ。その緑色の球体を持ち上げてみると、想像していたよりもずっと重いことが分かる。両手でそれを抱えながら、一足先にレーンへ向かっていった矢口の背中を見る。よく片手で持てるな。

「十ポンドって何キロ？」

「だいたい四・五キロくらいだと思う」

居心地の悪いことに、空いていたレーンは岩隈のいるカウンターの目の前だった。彼女が働いているさなかに遊ぶこと、そしてよりにもよって矢口と一緒にいることが非常にいたたまれない。

隣のレーンを使っている家族連れのプレイに目をやると、両端の溝に縁がせり上がっているようだった。他のレーンにはそのようなものはない。四、五歳くらいの幼児が助走もつけずに、立ったままそっとボールを転がした。勢いはないに等しい。

幼児の手から離れた時点で、ボールの方向は左に曲がっていた。レーン端のせり上がった縁にぶつかり、反対側に弾かれる。ガーターを防ぐバンパーは彼の投げたボールを正面へと導く。弾かれたボールは右側のバンパーにぶつかり、それはまた左側へと向かう。ジグザクの軌道を描きながら、ゆっくりとボールはピンへ近づいていく。

ボールが十本のピンで構成された三角形の中にめり込む。到達点はちょうど絶妙な位置だった。はじめに倒した三本のピンが起点となって、その隣のピンを弾き飛ばす。それがほかのピンに当たり、連鎖反応を起こす。幼児の投げたボールはピンを一掃してのけた。

「あれは？」

「子ども用のノンガーターレーン。朴秀実も使っとく？」

「はあっ。なめんな」

さっそく、と矢口はボールを手に取る。ボールに開けられた三つの穴に左手の指を入れ、レーンの前に立ち、助走をつけ、腕を振る。彼女の手から放たれたボールが音を立てて床に落ちる。直進していったボールは三角形状に並べられた十本のピンに突っ込んでいって、そのうち九本を倒した。左端の一本だけがレーンに取り残される。

「おしいなぁ」

「あっ。すごい」

朴は矢口が倒したピンをマシンが回収していくさまを興味深く眺めた。

椅子の付近にあるレールに矢口が投げたボールが自動的に戻ってくる。すかさず彼女は二投目に挑む。慎重に、立ち位置をしきりに微調整しながら、そっと手元から離すようにしてボールを転がす。されどボールはピンにはぶつからず、レーンの奥に落ちていった。あーあ、と嘆いたのち、ピンが並べ直されたレーンを指差す。

「次。あんたの番」

「ちゃんとできるかな」

朴は見よう見まねでボールを摑み、構えた。片手でボールを持つことすら容易ではない。ふらつきながらレーンに近づき、腕を振った。ボールは足元に落下し、ゆっくりと前に転がっていく。あまりに鈍重な縦方向回転は、ピンに到達する前に静止してしまうのではないかと不安になる。ボールはかろうじて、右端のピンを一本だけ弾いた。

「思ってたよりムズいな」

「もう一投あるから。落ち着けって」

矢口は椅子に備え付けられた灰皿にリトルシガーの灰を落としている。朴が近くに置いておいたウエストポーチから勝手にチャッカマンを取り出して火をつけるのに使っていた。

「ボールが重くてさぁ」

ボールは巨大な飴玉のような見た目でポップだが、十ポンドの質量は手に余る。

「両手でやれば?」

なるほど。朴は再びボールを持ち、今度はそれを両手で抱えるようにしてレーンに立った。両腕の力を使って放り投げる。腰は痛んだが、ボールは先ほどよりもちゃんと速度をもって前進していった。ちょうど三角形の中央にぶつかり、六本のピンを倒すに至る。

「やるじゃん」

矢口は椅子から立ち上がり、朴に手のひらを向けた。

朴は一瞬戸惑い、依然として無表情のままの矢口とその手を一瞥したのち、対応する。矢口のハイタッチは思っていたよりも力強く、手のひらに熱が残った。

「世の中にある大抵のモノはクソだけど、ボウリングはいいよね」

矢口は煙を吐きながら言った。

「そうなんだ」

「コーエン兄弟の映画好きでさ。知ってる? 『ビッグ・リボウスキ』。あれカッけぇんだよね」

矢口はリトルシガーを灰皿にもみ消し、二投目に向かった。彼女の手元から放たれたボールはたやすく十本のピンを、小気味良い音とともになぎ倒す。スコアが表示されていた画面が点滅し、ひと昔前のテイストのバニーガールのイラストとともに「strike!」の文字のアニメーションが投影された。

朴はなんとなく負けてらんないなと思わされた。矢口の投球フォームを意識しつつ、第二投を試みる。矢口は左手を振り子のようにまっすぐ振っていたことを思い出す。体軸が歪まないように気を配りながら、レーンにボールをそっと滑らせるようにリリースした。余計なカーブを伴わずに、狙った位置に転がすことができた。縦方向に回転する十ポンド球はピンの三角形の鋭角からやや左側にずれたポイントに着弾した。ボールに弾かれたピンが隣のピンを巻き込み、右端の一本を残し九本を倒すに至った。

矢口は感心したように軽く手を叩く。朴はレーンの端に残った一本のピンを目掛けて、先ほどと同じメソッドを用いてボールを転がす。ガーターラインすれすれのボールは、どうにか溝に落ちることなく、最後の一本を倒してのけた。ポコン、とそれらがぶつかる軽い音を聞いたと同時に、朴は無意識のうちに拳を突き上げ、背後の矢口にすばやく振り向いていた。

「いいね。センスあるじゃん」

「ちょっと、分かってきたかも」

重たいボールを転がしてピンを倒す、ただそれを繰り返すだけのゲームの面白さが。

それから矢口はストライクとスペアを何度も獲得しつつ、カーブを使ってスプリットを取ったり、特徴的なスピンをかけてみせたりといったプレイングを披露した。

最終的に、非利き手によるプレイにもかかわらず彼女のスコアは１００を超えていた。右手でやればアベレージ２００は行くんだけど、と苦笑したが、ボウリングに詳しくない朴にはそれが誇張だと理解できなかった。

「朴秀実もやるじゃん。初心者でスコア１００近いの、結構すごいよ。お世辞じゃなく」

「あ、ほんと？」

ゲームを終え、朴は矢口が奢ってくれたビンのコカ・コーラを熱を帯びた肩や手首に押し当てた。ちょっとトイレ行ってくる、と矢口が館内の奥へ向かっていこうとする。その前に彼女は、さりげなく言う。

「イワクマコと話してくれれば？　仲いいでしょ」

「そう……だね」

そういえばそうだ。ゲームに夢中で、完全に忘れてしまっていた。朴は背後にあるカウンターに目を向けた。そこにはもう岩隈は立っておらず、別の青年がいた。さりげなくそこに近寄りながら館内に目を配るも、どこにも岩隈の姿を見つけ出すことはできなかった。もうシフト時間を終えて帰ってしまったのだろうか。

止むに止まれない思いを抱きながらもレーンに戻り、椅子に座りながら従業員の姿を目で追い続けるが、岩隈は見当たらない。

矢口が左手でスマホを操作しながらトイレから戻ってくる。片手だと用を足すのも一苦労だろうな、とねぎらおうとしたが、やめた。

「岩隈ちゃん、いなかった」

「あっ、そう」

さしたる興味もなさそうに、矢口はスマホを見ながら答える。

「もう仕事終わって、帰っちゃったのかも」

目線を落としたまま、あのさぁ、と切り出してくる。

「普段イワクマコと一緒にいるみたいだけどさ、それで、ほんとに楽しいの？　ただほかにつるむヤツがいないから、消去法で友達っぽくふるまってるだけじゃねぇの」

「えっ」

朴はなんの前触れもなく急にビンタされたかのように、びくっとしたのちじわりと苦笑を浮かべることしかできない。発言に間を置くことそのものが一種の回答としてのニュアンスを帯びているように思えてならないが、とっさに否定することができないのがまた悔やまれる。岩隈が嫌いなわけでは断じてないが、赤裸々に言ってしまえば矢口の方が（今日になってはじめて、ちょっと一緒にすごしただけなのに）人間的に豊かであることは確かなのだ。いや、だからといって……岩隈ちゃんは口や性格が悪いし、他人より勝ってるところがなに一つないくせに偉そうでこの世のあらゆる事象を見下しているし。彼女の攻撃的な悪口は広範囲に及ぶので、たまに私にも飛び火して精神を削りながら相槌を打つこともなきにしもあらずだ。なにより彼女と教室で一緒にいるだけでほかの生徒たちから距離を置かれてしまうのも、正直言って結構手痛くて……。

いや、だからといって、ここで彼女を悪く言うのは「違う」のではないか。違うってなにが？

なんだろう。

「無理しなくていいと思うよ。私もいるしさ。みんなだって、朴秀実から話しかけてこないから相手にしてないだけで、避けてるわけじゃないんだから。朴秀実が話せば面白いってこと、みんな気づいてねぇだけ」

朴は不意打ちで出された友情についての禅問答に切羽詰まってしまって、矢口が単なる軽口としてそれを言っただけであることに気づかなかった。

「え、ああ。しかし……」

朴はビンについた水滴と手汗で濡れた右手を拭いながら、喉を鳴らしてコーラを飲んだ。話題を変えたくて、店内に流れていた音楽に注目した。

「あ、フー・ファイターズ。好きなんだよね」

「なにそれ」

矢口は今もスマホの操作を続けている。

「今流れてる曲。『ベスト・オブ・ユー』っていうんだけど。歌詞が熱くてさ！」

デイヴ・グロールがザ・ベスト、ザ・ベスト……と繰り返しシャウトしているのが聞こえてくる。

「ふぅん」

「えっとね、ニルヴァーナっていう伝説的なバンドがあって……」

矢口はスマホになにかを打ち込む指の動きを続けつつ、小さく息を吐く。

「さすがにニルヴァーナは知ってるから」

「そう。ニルヴァーナのドラマーが作ったバンドで」

なんでニルヴァーナ知っててフー・ファイターズは知らねぇんだよ、って岩隈なら言いそうだな、と思いつつ、曖昧に微笑むことだけをした。

いまだ矢口は画面を睨みつけながら、なにやら悩ましそうに眉をしかめていた。

「ねぇ」

目線は画面に集中させつつ、矢口が言う。なに？　と朴はコカ・コーラを口に含みつつ応答する。

「生中出しで七万……ってどう思う？」

矢口の言葉を聞き取るのと、隣のレーンからピンを倒す大きな音が響くのと、口の中のコーラを吹き出すのをこらえてむせるのとが、それぞれ同時にあった。

「え、なに？　どういうこと」

朴は咳き込みながら、ちょっとまって、との意思表示のために手のひらを向けた。

「今年のうちに金、稼いどきたくて」

歯にビンの飲み口をあてがってカチカチ鳴らしつつ、言葉を探す。

「いや、もっといい方法、あるって……」

「たとえば？　ラップを極めてオーディションにでも出る？」

赤面がてら、そっと矢口から視線を外す。隣のレーンの家族連れを見る。母親がノンガーターレーンのバンパーを生かし、その反射を用いてスペアを取っていた。

「いや……そんな、リスクがでかいでしょうが。……なんつーの、もっとこう、たとえばチャリパクって売るとかさぁ。どうせやるんだったら、そういう方がいいって！」

それくらいだったら、茨城ではみんなやってる。老若男女におすすめできるオーソドックスな手段だ。

矢口はスマホを閉じ、小さく笑う。

「はは。冗談だけど。そんな必死こくとは思わなかった」

「笑えないって。そんなに金、必要なの？」

「ここから出てくためにはね。自由には金！　とにかく金がいる！　って。私、バイトしてもぜんぜん続かなくてさぁ。どこで働いても一ヶ月もたねぇの」

「ぜってぇもっと良い方法、あるって。……あれだ。パチスロとかさ、うまくやれば。私も前、五万くらい稼いだことあるよ」

「へぇ」

朴はぎこちなく笑う。それだけは、あまりに救いようがないって。グロいよ。

あの、ガーターを防ぐバンパーみたいなもの。それが必要なのだ、とふと思う。誰かがこぼれ落ちそうになったとき、そっとそれを弾いて。有無を言わさず正しい方向に導いてくれるような。

今の矢口の顔を見ていると、あの親子のことが思い起こされた。夜中、高速バスのバス停のベンチに横たわっていた彼女たち。彼女たちは溝に落ちてしまったのだ。バンパーがなかったから。

逆にいえば、そういうセーフティーネットさえあれば助かった。あのとき、その役割をすべきは自分だったのに。

「犯罪でもなんでも、無傷で早く、デカい金稼ぐ方法あるなら手ぇ出すけどね。そんな都合いい手段、ないでしょ」

朴はなにも言えなかった。

これからしばらくののち、彼女はその手段を見つけだすことになるのだが、このときはまだ、知る由もない。


土曜日の午後二時、朴は水戸駅に降り立った。この地域ではいちばん栄えた（あくまでこの地域では。しょせんは北関東の北部である）都市の駅構内に降り立ち、画餅児に教えてもらった住所をスマホの地図アプリに打ち込んだ。中心部から外れ、一時間近く彷徨《さまよ》ったあげく、ようやくそこにたどりつく。

何者だかは知らないが、とにかく、その彼の住む住宅を見つけ、インターホンを鳴らした。ひとり暮らしなのだろうか？　それにしては、だいぶ広い一軒家だ。

扉が開けられた。玄関に立っていたのは長髪の若い男。彼は制服姿の朴と目が合い、あっども、とほがらかに口元を緩める。

「あっ」

朴は思わず言葉を漏らし、目を丸くする。無意識のうちに、人差し指を彼に向けていた。

男は朴がなにに注目したのか合点がいったように微笑み、まぁ、入って、と促す。

玄関で靴を脱ぎつつ、朴は言った。

「あの。もしかして、ノスフェラトゥさん、ですよね？」

「あー。そうだよ。……知ってる？」

「そりゃあ。この前のイベントにも行きました！」

偶然というか、サプライズというか。朴は胸を撫で下ろしながらも興奮を覚える。彼は水戸のクラブで活躍する著名なクラブＤＪだ。彼の出演するイベントには何度も足を運んだことがある。

「へー。そりゃー、よかった」

これがノスフェラトゥの「素」か。朴は感慨深く思う。制服を着てこい、なんて言われたから、どんな目に遭うかヒヤヒヤしていたものだが。まさか彼が画餅児の知り合いで、まして曲をレコーディングしてもらえるとは。生きてりゃちょっとはいいことあるんだな！

「こっち。あがって」

ノスフェラトゥに誘われるがままリビングに通される。

部屋を見渡してみる。十畳以上はありそうだ。真っ赤なカーペットが一面に敷かれ、ソファーやテーブルといった家具のほか、巨大なコンポとオルガン、ビンテージのジュークボックスまでもが置かれているのが目についた。

アロエの鉢植えが部屋の四隅にある。右の壁には『アニー・ホール』と『アメリ』のポスターが、左の壁には数々のヒップホップ・クラシックのＬＰジャケットがタイルのように貼り付けられていた。雑多でありながら統制が取れている、奇妙なバランスで成り立つ部屋だと、空間じゅうに漂うラベンダーの芳香を感じながら思う。なんとなく視界が赤みがかって感じるのは、カーペットの色だけでなく、照明も赤っぽい色彩に設定されているからだ。UKロックのミュージックビデオの撮影にそのまま使えそうな、芸術的かつビビッドな雰囲気が伝わってくる。

天井にもスピーカーがあるらしい。そこからささやかな音量で流れ続けている音楽に耳を澄ませると、ヴィヴァルディの『春』であると分かった。朴はそれに感心したが、ヒップホップじゃないのかよ、とも思った。

「いやぁ。いいね。ブレザー」

自分の着る制服を品評するような目つきを這わされ、朴は苦笑を返す。

ソファーに座るように目配せされると、その通りにする。

ノスフェラトゥは部屋の奥にあるキッチンに向かった。朴の座るソファーからその様子が見える。冷蔵庫も真っ赤だ。彼はそれを開け、輪切りのオレンジが浮かぶ赤のサングリアの入ったガラスの瓶を取り出す。食洗機の中にあったグラスがキッチンのステンレステーブルに置かれる。

朴はポンッ、と瓶の蓋が開けられる軽快かつどこか間抜けな音、二つのグラスにリングリアが注がれる音をじっくりと聞いていた。壁で死角ができ、朴には彼がその作業をしている様子を見られなかった。

ノスフェラトゥはサングリア入りのグラスを両手に携え、テーブルを挟んで朴の反対側にあるソファーに腰を降ろした。自分と朴、それぞれの近くにグラスを置き、いやぁ、と半笑いで切り出す。

「女子高生で、ねぇ。いらっしゃって。すごいよ。ニューロマンサー」

すでに画餅児を通じて曲は聞いてもらっているはずだ。恐れ多さとプレッシャーが入り混じる。

「……どうでした？」

こういう場面でＭＣネームでいいのかよと思うが、本名は教えていないのだから仕方ない。だいいち、今対面している彼のことだってノスフェラトゥという活動名しか知らない。

「ニューロマンサーって、ギブスンの小説からとってんの？」

「そうなんですよ！　ＳＦ好きなんですよ」

有名な作品からの引用《サンプリング》だが、自分の周りでは案外元ネタは伝わらない。

「いいじゃん。で、フリースタイルもうまいんだって？」

「いやいや、ぜんぜん。一回バトルイベントも出てみたんですけど、悲しいくらいズタボロで……」

「まだまだこれからっしょ。地元盛り上げなよ」

朴は愛想笑いを浮かべ、わざとらしく頭を掻いてみせる。テーブルに置かれたサングリアのグラスに口をつけることを勧められるも、さりげなく、まだいいです、とはぐらかす。

絶えず流れていたヴィヴァルディの『春』がフェードアウトしたかと思うと、『夏』が流れはじめた。『四季』が順繰りにかかるようになっているのだろうか。

ノスフェラトゥはちょっと待ってて、トイレ行ってくる、とふたたび席を立った。部屋を出たタイミングで、朴はすかさず自分と彼のグラスをすり替えた。

足音が聞こえる。ノスフェラトゥは数分ほどでリビングに戻ってきた。

「スタイルで言ったら、どういうの目指してんの？」

「やっぱ、ブルーハーブみたいな。シリアスでリリシスト、みたいな、なんて……」

「ふーん！　じゃあさ、心の底から一番好きなラッパーは？」

即答できなかった。思い浮かばないのではなくて、本心からのベストワンを決めろと言われると、どうにも迷ってしまう。複数の候補のなかから「ジュース・ワールド」と答えたのは、あくまでノスフェラトゥのプレイのセットリストに頻繁に入っているから、という打算的な理由からだった。

当たり障りのない会話にすぎないとは自覚しつつ、受け答えのたびに緊迫感が全身に走る。無意識のうちに、足の指でカーペットを摑んでいた。

「なんか、どんな感じでラップしたらいいとか、そういうのって分かってる？」

「あー、いや。まだ、よく分かってなくて。曲書いたのもこれがはじめてで」

「ふぅん。まぁ、試行錯誤しながらやりなよ。……ワイン飲まないの？」

指先でグラスを押される。じゃあ、と小さく頷き、唇を濡らすように一口だけ飲む。その様子を彼にじっと見られているのを感じる。

「でさぁ」

ノスフェラトゥはソファーに座ったまま、前のめりになった。朴は反応を示す。

「はい」

「俺さぁ。今度結婚すんだよね。だから、こういうことからはもう足洗おうと思ってて」

「え、ＤＪは……」

「俺もいい歳だしさ。田舎のクラブで遊んでる場合じゃないんだよね。これから、地に足つけてちゃんと働こうと思ってて」

朴は強く瞬きを繰り返した。

「そう、なんですか……」

サングリアで唇を濡らす。

「だから、君の曲レコーディングすんのが、俺の最後の仕事になるかも」

「あ、ありがとうございます」

ぎこちなく笑う。ノスフェラトゥはじっと朴の目を見つめた。

「で、だよ。だから、一回だけでいいんだよ。言いにくいんだけどさ、やらしてくんない？　それで、タダで全部完成させてあげるからさ」

ノスフェラトゥが目を閉じ、両手を合わせる。彼のその滑稽な顔を見ると、案の定、というか、失望した、というか、朴は虚しくなるのだった。華麗なＤＪも、結局こうなのか。いや、支払うべき対価として、これは腑に落ちるべきものなのか？

「そのための制服ってことですか」

あえて、冗談めかして言った。「女子高生」とのセックスと、一流の機材によるレコーディング。等価交換のつもりなのだろうか。

「君さ、処女っしょ」

「……はぁ」

「女子高生」の制服に処女性を見出してそれを信じて疑わないタイプの人間であるこの男の本名を知りたいと思った。この瞬間よりこいつはもうＤＪノスフェラトゥではなくて、どこにでもいる下品で凡庸な犯罪者のうちのひとりでしかなくなった。

そもそもが虫のいい話だったかもしれない。本気で曲を作りたければ、スタジオを自腹で借りて自分でやればいい。

「すいません。今日、ちょっと。無理な日なんです……」

どうだろう。激昂されるだろうか？　忍びなさそうな表情をつくり、ちらりと彼に目線を向ける。

「そっか。なら、しょうがねぇな。じゃあ、しゃぶってくれるだけでいいよ」

「あ、ああ。そうですか。すいません」

なに妥協案みたいに言ってんだよ！　反射的に謝罪の言葉が出たことに若干の自己嫌悪を覚えるが、割り切る。

朴はサングリアを手に取る。それに対応するかのように、ノスフェラトゥもまたそうした。グラスを傾け、一気に飲み干す。

その様子を眺めつつ、朴はゆっくりと、サングリアの風味を舌で味わった。柑橘系の風味をかすかに感じる。

「それにしてもおいしいですね、これ。私サングリアってはじめて飲んだんですけど」

言葉は返ってこない。ノスフェラトゥはグラスを持ったまま、ソファーでフラフラと上半身を揺らしはじめる。口をパクパクと動かし、そのまま重力に従うように、腰を曲げて頭をその場に垂れた。額をテーブルの端につけ、そのまま動かなくなった。

「ナメんな。バーカ」

朴はわざわざ声に出して吐き捨てた。彼がキッチンの奥でサングリアを注いでいるとき、なんだか無性に嫌な予感がした。「女子高生」とのセックスを渇望する人間に良心があるとも思えないが、彼は尊敬に値するＤＪでもあった。まさか、まさかね。

グラスを入れ替えても、お互いになんともなくて。さすがに飲み物に睡眠薬を混入させて未成年者を手籠《てごめ》にする、そんなみみっちい性犯罪者ではないと。そう思いたかったのだが。

リュックサックを背負い、さっさと退散することにする。もう二度と、彼のＤＪプレイに身体を揺らすことはないだろう。最悪の気分だ。

キッチンに車の鍵と財布があった。財布に入っていた三万円をくすねると同時に、免許証を抜き取ってみる。黒髪で生気のない目つきをした状態の、ノスフェラトゥの顔写真。本名は佐藤《さとう》幸一《こういち》といった。なんの変哲もない、平凡な男にすぎない。

睡眠薬の効果というのはどのくらいなのだろうか。しばらく目覚めないというのなら、ほかに役に立ちそうなものがないか家を探索してもいいかもしれない。

リビングを出て、二階にあがってみる。改めて見渡せば、ひとりで住むにはやや過剰にも感じる立派な一軒家だった。おそらく作業部屋と思しき、六畳ほどの部屋に入る。

すると、がさがさ、となにかが動く音がした。朴はとっさに目を見開く。部屋の隅に簀子《すのこ》の敷かれたケージがあった。その中に、小さくて丸っこい小動物がいる。ウサギ。ネザーランド・ドワーフだ。それは口元をもごもごとさせつつ、朴と目を合わせる。

朴はケージから視線を外し、デスクの上にあるシンセサイザーが接続されたMａｃに注目する。何気なくキーボードのエンターキーに触れるとスリープモードが解除されたが、当然ロックを解除することはできない。デスクの足元にあった、重量感のある箱に興味を移す。テレビゲームの、たとえば『ファイナルファンタジー』に出てくるような、蓋に蝶番のついたそれだ。そっと中を覗いてみると単なる工具箱で、そこから釘抜きつきのハンマーを取り出してみると苦笑が漏れた。

一階からはいまだに『夏』が聞こえてくる。ラックに収納された数多のＣＤは陶酔モノだったが、さすがにそれらを持ち去るほど強欲ではないし、それどころではない。

クローゼットを開くと、ハンガーに吊るされたジャケットに隠されるように金庫が置かれているのを見つけた。かがみ込んでそれを眺める。三桁のダイアル錠は『４２０』に合わせられていて、ダメ元で蓋を持ち上げてみると、施錠されてはいなかった。

金庫の中にはパンパンに膨れ上がったジップロックが三つ詰め込まれていた。中身は植物の種であるらしい。それぞれ『グリーンヘイズ』『スノーホワイト』『ノーザンライツ』とマジックで記されている。これは。もしかしなくても、大麻《マリファナ》の種だ。

しばらく迷ってから、それらをリュックサックにしまう。

部屋をあとにし、一階に降りようとする。

十段ほどある階段の下から、佐藤がこちらを見上げていた。腫れぼったい顔をして、それでいて殺意すら感じさせる目つきで凝視している。

佐藤は手すりに指を絡ませつつ、一歩、階段をのぼった。

「なるほど。お前、冴えてるなぁ。でも、それってズルくね？　約束は守れよ」

欠伸混じりに言われる。しまった、と思った瞬間、朴の思考は途絶えた。


歯は人体のなかにおいて最も硬い部分なわけで、今はそれのすぐ近くに、最大の弱点たる器官がある。

性犯罪、とくにフェラチオを強要されるたぐいの事件をニュースかなにかで見るたび朴はいつも疑問に思っていた。被害者はどうしてペニスを嚙みちぎってやらないのだろう。

なるほど、これは無理だな。朦朧とする意識と、思い切りぶん殴られたせいでいまだ残響する脇腹の痛みのさなか、息も絶え絶え、口内を暴力的に支配する異物感のもと、それを実感する。

舌をぎこちなく動かすたびに、顔のうえで佐藤が窒息した老人のような喘《あえ》ぎをあげるのが分かる。

もうダメだ、と思った矢先、身体の奥から胃酸が込みあげる。堪えきれず、焼けつくような喉の痛みとともに佐藤の男根をくわえたまま嘔吐した。

佐藤は慌てて身体を背後にずらす。そのとき包皮が前歯に引っ掛かったが、動じない。

朴は口内にこびりついた耐えがたい不快感のもと、過呼吸ぎみになりながら右手で唇を押さえた。

「はは。やば。洗面所あっち。行ってきていいよ」

本能的に、指をさされたほうへ走る。扉を開け、蛇口をひねる。何十回も無我夢中で口をゆすいだ。収まらない吐き気によって、洗面台に胃の中のすべてをぶちまける。

鏡に映った自分の顔の惨めさったらなかった。このまま、生きて帰れるだろうか？　男の家にホイホイあがって、まんまとレイプされたバカ女。そういうニュースを連想させられる。ネットでウケるだろうなぁ。

襟についた吐物を濡らした指で拭ってから、フラフラとリビングに戻る。このまま逃げ出すだけの気力も湧かなかった。

佐藤はすでにパンツを穿いてソファーに座っていた。カーペットの吐物も、すでに片付けられている。ヴィヴァルディは『秋』になっていた。射精には至っていないのだろうが、どこか清々しい顔をしていた。部屋に戻ってきた朴に、にこやかに、どこか申し訳なげに笑いかける。

「……ごめんな。たしかに、無理やりすぎた。事前に言っとけばよかったよな」

朴はテーブルの下に投げられたリュックサックに目をやった。

「画餅児がさ。頼めば普通にやらせてくれるだろうっつうからさ。辛かったよな」

俯く朴の背中をさすり、ペットボトルを差し出す。

「ごめんな。喉、渇いただろ」

佐藤はほら、と朴の顔の近くにペットボトルをかざし続ける。手で撥ね除けるだけの力が残っていなかった朴は、それを摑んでキャップを開けた。

未開封と思しきその水を飲んだのち、無意識のうちにソファーに背中から倒れ込んだ。佐藤に優しく頭をポンポンと軽く叩かれる。

「ホントごめんな。ちょっと休んだら、もう帰っていいよ。このことは、俺たちだけの秘密にしような」

水を飲む。呼吸を整える。水を飲む。


朴はソファーが回転したのを感じた。グルグルと、右回りに、メリーゴーラウンドみたいに。視界が高速で移動する。そんなわけはないのだが、そうとしか思えない。

呻《うめ》きながらソファーの上でもがく朴を見て、佐藤がほくそ笑む。ＡＩスピーカーに音声入力し、部屋に流れるヴィヴァルディの音量を上げた。スマホを取り出し、踊り狂いはじめた朴を動画におさめる。

朴は座っていたソファーからとっさに飛び上がった。背もたれがぱっくりと開き、唾液が糸を引く獣の牙が姿をあらわす。ソファーが唸り声をあげ、こちらに飛びかかってくる。その場に倒れ込むようにしてそれをかわす。下卑た男の笑い声が、ヴィヴァルディに混じって響く。

我に返れ！　朴は自らに命じる。気づけば床のカーペットは川となっていて、足首を濡らした。

その水流に逆らうようにして、壁に向かって走る。背後に貼られていたポスターのオドレイ・トトゥが滝のような勢いで血を吐いたため、朴は絶叫しながら部屋の反対側に逃げた。

「おいおい。なにしてんだよ」

佐藤はこれほど面白いものはない、といった口調で、スマホで撮影を続けながら、引きつった笑いとともに言った。

なにが吸血鬼《ノスフェラトウ》だよ。ふざけんな！

朴はそう叫んだつもりだが、実際に声が出たかどうか、定かではなかった。朴は背後の壁にレコードのジャケットが貼られていることを思い出す。とっさにその中の一枚を引き剝がす。ブッダ・ブランドの『人間発電所』。ジャケットだけでなく、中身のLPも入っているようだった。抜き出したディスクを、手首を捻ってフリスビーのように投げる。

縦方向に回転したレコードは佐藤の首を的確に刎《は》ねたが、それはあくまで幻覚にすぎないことを理解する。朴はなにやらドラッグを盛られたことに気づきはじめる。

もう一枚、ジャケットを引き剝がす。ナズの『イルマティック』のレコードを飛ばす。それは切断されたはずの首を復活させた佐藤の身体に食い込んだ。彼は笑い声をあげるばかりで、ダメージを受けている様子はない。朴は怯まず、ラン・DMCの『キング・オブ・ロック』を、デ・ラ・ソウルの『3フィート・ハイ&ライジング』を、ランチ・タイム・スピークスの『ソウル・ダイバー』を投擲《とうてき》し、そののちにはっとして手を止めた。

「なにやってんだ、なにやってんだ？」

自分自身の奇行に肝が冷えた。完全に思考を侵されていることを実感する。そんなことはありえない、と確かに思うことはできるのに、床に敷かれたカーペットは赤い色の川になったままだ。テーブルの下にリュックサックがある。それが光って見えた（比喩ではなく、実際に電球のようにピカッと発光した）。

それを取りに行こうとしたとき、足を掬《すく》われた。カーペットの敷かれていないフローリングに顔面を打ち付ける。いともたやすく足払いをかけた佐藤がはしゃぐ。床に全身をつけたまま腕を伸ばすと、リュックの口に触れた。

ぐわんぐわんと反響するヴィヴァルディが『冬』に切り替わる。

朴はリュックの中に手を突っ込み、なにかを探す。それを佐藤が覗き込んでくる。

ヴィヴァルディのすばやいバイオリンが聞こえる。朴はリュックの中から指先でそれを引っ張り出した。最後に残った最低限の理性を以て、ハンマーの柄を摑む。

振り向くと、すぐ近くに佐藤の顔がある。

ハンマーを握った右手を振りかぶる。

釘抜きのついた面を、その歯に向かって叩きつける。確かな感触とともに、その前歯を砕いた気がするが、はたしてそれは本当に起こったことなのだろうか？　確証はない。

ハンマーを握ったまま、リュックを背負う。マリファナの種はしっかりそこに入っている。朴は玄関口に向かって全力で走り、靴を履いて外へ飛び出した。

そのつもりだったのだが、気づけば二階、あの佐藤の作業部屋にいた。履いたはずの靴もなく、足元は靴下のままだ。どういうこと？　パニックになるのを抑えつつ、部屋の外に出る。直後、足で踏んでいたのは二階の廊下ではなくて、おそらく寝室であろう、布団の敷かれた和室の畳だった。

「ふざけんな！」

壁を右手にあったハンマーで殴る。空いた穴から大量に蜘蛛のような黒い虫が這い出てきたので、のこらず叩き潰した。

階段を登ってくる音が聞こえる。部屋を出る。

佐藤は口元から血を流しつつ、大きく目を見開く。朴の首根っこを両手で絞め上げる。

「てめぇ、調子乗ってんじゃねぇぞ」

唇から飛んだ唾が顔にかかる。朴は硬く目を閉じた。

そのまま、視界を塞いだまま、下から上に、ハンマーを振る。鈍くて重い振動を腕に感じてから、ゆっくりと目を開ける。佐藤はのけぞり、拘束を緩めた。

朴はとっさに後ろに引き下がり、作業部屋まで逃げ込む。無我夢中だった。ウサギのいたケージに腕を突っ込み、その耳を鷲摑みにする。すかさず佐藤が追ってくる。ぐったりとしたウサギを突きつけてみせる。

「来んな！　それ以上近寄ったらこいつの頭をかち割って……カツオのタタキみたいにしてやる！」

朴はそう叫んだつもりだったが、混濁する精神のさなか、そんな冗長な言い回しを的確に発音できたかは疑わしい。案の定、佐藤にそれは狂った獣の唸り声のようにしか聞こえていないようだった。だからこそ萎縮した。

ウサギを投げ捨てる。一瞬、佐藤が怯んだ。爪先で床を蹴る。ハンマーを握りしめ、振りかぶる。すでに歯を折られたその顔に、さらに致命的な損害を与えた。

それを最後に、佐藤を見失った。

さようなら、いままでDJプレイをありがとう。

2パック、ノトーリアス・B.I.G. からTOKONA-X、リル・ピープまで。「死んだラッパー」だけを集めたプレイリストは楽しかったし気が利いてる気がしてた。ただ今思えば、すげぇ軽薄だし、最悪だね。そういうの。

『冬』が流れるさなか、玄関を目指す。今度はうまくいった。どれが自分の靴だっけ？　一時間くらい悩んだのち、結論を出して外に出る。

空の色がなんだか変だが、とにかく、自分は生き延びたのだ。リュックの中にとんでもないものを背負っていることを誰にも悟られないように気を配りながら、朴はゆっくりとした足取りで駅に向かう。

ツイッターを開いて、ノスフェラトゥのアカウントのフォローを外してユーザーブロックしよう。そう思い立ったとき、スマホのバッテリーが切れていることに気づく。

しかし、それどころではないと理解する。背後からなにやら、うごめいていて、巨大で、黒々としたものがこちらに迫ってきていた。突発的に走り出す。

朴はハンマーを握りしめたまま、背後から迫りくるどす黒い闇の集合体から逃げ切るために疾走する。息も絶え絶え、脚をほとんど無意識のうちに前に出しながら振り返る。アスファルトを侵食しながら朴を追跡するそれは不定形であり、ヘドロのようにも、生ゴミにむらがるおびただしいカラスの群れのようにも見える。うごめいているのだ。それが立てるぐちゃぐちゃとした音は下品な咀嚼音を連想させた。

パトカーのサイレンが聞こえるが、それが現実にあるものなのか、あるいは空想による幻聴なのか、朴にはその判断がままならなかった。実際のところそれは幻聴であり、そもそもこのうごめく闇自体が彼女にしか見えていないイメージの顕現だった。彼女は今、現実と想像を判別することが難しくなっている。

どこまで逃げればいいのだろうか。今まで全く働かせてこなかった肉体を過剰に酷使したせいで、突然心臓が止まって死ぬんじゃないか。朴は大げさに、なおかつ大真面目に考えながら、ひたすら前へ前へ走り続けた。

突発的に、幼少期の不快な思い出のひとつを思い出す。運動会の徒競走で最下位をとったのにもかかわらずヘラヘラしている、と激昂した父親に無理やり海浜公園に連れて行かれ、一日じゅう暴力的に正しいランニングフォームを叩き込まれたのだった。拳を軽く握れ。腕をうしろに振れ。体重を前のめりにかけろ。爪先で地面を蹴れ。……違う。そうじゃない。

その記憶は今の朴には害をなす、余計なものだった。精神が混濁しているさなかにそんなことを思い出すものだから、イメージは物理的に肉体へ影響を及ぼした。

それは痛覚となった。顔のオトガイにあたる位置に鈍い痛みを感じる。彼女は一瞬よろけるものの、それでも体幹はかろうじて均衡を保ち、身体を本能的に先に進ませる。

もっとも朴は、この痛みには慣れていた。彼女の父は彼女や彼女の弟にビンタを喰らわせるとき、手のひらまたは指先を頬に当ててパチンと乾いた音を鳴らすことはしない。必ず掌底を用いて、手首付近の骨の硬い部分を強く押し当てるように殴打する。掌底で顎を狙えば、的確に痛みを与えることができ、なおかつヒステリックな赤い跡を子どもの皮膚に残したり、指の爪で瞳を傷つけたりする心配がない。長年使い続けられる、熟練の体罰なのだ。

うごめく闇は進行を止めたり速度を緩めたりはしない。朴には振り返るたびにそれの体積が大きくなっているように見えた。遠近法ではなく、それは実際に、時間経過とともに肥大化していた（ように、彼女には見えていた）。

うごめく闇の速度は一定だ。疲労を蓄積させていく彼女がそれから逃げおおせることはできない。あえなく追いつかれ、周囲にある街灯や電柱とともに、肉体を取り込まれる。

耳元で鳴り響くのは、やはり咀嚼音だった。ニチャニチャクチャクチャと断続的に聞こえるそれには耐えがたいおぞましさを感じる。呼吸もままならなくなった。国道２４５号線がうごめく闇で埋め尽くされる、そんな想像をした直後、ふっと意識を失った。

朴は強烈な左腕の痛みとともに目を開けた。口内の強烈な渇きに咳き込みながら起き上がり、ペッと砂利の混ざった唾を吐く。文字盤の擦れた腕時計を見ると、午前零時にさしかかっていることが分かる。はっとして背負っていたリュックサックを下ろし、ジッパーを開けた。中身をなにも失っていないことを確認し、とりあえずは胸を撫で下ろす。

うごめく闇は消え失せた。すなわち、朴は転倒のショックにより正常な精神状態を取り戻し、はじめからそんなものは存在していないということを理解する。

されど、とにかく気が気でないのには変わりがない。今は高校の制服を着ている（しかも、擦り痕と砂でひどく汚れている。左腕の痛みからも分かるように、アスファルトに激しく転倒したのだろう）から、巡回中の警官の格好の標的だ。リュックの中身を知られたら、文字通り人生がおしまいになってしまいかねない。なんでこんなものを持ち去ろうとしたのだろう？

そして、尋常ではない左腕の痛み。どんな転び方をしたのか知らないが、手の甲から腕にかけて、波形状に、皮膚がえぐれたようにささくれ立っている。朴はそれを見て、ジョイ・ディヴィジョンを連想した。Tシャツにもなっている、ジョイ・ディヴィジョンのアルバム『アンノウン・プレジャーズ』のジャケットイラスト。それそっくりの傷が腕いっぱいに広がる。おぞましさと滑稽さを同時に感じた。


自宅の玄関までたどり着いたものの当然鍵は開いていないし、家族はみな寝静まっている。雨戸も降りている。朴は身体の痛みに顔をしかめながら爪を噛んだ。

佐藤宅か、あるいは道中か。どこで落としたかは分からないが、家の合鍵を紛失していることに気づいた。青ざめながら全身を靴下の中までくまなく探し回ったのだが、とうとう見つからなかった。

「ただただヤバめ、笑わば笑え……」

盛られたドラッグの酩酊感がまだ完全には抜けきっていない。ずっと握りっぱなしのハンマーの柄をマイク代わりに構えて、ぶつぶつと呟きながら庭に足を踏み入れる。

「さながら墓荒らし。優しく肩叩き、するように痛みを肩代わり……」

一階には台所に続く勝手口がある。家の裏側に回り、その小さな扉の前に立つ。祖母の不安定な精神状態を反映してか、幸運なことに鍵はかかっていなかった。ノブをひねり、力強く引くが、それは金属製のドアチェーンにより阻まれる。かすかに開いた隙間から電気の消えた室内を覗く。

試しに腕を差し込んでみるも、当然身体をねじ込めるはずもなく、途方に暮れる。しばらく意味もなく片手だけを家に入れて指を開いたり閉じたりしていると、ふと、片手のハンマーに意識が向いた。

あっ、これ。朴はすばやく意を決した。ハンマーの釘抜きの面をチェーンに引っかけ、強く捻る。もとより古びていたそれは、この行為を数回繰り返しただけでたやすく切断された。

落ちるところまで落ちたな。へへへ……。

靴を脱ぎながら、そっと台所に入る。祖母には、破壊されたチェーンは化けて出た祖父の祟りであると解釈してもらえればありがたい。そう思ったとき、爪先でなにかを蹴飛ばしてしまった。暗い部屋で目を凝らすと、それは小皿に盛られた塩だと分かる。

この時間帯、祖母が起きてくることはほぼなかった。

朴は台所をそっと進む。台所から祖母の眠るリビングが見える。細心の注意を払いながら、部屋から廊下へ向かおうと足を伸ばす。

そのとき、けたたましい音が鳴った。耳をつんざくようなそれに、思わず身体を硬直させる。直後、足元がささやかに、数秒間揺れた。

緊急地震速報だった。不安感を煽るマイナー調の警報が部屋じゅうに反響する。普段のゆったりとした動きとは裏腹に、祖母が突発的にソファーから体を起こしたのが見える。

祖母は常に枕元に置いているリモコンのボタンを押す。リビングに電気が灯る。

朴はかがんだまま頭を抱えた。死にもの狂いで思考を働かせ、一階のキッチンには床下収納があることを思い出す。とっさにそれの取っ手を掴み、ハッチを開ける。床下収納は、朴が父親の掌底をはじめて浴びることとなったきっかけだった。幼少期、ふざけて弟をここに閉じ込めて殺しかけたのだ。このハッチは内側からは開けられない。

ともかく、朴はそこに飛び込もうとした。

そのさなか、祖母と目が合う。

お互い、保存状態の悪い映像のように固まった。実際のところ一秒にも満たないほどの時間しか経過していなかったが、朴にはそれが数分に思えた。

再び時間が動き出すや否や、祖母は全身全霊の力を振り絞り、金切り声を上げる。どっ、泥棒っ！　と典型的に叫び、振り向きざまリビングを飛び出し、二階に駆けあがろうとする。

泥棒って。じいちゃんの幽霊は⁉

突発的に祖母の腕を摑もうとした。彼女は老人らしからぬ俊敏さでそれを避け、二階に続く階段に向かってドタドタと走っていった。

地震速報の音で目を覚ましたのは、二階の家族も同様だったらしい。朴はとっさに元・祖父の部屋に入り、空のクローゼットに身を潜めた。

階段を駆け上がる音、そして祖母の叫び声が聞こえた。

十段以上にわたる、一階と二階を繋ぐ階段の傾斜はなかなかに急で、めったなことで祖母は上がってこない。なにか用があれば、朴たちのほうの家族が下に降りるのが通例だった。

「ばあちゃん！」

そう叫んだのは弟だった。朴は狭いクローゼットで身を縮こまらせつつ、その声だけを聞いた。

いつものことだから、俊《すぐる》は深夜になっても姉が帰ってこないことはなんとも思っていなかった。されど、今はなにか、ただならぬことが起きている。とっさにベッドから飛び起きて、祖母の声がしたほうへ駆ける。

祖母は最後の一段に足をかけたところだった。祖母は顔を真っ赤に紅潮させ、口角に泡を溜め、泥棒、泥棒、としきりに叫んでいた。

俊は青ざめるほかなかった。

「ばあちゃん。どうしたの。落ち着いて！」

「お父さん呼んで！　どっ」

祖母の声が途切れた。靴下を履いた足はフローリングとの摩擦係数を小さくし、老朽した体幹は崩したバランスを立て直すために踏ん張れない。ましてパニックに陥っているため、冷静な判断などできるわけはなかった。

「あー！　ばあちゃん！」

祖母はあと一段の階段をのぼり切ることができず、後ろ向きに滑り落ちた。頭部を狭い左右の壁にピンボールのように打ちつけながら、ジグザグに一階まで落下していった。

叫びを聞きつけ、家族たちが慌ててやってくる。

「ば、ばあちゃんが。階段から落っこっちゃった……」

俊は声を震わせ、半狂乱になりながら言った。すぐさま父に突き飛ばされる。

父は階段を駆け下りた。額から血を流してうなだれる祖母の身体をゆすりながら、救急車！と叫ぶ。母はそれに従い、固定電話で１１９をダイヤルした。俊はそわそわしながらそれを見つめていた。まさか、死んだりしないよな。呼吸が加速する。

結果的にその「まさか」なのだが、それが分かるのはもう少しあとだ。

救急車は二十分ほどでやってきた。その間、父はしきりに祖母に声をかけたり、見様見真似で人工呼吸を試みたりしたのだが、いっこうに状態はよくならなかった。

「おふくろ、おい、聞こえるか！　おい、おふくろ。……ママ？　おーい！」

父はしきりにフローリングに倒れる祖母に声をかける。シャツを脱ぎ、袖を歯で引きちぎり、ぱっくりと開いた額の傷に巻き付けた。

今あいつ、ママって言ったな。俊はぼんやりと気づく。

一階の玄関から担架が運ばれてくる。救急隊員たちは流れるような手際で祖母をそれに乗せ、父と会話を交わしながら、救急車に運搬した。母は黙って立ち尽くしていた。救急隊員たちの身体が濡れていたことで、今、雨が降っていることを知った。

「とんでもないことになったね」

母が言い、近所で噂になっちゃうよ、と力なく続けた。

「ばあちゃん、大丈夫かな」

父が歯を食いしばりながら、地団駄の代わりと言わんばかりにわざと大きく音を立てて階段を上る。呆然と二階からことの経緯を見ていた母と俊を押しのけ、リビングに戻った。まさに「悲劇のポーズ」そのもの、ソファーに座り、顔を両手で覆う。祖母の止血のためにシャツを脱いだので、上半身は裸のままだった。


朴は頃合いを見計らってクローゼットから出た。そっと部屋から廊下に進むと、一階に降りてきた弟に出くわす。お互いに肩を震わせた。

「姉ちゃん？」

目を丸くした彼に向かって、唇に人差し指をつけるジェスチャーを見せる。

「お母さんたち、今、どんな感じ？」

「降りてくるよ」

弟はなにがなんだか理解に苦しんでいる様子で答える。

「頼む。隠れるから、なんとかごまかしてくんない？」

「は？」

「とにかく！　頼むから！　ね！　台所の床下にいるから、落ち着いたら開けて！」

それだけ吐き捨て、台所に向かう。床下収納を開けて中に身を埋め、ハッチを閉める。

両親が一階に降りてくる。父がリビングを歩き回りながらなにか言うのが聞こえてくる。

「泥棒ってなぁ。どうしたんだろう」

「だから言ったじゃん」

母の返答に、父はむっとした調子で相槌を打った。

「言ったって、なにをだよ」

「だから、お義母さん、おかしいんだって。こんなことになる前に、ちゃんとしとけばよかった！」

「今になってそんなこと言うんじゃねぇよ。どうしようもねぇだろ！」

頭上から両親のいまだかつてない激しい言い争いが聞こえてくる。ゴン、となにかを殴打する音が響いてきたが、朴はあくまで壁を殴っただけであってほしい、と思う。

両親が勝手口のチェーンが破壊されていることに気づいたら相当やっかいなことになるぞ、と肝が冷えたが、幸いにも彼らはそれを見落とした。

「で、秀実は？　今日も朝帰りかよ」

今切り出すべき話ではないと思うが。突然父がそう言ったので、朴は床下で悶々とさせられた。

「もう、あの子はいいよ。ほっとけば」

「こんなときになにしてんだよ」

げっ。私の悪口を言う流れになってるじゃん。まさか本人が床下収納に身を潜めているとは思わないので、父は侮蔑っぽく、溜息混じりに吐き捨てた。

「あの子、なんか気持ち悪い。なに考えてるか分かんないし」

母が言う。おい！　こんなときに自分の娘をディスんなよ！　下から床を叩いてやりたくなったが、もちろん、そんなことはしない。

「俺たちのことなんて、見下してんだよ。どうせ」

そりゃあ確かにそうだけども！　そんな言い方はないでしょうが！

両親はリビングを出て行ったようだった。二人分の、階段を上がる音が聞こえる。そののち、父は救急隊員に連れられて病院に同行したらしい。

それから何分か経ったあと、弟がハッチを開けてくれた。呆れたような目つきで見下ろされながら、朴はゆっくりと床下から這い出る。

「ごめん。ありがと、俊。助かったー」

満身創痍《まんしんそうい》の朴の姿を改めて目の当たりにし、弟は眉をひそめた。

「姉ちゃん、マジでなんなの？」

「鍵、なくしちゃって。勝手口から入ったら、ばあちゃんビックリしちゃって……」

朴はとりあえず、卑屈に笑う。

「笑いごっちゃないよ。ばあちゃん、死んだらどうすんだよ」

「縁起でもないこと言うな！　とにかく、頃合い見計らって玄関から入るから、よろしく」

後日、その「縁起でもないこと」そのものが起こるのだが、今の朴は弟の坊主頭を冗談めかして撫でることしかしなかった。


祖母の打ち所は非常に悪く、病院に担ぎ込まれるころにはすでに息の根は止まっていた。ぱっくり割れてしまった額から過剰な量の血が溢れ出したことによる失血死だった。

葬儀はちょうど土日に行われたので、朴は学校を休むことができなかった。棺の中の、寿衣《スイ》（日本式のそれとは異なる、チョゴリの死装束だ。祖母は在日朝鮮人二世なのである）を纏った祖母の顔を棺の窓ごしに見ると、とんでもなく取り返しのつかないことをしてしまった気分にさせられた。

ばあちゃん、ごめん！

悲しさより、気まずさの感情が勝った。だから、般若心経を聞いているときにも、焼香をしているときにも、まったく泣けなかった。祖母とのあらゆる思い出を記憶の奥底からありったけ引っ張ってきても、火葬炉の中に運ばれた肉体がじっくりと焼け落ちていく様子を想像しても、ダメだった。あんなに良くしてもらったのに。

祖母が焼き上がるのを待つ間に出された冷めた食事はまったく味がしなかった。プラスチックでできた精巧な食品サンプルを無理やり食べているのにも近い。テーブルの隣で、ポテトサラダを小鳥のようにちびちびと食べ進めている弟を見る。学校に行っていないのに、喪服がわりに中学の学ランを着なくてはならないのは皮肉っぽくて少し面白かった。

待合室の長テーブルには三十人くらいの参列者がいた。手前にいる自分たちの反対側、奥の祖母側の親族からは韓国語の会話もぽつぽつと聞こえる。そういえば、平凡であると疑っていなかったうちの家系が、ほんのちょっとまわりと異なる成り立ちをしていると知ったのは、幼いころ、なんでばあちゃんは私のことをスミちゃんって呼ぶの？　と尋ねたときだった。「秀実」は韓国語でスミと読む。

「ねぇ」

テーブルの向かいに座る母に話しかけられた。喪服姿の彼女と目を合わせる。

「うん」

「秀実さ。おばあちゃんが死んじゃって、悲しくないの？」

母の口の中で照り焼きチキンが咀嚼されていく様子が見える。

「そんなわけ、ないじゃん」

さすがにぎょっとした。

朴はしきりに瞬きする。弟はそっと目を逸らして、割り箸をくわえた。

「だってさ。一回も泣いたりしてないし、悲しんでもないよね？　なんも思わなかったの？」

なんでそんなこと言うの。どう抗議しても、火に油を注ぐ結果しか想像できない。

「そりゃあ、悲しいよ……」

「だったら、もっとあるんじゃないの。ぜんぜん悲しそうに見えないんだけど。秀実って冷たいよ。心がないみたい。この前だって……」

じゃあなんだよ！　うわーん、おばあちゃーん！　って棺に抱きついて泣き喚けばよかった？と反論しないだけの分別は朴にもある。母は不満げに小首をかしげつつ腰をあげ、オードブルの大皿からミートボールを箸で取ろうとする。

「あの。あのさ」

ここで弟が、小刻みに身体を震わせながら言った。歯を食いしばりながらの、消え入りそうな声だった。

「姉ちゃんも悲しいに決まってんじゃん。今そういうの、や……やめなよ」

朴は目を見開いた。そっと顔をあげる。一瞬にして空気がピリつくのを感じる。しばらくの沈黙ののち、母は答える。

「……そうだよね。ごめん」

朴はいいよいいよ、と、頭皮が露わになった母のつむじに向かって苦笑を浮かべる。親に謝られることほど、いたたまれないものはない。

ありがと、と弟に目配せした。母に「あんた、学校にも行ってないのに偉そうなこと言わないでよ！」というジョーカーを切られたら絶対に負けるのに。こいつはけっこう頼もしいところがあるのだ。もしかしたら、喪主を務めた父の挨拶のときにうつらうつらしていたことを指摘されるのを避けようとしたのかもしれないが。

朴はここで、いや、まてよ？　と思う。

これ、間接的に、私がばあちゃんを殺したことにならないか？

ただでさえ半壊ぎみであったうちの家族は、この出来事によって完全に壊れた。

全壊だ。半壊であればリフォームもできるだろうが、全壊！　完全にぶっ潰れて、サラ地になってしまった。

葬儀場からの帰り、父の運転する車の中は終始無言だった。朴は絶えず流れる浜崎あゆみのアルバムをひどく場違いに思った。音楽に関心のない両親はずっとこの一枚のCDをコンポに入れたまま、それぞれ共用でこの『ムーヴ』を乗り回している。

祖母の遺品を片付けて、一階がすべて完全に空き部屋になってからというもの、家族の不和はさらに悪化した。

例の「幽霊」にまつわる事柄が、実際に起こりはじめたのだ。

バタン、と小さくくぐもった音を聞き、食卓を囲む家族たちの動きが止まる。

ほら、また。誰もいないはずの下の階から物音がした。

ここしばらく、岩隈はこれまで以上に居心地の悪さをもって学校生活を送らなくてはならなくなった。出入り口近くの一番前の座席に座りながら、窓側のグループを一瞥する。バイト先のボウリング場に矢口とふたりしてやってきたのを皮切りに（あるいはもともとそうで、自分がただ気づいていないなかっただけだろうか）、朴はクラスのもっとも中心的なグループのうちのひとりに成り下がり、矢口たちとともに机を囲んで談笑を繰り広げている。

男子生徒のひとり（岩隈は名前を覚えていない）が朴に言う。

「朴さぁ、『ダンジョン』の昨日の回、見た？」

「見たよ。正直あの判定、納得いってないんだけど」

「分かるわー。俺も、はぁ？　って叫んじゃったからね」

「ね。ぶっちゃけ、いとうせいこうってさぁ……」

いつもならそそくさと逃げるようにこちらにやってきて、ホームルームや休み時間をやりすごしていた朴が、あろうことか人気者となった。自分たちにとって揶揄あるいは恐怖の対象でしかなかった、矢口を筆頭とするあのグループと対等に接している。

どうしたものか。岩隈は左右でタイムラグのある瞬きとともに考える。

今日は午前中に実習があった。女子更衣室などはないため一度校舎を出て部室棟の空き教室で作業着に着替えるわけだが、ここで朴は自分ではなく矢口に生理用ナプキンを借りた。自分はカリカチュアされた「性格の悪い女」ではないから、別にそれを自分に対しての裏切りだと解釈したり、朴に向かって「やっぱり、私といるよりイケてるヤツと一緒にいた方がいろいろ得だもんね。むしろこれまでつきあってくれてありがとう」と長々と嫌味を吐いたりはしないが、それでも、客観的に見たとしてもちょっとひどいじゃないか。矢口たちとつるむようになってから、朝も昼休みも放課後も、まったく目を合わせることすらなくなるというのは。

と、同時に、それでもまぁそりゃそうか、と割り切ることもできた。もともとあいつとは友達でもなんでもなくて、ただ消去法で一緒にいただけだ。これから授業でペアを組まなくてはならなくなったときのことを考えると気づまりだが、自分の人生において朴の有無がさほど重要になるとはとうてい思えない。

放課後、図書室に向かった。とりあえず図書室に行っておけばこれ以上尊厳を損なうことはないので安泰だ。

藤木は入室してきた岩隈に気付かなかった。室内にいるのは数人程度で、岩隈以外の四人の男子生徒は長テーブルを囲んでダイスを振りながら役を演じて台詞を喋るゲームに興じている。

藤木は図書室のカウンターに立ちながら、手元の新書にじっくりと目を通していた。完全に活字に集中しきっているのが伝わってくるその目つきから、さぞかし素晴らしい本を読んでいることが分かる……とはとうてい思えないのは、背表紙のタイトルが見えたからだ。

日本人だけが知らない世界から尊敬される日本人

あら。ずいぶんと品性に欠けた書籍をお読みになっているようで……。

岩隈はそのまま、素知らぬ顔で図書室をあとにしようかと考えた。読書を邪魔しちゃ悪いし。

朴なき今、校内で唯一気を許せる藤木がこういう本を喜んで読むようなヤツだとは。人生は失望の連続である。

ここでちょうど顔をあげた藤木と目が合った。あっ、と微笑む彼に、岩隈は止むに止まれず近づいていった。カウンターに両手をのせる。

「おいっ！」

藤木は岩隈が突然あげた声に一瞬あとずさりつつ、カウンターに貼られた「図書室では静かに」の張り紙に目配せする。

「どっどっ、どうしました？　せぱっ、先輩」

「……ネクタイ、曲がってる」

「あ、ああっ。ありがとうございます」

いきなり、どうしたんですか？　そんな視線を岩隈に送りながらネクタイのねじれを直したのち、藤木は読書を再開しようとする。

「えっと、読むんだ。そういうの……」

言うべきか迷ったが、どうしても気になったのでそうした。藤木はばつが悪そうに苦笑を浮かべる。

「あっ。あー、こっ、ここれ、ともっ友達から、か、借りたやつで……。おっ、おっ、面白いから読んでみろ、って、い、言うんで」

「あーそう」

「あの、化学部の……」

藤木はこくりと頷いた。ふいに岩隈ははっ、と息を吐く。

「それ、レイシストが書いた本じゃん」

えっ？　と藤木は目を丸くする。岩隈はあーいや、なにも藤木くんがレイシストだ、って言ってるわけじゃなくて。思想は自由だし？　とあわてて付け加えようとしたが、それより先に彼は気むずかしそうに口をすぼめた。

「え、おっおっ俺が、さささ差別主義者ってこと、ですか」

「そうとは言ってないけどさ。まぁ、いいよ。なんでも」

藤木のレイシストとしての側面と立ち会うことも、はたまた後輩に説教を垂れる先輩気取りに成り下がることも耐えがたい。岩隈は話を打ち切ろうとするも、存外、彼は不服そうに言葉を返してきた。

「んべっ、別に、とっ友達とはっはっ、話合わせるためによっよっ読んでるだけですよ！」

「こんな本読まなきゃ話合わせらんない友達なんて、いる必要ある？」

ちょっと言いすぎたかな、と語尾のあたりで思う。

「いっ、い、いいヤツなんですよ！」

「大島弓子読んでおきながらネトウヨになれるって、マジでありえないんだけど。そのふたつは両立しないだろ。どっちかにしろ！」

「しっしっ思想は、じいいっ、自由じゃないですか」

「まぁね。靖国神社行って日本兵のコスプレしてはしゃぐのも、駅前で旭日旗振り回しながら反日外国人は出ていけーって叫ぶのも自由だ」

岩隈が想定していたより、その皮肉は深く刺さったようだった。

「たた正しさをふふふふ振りかざさないでくっくださいよ」

藤木はキャスターつきの椅子を回転させ、岩隈を視界から外す。

負けじと岩隈はカウンターに身を乗り出した。

「実は私は、日本を転覆させるために中国から送り込まれたスパイだっつったら、どうする？友達と一緒に竹槍で突き殺す？」

藤木は頭を掻きむしってみせ、新書を足元に叩きつけた。ページが開いたまま床に跳ね、帯が外れてカウンターの隙間に滑る。

「わっ、わか、か、分かりましたよ。これでいいですか！」

岩隈は瞬きののち、額に浮かんだ脂汗を手の甲で拭った。

「あ、ご、ごめん。そんなつもりじゃ……」

気まずい沈黙が生じてしまう。岩隈はダイスの結果に一喜一憂しているオタクっぽい生徒たちの声を、とたんに耳障りに思った。カウンターに入り込んで、床に落ちた新書をかがんで拾う。

ページに折れ目がついてしまっているので、反対側に軽く折り込んでそれを直そうとする。付いていた帯は見失ってしまった。

藤木が岩隈の手から新書を取る。ホコリがついているわけではないが、右手の指で表紙をサッサッと撫でた。

「ごめん」

岩隈はもう一度言った。藤木はいいですよ、と力なく、表情を変えずに返す。

「……ごめん。今日、バイトあるから。もう行くね」

逃げるように図書室を出てから、全身が寒気に包み込まれた。

うわー、なにやってんの？　内なる自分が、呆れたようにそう言った。お前、こういうとこあるよね。人付き合いがヘタだから、冗談であることを共有しながら「小突き合う」とかできないの。無意識のうちに強めに殴っちゃって、笑い事にならないの。

矢口は職員室の扉をノックした。コーヒーの香りが漂う室内、声をかけてくる教師たちに会釈しながら、デスクに座る陸上部の顧問教師に声をかける。

「あの。長谷川《はせがわ》先生」

おう、美流紅、どうした？　と、長谷川は目を通していた書類から弾かれたようにすばやく顔をあげた。矢口の目をじっと見る。

「相談したいことがあって」

ぼそぼそとした口調を意識する。職員室に足を踏み入れたそのとき、矢口は頭の中でカチンコを鳴らした。ライツ・カメラ・アクション。今自分がこなすのは、「かつて活発で利発であったが、不慮の事故に遭って精神を病んでしまった運動部員」という役どころだ。

「なんだ？　……それ、大変だったな」

長谷川は笑みを浮かべつつ、包帯の巻かれた矢口の右腕を指差す。視線は顔に合わせたままだ。こいつは小津安二郎の映画のごとく、会話相手をじっと見つめ、正面を向き続ける。それが正しいコミュニケーションだと信じて疑っていないのだ。

矢口はうつむいて上履きの爪先を見た。

「陸上部を、やめさせていただけませんか」

今にも泣き出しそうな、かすかに震え、切羽詰まりながら、無理やり喉から引きずり出した声。

長谷川はうーん、と大きく唸り、腕を組む。

「どうしてそう思った？　今回の大会は無理だとしても、リハビリすれば復帰できるんじゃないか。指がなくても、トラック競技ならチャンスはある」

矢口は目尻に意識を集中させた。数秒後、じわり、と眼球が湿っていく。ヘルペスのある上唇を舌で軽く舐める。

「いえ……正直、これまで、ちょっと調子に乗ってたってことに気付かされたんです。チームのことをなにも考えないで、自分勝手に振る舞ってて……」

ここで鼻をすする。長谷川に見つめられながら、台詞の続きを読み上げる。

「この怪我だって、私がちゃんと、真剣に過ごしてればそもそも起こらなかったんです。授業もぜんぜん真面目に受けてなかった。このままじゃダメだ、って思って、それで……」

付近にいたほかの教師たちの視線を感じる。長谷川に遮られるより先に、言葉を紡いでいく。

「このまま部活に居続けたら、みんなの迷惑になってしまうと思うんです。正直もう、限界なんです。先輩方や後輩に気を遣ってもらうのは」

具体的なことをなにも言わず、要領を得ない口調を以て、リアリティを演出する。

長谷川は心底悩ましそうに首を回し、シィーッと歯を閉じたまま口で息を吸った。

「なるほど。お前の考えはよく分かったよ。でもな、お前は全然迷惑なんかじゃないよ。男社会のなかでよく頑張ってるし、高校から陸上をはじめたとは思えないくらい素質があって、実際に結果も出してる。美流紅。俺はな、お前をドライアイスのような人間だと思ってるんだよ」

「ドライアイス……」

矢口は繰り返す。想定していなかった言葉だ。

「そう。氷のような冷たさと、火傷するほどの熱さを併せ持ってる。……そして、ほかのものを腐らせず、新鮮なまま保っておける。お前はそういう選手なんだ」

長谷川のデスクに置かれたパソコンのデスクトップが見える。アベベ・ビキラの白黒写真を壁紙に設定していることから分かるように、彼は機械的に顧問教師の役職を担っているわけではない。曇りなき心で、真摯に陸上を愛しているのだ。

「でも、もう、私は……走れないんです」

長谷川はそうか、とゆっくり頷く。

「あのお前がここまで塞ぎ込んじゃうんだから、相当なんだろうな。でも、なにも退部することはない。落ち着いたらいつでも好きなときに戻ってきていいし、軽いストレッチにだけ参加するのでもいい。なんなら、マネージャーとしてチームをサポートするのに徹したっていい」

矢口は目をしばたたかせながら、大きく頭を下げる。目に力を込めて、床に涙を数滴落とす。

「ありがとうございます。……だいぶ、時間がかかってしまうと思います。それでも、いいですか」

「もちろん。俺も、部員のみんなも、いつまでも待つよ。みんなお前と一緒に走りたがってる。お前はうちの部活に、絶対に必要なんだ」

「ごめんなさい。本当に、ありがとうございます」


職員室を出て、昇降口で待ち合わせていた朴と合流する。おまたせ、と小指のなくなった右手を掲げて敬礼のポーズを見せる。

顔を赤く腫らした矢口を目の当たりにして、朴は一瞬萎縮した。

「ど、どうだった……？」

「退部届けは貰えなかった。でも、しばらく休んでいいっていうから。休みまくって、そのままなぁなぁにして抜けるかな」

数十分にわたる長回しの演技はなかなかに骨が折れた。矢口は欠伸混じりに、ゆっくりと身体を伸ばす。

「へー。うまくいったんだ」

「顧問に、お前はドライアイスのような人間だって言われた」

矢口はいちおう、本心から長谷川の演説はなかなかに感動的だったと思った。

ドライアイス……？　朴は小さく口走りつつ、その比喩の真意について考えるそぶりを見せる。

しばらくして、合点がいったように、手を叩いた。

「けむたくて、毒性があって、処分に困るってこと？」

「……そう！」

矢口は朴の鼻先に、びしっと人差し指を突きつける。


昨日、朴の家で小さな爆発が起こった。家族間の諍いの比喩ではなく、殻のついたままの卵を電子レンジで加熱してしまったことによる水蒸気爆発だ。問題なのは、それが誰によるものなのかはっきりしないことだった。父親はとりあえずと言わんばかりに朴に掌底を食らわせたが、その威力が普段よりも控えめだったのは、彼自身もそれを不可解に思っていたからだった。深夜、いちばんはじめにその爆発音で目を覚ましたのが父で、台所からただよう異臭をたどっていくと、そこに四個分の卵の残骸と、壊れた電子レンジを見つけたのだった。

朴は家族のなかでもっとも遅れて台所にやってきた。突然の事態に驚いた三人の家族に合流したとき、手元にあったスマホが振動した。アイフォンのエアドロップ機能で画像ファイルが送信されてきたようだった。

朴はそれがフランシス・ベーコンの『叫ぶ教皇の頭部のための習作』であると知らなかったため、なんの前触れもなく画面に表示された、暗い空間で口を大きく開けて叫ぶ男を描いた油絵におののいた。弟のイタズラだろうかと、どこか焦った様子で卵の殻を率先して拾い集めている彼の背中を見るも、こんなことをするヤツだとは到底思えない。

強いて言えば。その得体のしれない悪意は佐藤を連想させた。ふと、佐藤宅から逃げ出したときに家の合鍵を紛失したことを思い出す。

まさか?

嫌な予感に導かれるまま、自室へと戻る。机の引き出しについたダイヤル錠を「２００１」に合わせ、開ける。中に三つのジップロックがしまわれていることを確認し、もとに戻す。

朴は佐藤が盗まれたマリファナの種を取り返そうと、住所を特定してここにやってくるのを想像したのち、それを一笑に付した。さすがに考えすぎか。

卵を片付け終え、水道で手を洗っていた弟に声をかけられる。

「最近の、なんなんだと思う?」

ここ数日の怪現象に、彼はすっかり辟易しているように見えた。祖母の遺品を片付けて以来というもの、この家はなにもない部屋からの物音や家電の不自然な誤作動といった怪現象に見舞われている。

「そりゃあ、ばあちゃんの幽霊でしょ。私たちを呪い殺そうとしてる」

弟は眉をピクリとも動かさなかったので、朴は恥ずかしくなった。

「この前、冷蔵庫から食べ物がなくなってるってあったじゃん」

「あったね。あれ、私じゃないんだけど」

それもまた不可解だったが、朴のせいにすることでひとまずは丸くおさまった。

「あれは……僕なんだ」

「えっ、マジで？」

濡れた手をタオルで拭きながら、弟はうつむきがちに言う。

「つーか、物音とか、そういうのも。全部、僕がやってる」

朴は口を半開きにした。

「じゃあ、さっきのも」

「うん。ちょっと驚かせるつもりだった。ここまででかい爆発が起きるとは思わなかったけど」

なんでこんなことを？　朴が尋ねるより先に、弟はそれを説明した。

「父さんも母さんも、ばあちゃんが死んで……せいせいしはじめてる。リスペクトがないんだよね。それになんか、ムカついて。あの人たち、自分のことしか考えてない。ほら、なんかさ、前にばあちゃん、幽霊がどうとか言ってたでしょ」

「あー、なるほど。それは分かる」

弟のささやかな犯行は黙認してやることにした。なかなか手が込んでいて面白い。両親が軽視していた祖母の「幽霊」についての警告を、実現してやろうというわけだ。やるじゃん。

朴は自分の部屋に戻ろうとした弟の猫背を一瞥しつつ思う。こいつはなんというか、生きるのが下手、というか。そもそも苗字が「朴」なのに一人称を「僕」にしているのがその証左だ。同音になって滑稽なのは火を見るよりも明らかで、彼はそういう想定されるイジりにうまく受け身を取ってユーモアに昇華できるほどの器用さを持ち合わせていない。その結果が丸坊主からの不登校である。弟が小学校で最初につけられたあだ名は「ゾンビ」、中学校にあがってからはちょっと捻って「爆弾魔」だった。

登校拒否の決め手となった、髪の毛を無理やり脱毛させられるというのが彼の受けたイジメのなかでもっとも苛烈なものだったが、その前にもたとえば、うつむきながら顔じゅうを真っ黒に染めて帰宅してきたことがあった。頭から黒いペンキをかけられたとのことで、そのとき高校一年生だった朴はそれを見て顔をしかめた。よりにもよって黒いペンキなのがタチ悪いよね。顔を黒く塗るというのはミンストレル・ショーを連想させて、差別的だ。たんに嫌がらせを目的とするならほかの色でもよかったはずで、この色の選択は受け手に余計なニュアンスを想像させるノイズとしかならない。こいつをいじめる連中は、きっと浅薄なセンスの持ち主なのだろう。

また、右手に深い切り傷を負わされたこともある。弟はあるとき、自分の下駄箱にハートのシールつきの便箋を見つけた。そんな古典的な、もはやクリシェとしても陳腐なことが実際に起こるわけあるかと思いつつも、それを鞄にしまい、ウキウキしながら持ち帰った。開け口には剃刀の刃が貼り付けられていたので、彼は出血した。古典的な、もはやクリシェとしても陳腐な嫌がらせにまんまと引っかかったのである。翌日、二本の指に血の滲んだ絆創膏《ばんそうこう》を巻いて登校してきた彼が楽しい見世物になったことは言うまでもない。

ようするに。朴は推論する。なぜ、とくにこれといって人間的な欠点が見当たらない弟がここまで苛烈に攻撃対象とされるかというと、その体質によるものなのだ。オーラ的ななにかかもしれない。彼はあらゆる悪意や暴力衝動を、避雷針のように自分に集めるという能力を持つ。その性質をうまく扱えれば能力者として、ほかのスーパーパワーを持つ者たちとのバトルに身を投じることもできただろうが、生憎《あいにく》弟は自分の負の面を逆手に取れるような人間ではなかった。

朴は昔、弟が捨て猫を見つけてきたときのことを思い出す。十歳くらいの頃からすでに生真面目な性格を確立していた彼は、いったん家に帰ってから、猫がいたんだけど、うちに連れてきていい？　とわざわざ許可を得ようとした。両親は首を縦に振らず、弟は見殺しにする他なくなった。後日、空き地に投げ出された古いケージの中でしなびて死んでいたそれを見つけてうなだれる彼に、たしか、朴はこう言った。

「わざわざ聞いたりするから。まずはもう連れて帰っちゃって、部屋でこっそり飼うわけよ。バレたらバレたで、そんとき考えればいいんだから」

朴はここで、あっ、と声を漏らす。「両親への抗議」なんて、私を出し抜くための建前だ。部屋に戻ろうとしている弟の肩を叩き、引き止める。

「分かった」

右手の中指と親指を擦り合わせて音を鳴らそうとするものの、うまくいかなかった。弟はどこか気まずそうに視線を泳がせる。朴は言葉を続けた。

「猫かなんか、拾ってきて飼ってんでしょ。下の階で」

昔の無念を挽回しようとしているのだ。両親は一階にはなかなか寄り付かないのでうってつけだ。深夜の物音や冷蔵庫から消える食べ物なんかも、そう考えれば辻褄があう。

弟はしばらく唸り、なにか深く考える素振りを見せたのち、歯切れ悪くあー、うん、そうだよ、と認める。

「あー、できれば、これ、秘密にしといてほしいんだけど」

「もちろん。つーか、めっちゃいいじゃん、それ。むしろ協力するって」

猫と一緒にいれば、学校になんか行かなくてもいいよね。より多くのことを学べるから……。

「ほんと？」

「うん。ていうか見せてよー。どんな子なの？」

朴は挙動不審な弟の胸をいたずらっぽく強めに叩く。弟はむせた。

「あー、今はちょっと。厳しいかな。もうちょっと待って。見知らぬ人に会わせたら、びっくりして暴れてしまう」

えー、ちょっとだけ……と渋る朴を、弟は頑《かたく》なに拒む。

仕方なく折れた朴に、頃合いを見計らって問う。

「そうだ。姉ちゃん、なんか適当に、本貸してくんない？　なんでもいいんだけど」

「本？　なんで？　猫は本読まないだろ」

「僕が読むんだよ！」

「あっ、そう。お前が『ソードアート・オンライン』と『魔法科高校の劣等生』以外の本を読むとは……」

「『魔法科高校の劣等生』なんか興味ないよ。僕が好きなのは『ロクでなし魔術講師と禁忌教典』で……」

「なんか違うの？」

「ぜんぜん違う！」

朴は上機嫌で自室に向かい、本棚から五冊の文庫本を持ち出してくる。『無伴奏ソナタ』と『アルジャーノンに花束を』と『わたしを離さないで』と『夏への扉』、そして『たったひとつの冴えたやりかた』を束ねたものを摑み、ほい、と弟の脳天に軽くぶつける。

「SFに明るくなくとも読みやすく、なおかつむせび泣きたくなるほど感動的だ……この五冊を読んでおきゃー、とりあえずは間違いない」

「そっか。ありがと」

弟はそっけなく言う。

朴は満足げに頷いてから、そうだ、と思い起こし、彼にスマホの画面を見せつけた。

「ところで、これはなんのつもりだったわけ？　いくらなんでも悪質だろ」

いきなり送られてきた、不気味なベーコンの絵画を表示させる。

「なにこれ?」

弟はまじまじと画面を見つめる。なんのことだか、とぼけているわけではなくて、本当になんだか分かっていないようだった。

「あんたが送ったんじゃないの?」

「違うよ。こんなの知らない」

それもそうで、彼がそれをする意味はまるでなかった。


放課後、朴は部活をやめる権利を騙し取った矢口に連れられ、那珂市のミニシアターに向かった。オープンしたばかりで、県内唯一の、大手フランチャイズによらない映画館だ。

今月はジャン゠リュック・ゴダールの映画のリバイバル上映をやっているとのことだった。朴はバッグに入れっぱなしにしていたはずの生徒手帳が見つからず、提示することができなかったものの、従業員の好意によって千円で入場させてもらえた(そもそも制服を着用していた)。

三十席ほどの狭いシアターに入る。矢口はノリノリだが、ストライキやスーパーマーケットでの(うまくいかない)暴動を描いたこの映画のどこが『万事快調』なのか、朴には終始ピンとこなかった。上映終了後、長かったー、と首を回しつつ釈然としないまま席を立つと、矢口から「このころのゴダールは商業映画と決別してるから、パッと見面白くないのは当たり前でさ……」との弁明を受けた。同じゴダールでも、ロビーに貼ってあった、来週上映予定の別作品のほうが面白そうだな、と思う。気の狂ったピエロが出てくるのかな?

「この貧乏な国は映画のチケットが割高だからね。高校生の……千円で見られるうちに見まくっとくといいよ。大人になったら千八百円だし」

駅に向かうためのバスは一時間ほど待たないと来ない。彼女たちは近くの『セイコーマート』の前で、灰皿を囲んで時間を潰した。

「あのさ」

『セイコーマート』は制服姿のままでも酒やタバコを買うのに年齢確認が必要ないチェーンとして、彼女たちの通う高校の生徒たちに定評がある。購入したラッキーストライクを矢口と分け合いながら、朴は切り出す。なに？　と半笑いで答えられる。

「矢口、前さ、金が必要、みたいなこと言ってたよね」

手汗をズボンで拭いつつ、言う。そろそろ春も終わる。すっかり日は沈んでいるものの相当な気温だ。ただ、手の毛穴から吹き出すそれは暑さによるものだけではない。

「言ったけど。だから？」

煙を吐き出しつつ、矢口は答える。腕から下げたレジ袋を左手でガサガサと漁ってコーヒー風味のアイスクリームを取り出す。矢口は『パピコ』をふたつに割ってどちらも自分で食べた。

「一緒に金儲けしようって言ったら、する？」

はぁ。矢口は小さい子どもに出来の悪い工作物を自慢されたときのような愛想笑いを浮かべた。

「どんな？　銀行強盗？　詐欺？」

「カテゴリとしてはそれと同じかも」

「おっ。犯罪ってこと？　いいね」

朴はあくまで皮肉として好意的な反応を見せられたことを察しつつ、頷いた。

大麻、と朴は言った。矢口はそれをタイマー、と聞き間違えたらしく、どういうこと？　と灰皿に灰を落としながら眉をひそめた。

「だから。大麻、マリファナ！　私、種を手に入れたんだ。たまたま。だから、それを育てて……売り捌《さば》く」

「酔っ払ってんのか。ヒップホップかぶれが」

「マジだって！」

朴はスマホにマリファナの種が詰まったジップロックを撮影した写真を映した。それを矢口に見せつける。

「朴秀実ってさぁ」

矢口はその画面をまじまじと見つめながら言う。

「そういう手の込んだ冗談言えるほど、頭良くないよね？」

「おうよ」

矢口は破顔した。教室でみせるそれとも違った、本心からの大笑いだった。思わず左手からタバコがこぼれてしまったようで、アスファルトに落ちたそれをスニーカーでもみ消した。すかさず新しい一本を朴に要求する。

「だとしたら最高だよ。今すぐやろう！」

その言葉が皮肉でないことを証明するかのように、矢口は歯を見せて笑った。

「マジで？」

「うん。お前、最高。その種が本物かどうか分かったもんじゃないけど、それでも」

「本物だよ。信頼できるところから手に入れたから」

「いやぁ。やっぱ朴秀実、ただもんじゃないね」

朴が二本目のタバコに火をつけたとき、矢口はあっ、と声を漏らした。

「あのさ。話変わるけど」

「うん」

「就職先がどうしても見つからない田舎のヤンキーが働くための……最後の受け皿って、なんだと思う？」

え？　朴は聞き返した。なんのクイズ？　矢口はすぐに答えを提示した。

「警察なんだけど。で、ここから数十メートル先に、チャリにまたがったそいつが、制服姿のまま コンビニの前でタバコ吸ってる二人のバカ女を見つけた。ハンドル切って、舌舐めずりしながらこっちに向かってくる」

朴はとっさに矢口が見ているほうへ視線を動かした。自転車のライトと思しき丸い光が、ゆらめきながら近づいてくるのが分かる。車輪が回転する音も聞こえた。

「時間になったらバス停で会おう。続きはそのあとで」

言い切るや否や、矢口は駆け出した。スプリンターとしての技能をことごとく発揮し、即座に街灯もろくにない町の暗闇の奥に消えていく。彼女と反対側に向かって、朴もまた走った。

アスファルトで舗装された道は小ぢんまりとした『セイコーマート』を起点に二手に分岐している。矢口はそれの右側へ、朴は左側へとそれぞれ走り去った。歩道を突っ切って茂みに入り込んでもかまわないのだが、それをやって帰ってこられる自信はなかった。自転車の走行音が聞こえなくなるまで、息を切らし、汗でワイシャツが皮膚に張り付くのをうとましく思いながら、走り続けた。

腕のいい演出家なら彼女たちがのちに決別することを暗示するような場面だが、そんなことにはならなかった。警官をうまく撒《ま》いた二人はしっかりバス停で再会し、お互いの無事を称《たた》えあう。

「走りながら考えてたんだけどさ」

バスに乗って数十分経つが、いまだ朴は呼吸を整えられていなかった。息を切らし、側頭部を窓につけて横にもたれかかりながら、なに？　と隣に座る矢口の声に答える。

「育てる場所とか、道具とか、どうするかって考えてる？」

「いや……うちは二世帯住宅で、庭めっちゃ狭いから……ちょっと厳しいんだよね」

なんか、いい考えある？　脳に行き渡る酸素が足りなくて、朴はたいした思考ができない。

「高校でさぁ。去年まで、園芸部あったのって覚えてる？」

「あー。うん。顧問が問題起こしてなくなったんだよね」

「部室棟の屋上にあるっしょ？　ビニールハウス」

「あるね」

だから？　朴は小首をかしげたのち、矢口が言わんとしていることを理解して吹き出した。

「すげーじゃん、それ」

運転手が急ブレーキをかけ、朴は前の座席に額をぶつけた。体軀の整った矢口はその引力に耐え、背中を背もたれにつけたまま平然としていた。タヌキかハクビシンか知らないが、小動物が車道を横切ったのが分かる。


朴は合鍵を紛失したことを両親に打ち明けるつもりはなかった。弟のぶんの合鍵で玄関を開け、二階に上がる前に一階に向かう。すっかり生活感のなくなったそこ（誰も生活していないのだから当然だ）に足を踏み入れ、廊下を通って元・祖父の部屋の扉を開ける。弟がひそかに飼っているという猫を一目見たかったからだが、それそのものどころか、めぼしい痕跡すらなにも見つけられなかった。

観念して二階に上がる前に、ついでに祖父母の遺影に手を合わせた。リンを鳴らしたとき、祖父の部屋でなにかが動く音がした気がした。


放課後、朴と矢口は部室棟へ向かった。「立入禁止」のテープを無視して屋上に上がると、薄汚れたビニールハウスが見える。

「きったねぇな」

「ずっとほっぽりっぱなしなのかな」

矢口は顔をしかめつつ、それの中に入る。朴もそれに続いた。

「プランターとか、いろいろあるね。やれそうかな」

朴は放置されて汚れた備品や朽ちた植物などを手に取り、呟く。

「大麻ってさぁ。めちゃくちゃ育つんだっけ。忍者が毎日麻の葉を飛び越えることで、最終的にめちゃくちゃ高く飛べるようになれる……ってやつ」

「大麻《ガンジャ》とニンジャって似てるよね」

「似てねーよカス」

「ティーンエイジ・ミュータント・ガンジャ・タートルズ」

「ああ!? なんだてめぇ」

朴はビニールハウスの奥にボストンバッグを見つける。何気なく、かがんでジッパーを開けてみる。中から出てきたそれを目の当たりにすると、自分の目を疑ったのちに短く声を漏らした。

どうしたの？　と矢口が近寄ってくる。

朴はその柄を摑み、目の前にかざしてみせた。真新しいマチェーテの刃に視線を走らせながら、口を小さく開ける。

「なにこれ」

「ジェイソンの武器じゃん」

「なんでここにこんなもんが」

「あれかな。伸びた植物の茎とかを、こう、切るんじゃないの？」

朴はそれをその場で振り下ろした。危ねっ、と矢口が腰を引く。

矢口はそれはさておき、と話題を切り替えた。朴はマチェーテを握ったまま応答する。

「あと一月《ひとつき》しないくらいで夏休みに入るでしょ」

「うん」

朴は刃物を振り回してビュンビュンと風を切りながら頷く。

「だとすると、部室棟に入るための口実がいるよな。それに、ここに誰が入ってくるか分かったもんじゃないし」

「確かに。そうだね」

「だから、同好会にする。園芸同好会、的な？　ビニールハウスを使う許可も得られるし、同好会だと、部活と違って顧問をつける必要がない」

「そうなんだ」

うちの学校にそんなシステムがあるなんて知らなかった。

「同好会の活動場所、ってことにしておけば、生徒や教師も遠ざけられるだろうし」

確かに。この高校の生徒が「立入禁止」のテープに従うとも、そもそも扉に小さく貼られたそれに気づけるとは思えない（それだけの知性があれば、そもそもこの高校には入学しない）。そしてここは、授業をサボってタバコをふかすにはうってつけの場所かもしれない。

「屋上の鍵もほしいね」

「うん。三人いれば同好会が作れるんだけど……あとひとり、いるでしょ」

あとひとりって？　朴が口にした疑問に、矢口はむしろ不思議そうに瞬きを繰り返した。

「え、イワクマコ」

「岩隈ちゃん？」

「朴秀実、ほかに仲良いヤツいないだろ」

当然のように言われ、朴は口籠った。

「うーん。仲、いいのかな。なんか最近、避けられてるような気ぃすんだよね。岩隈ちゃんから。目も合わせてくれないし……」

歯切れ悪く言ったその瞬間、扉が乱雑に開かれる音を聞いた。激しい足音が近づいてくる。とっさの事態に、朴と矢口はその場から逃げ出すこともできずに立ち尽くしていた。

誰かがビニールハウスに入ってくる。岩隈だった。

朴は岩隈と目が合うと、呆然と目を見開いた。岩隈も息を切らしながらなにか言いたげに口元をもごもごと動かすが、結局発言には至らず、親の仇を前にしたかのような形相とともに朴に摑みかかるように飛びついてきた。手からマチェーテをもぎ取るや否や、たどたどしく忙《せわ》しない足音を伴って屋上を出て行った。

「なに、あれ」

朴と矢口は互いに目を見合わせた。

衣替えがあってからはブレザーを着なくてもすむようになった。それでも岩隈の心が身軽になることはなく、むしろこれまで以上に、なにか鈍重なものが背中にのしかかっていた。図書室に寄りつけなくなってしまったのが大きな要因だ。しかし、いや、別に……と自答する。なんてことはない。藤木にこの前ごめんねー、とかあえて軽薄に言いでもすれば、なんともなくなるのだろう。そんなことすらもまともにできない自分の自意識あるいは臆病さが煩わしい。

放課後、誰よりも早く教室を出て昇降口に向かう。

校門を出たとき、渡り廊下に藤木がいるのを見つけた。声をかけるチャンスだぞ、と内なる自分が催促する。が、向こうがこちらに気づいていないのをいいことに、彼女はそっと目を逸らす。笑い声が聞こえた。外へ向かっていた足を止め、そっと藤木のいる方を見る。校門の陰に隠れて、そっと視線を向ける。藤木の後方からやってきた三人組の生徒のうちのひとりが彼の背中をリュックサックごしに軽く突き飛ばす。藤木は軽くよろめき、振り返ることなく歩き続けた。部室棟に向かっているようだ。その生徒はウェーイだかなんだか声をあげつつ、再び同じことをする。三人組はいずれも攻撃的な笑顔を浮かべているが、藤木もそれに対して呆れたような苦笑をみせるだけなので、加害されているのか、単にじゃれあっているのか、岩隈には判断が難しかった。

再度肩に手を乗せられたとき、藤木はやっと振り返ってそれを払い除けた。やめろよ、と口に出したことが、本人の声としては聞こえなかったものの、三人組が藤木の吃音を誇張して「やっ、やっ、やっ、やっ、やめっ、ろ、よっ」と大きな声で真似たことで分かった。ここからでは藤木の表情は見えないが、耳を真っ赤にしていることは見て取れた。

吹奏楽部の演奏がかすかに聞こえてくる。野球部の応援が控えているため、それの練習だろう。ジッタリン・ジンの『夏祭り』のブラスバンドアレンジは今の場面に似つかわしくなく、岩隈はひどく苛立った。

見てらんねぇよ！　と思い立ったが最後。岩隈は地面を蹴ってそこへ走った。藤木が、一拍遅れて三人組がそれに気づく。同時に、岩隈は藤木を突き飛ばした生徒の背中を、彼が振り向きるよりも早く、突き飛ばす。前のめりによろめくと、ちょうど眉間《みけん》に金属の手すりがぶつかる。ゴン、と鈍い音を立てた。藤木は突然の事態に、呆然とそこに立ち尽くす。そんな彼に、この場から逃げ去るように目配せする。残りのふたりが逆上して襲いかかってくるが、アドレナリンの滾《たぎ》った身体の身のこなしによって、その攻撃をかわす。

……と、ここまで想像したのち、そんなことあるかと溜息を吐く。ヒロイズムに酔いしれすぎ。そもそも、見知らぬ上級生がいきなり割り込んできた、という噂が広まれば、藤木にとっても都合の悪いことになりかねない。小学生の頃、自分がちょっかいをかけられるとすかさず駆けつけてきた姉や母のことを思い出す。そのときには「余計なことすんな！」としか思えなかった。同級生にいじめられることより、その状況で肉親に手を貸されることのほうが何倍も屈辱的で、気まずいものだった。とはいえ。

三人組は藤木にちょっかいを出し、抗議の声をあげられると、手を叩いて復唱してそれを面白がる。その単調な反復運動はまるでボタンを押すとエサが出てくることを学習したチンパンジーみたいだな、と思うが、その痛烈な言い回しも連中に直接言ってやらなければ意味がない。

いまどき幼児でもやらないような陳腐な嫌がらせだ。彼らは藤木の同級生であるはずで、一年生であるはずなのだから、自分でも凄んで追っ払うことができるのではないか。

たったそれだけ、ささいな勇気を振り絞ることくらいならできる。その程度には、自分を買いかぶってもいいのではないだろうか。どのみち自分に味方などいない。一度しゃしゃり出たところで、ゼロはゼロだ。どうせなら、せめて一つ正しいことをした、という事実がほしい。

いやいや、ゼロからさらにマイナスになることもあるんじゃねぇの？　と自分で自分に水を差してしまうより先に唇を結び、一歩前に出る。内心で、「ピップ・パップ・ギー」と唱える。それは『綿の国星』でチビ猫が奇跡を起こすために教えてもらった呪文だった。

結果、その必要はないように思われた。部室棟の方から、ひとりの男子生徒がすごい勢いで駆けてきた。フォームはめちゃくちゃだったが、どう見ても全力疾走ではある。その彼は慣性を使いながら三人のうちのひとりに体当たりを食らわせた。すかさず体勢を立て直し、不格好に、空手の真似をしている子どもにしか見えないが、それでも、拳を握った両腕を顔の前に構えた。

その姿勢のまま、来いよ、みたいなことを彼が言ったのが聞こえた。首を小さく回し、小刻みに左右へ身体を揺らしている。岩隈から見てもそれは滑稽だったのでもちろん三人組は笑うが、藤木はそれにすがるように彼の陰に身を隠した。

彼の腕は枝のように細く、肌も青白いから到底腕っぷしが強いとは思えない。だからこそ岩隈は、再び「ピップ・パップ・ギー」、と祈りを捧げる。

三人組が彼を渡り廊下に這いつくばらせるのには、一秒もかからなかった。よろめきながら蹴りを繰り出したのはいいが、軸足の足首を軽く払われて一撃である。颯爽と助けにきたのはかっこいいけど、やっぱり普通に弱いのかよ！

岩隈は、彼が立ち上がるものだと思っていた。いじめられっ子が何度でも立ち上がる。『ドラえもん』の最終回と同じだ。直接相手を倒せなくても構わない。不屈の精神で何度も何度も立ち上がり、最終的に相手を萎縮させてしまうのだ。「もういいよ、行こうぜ」と三人のうちの誰かに言わせた時点で、彼の勝ちだ。おそらく彼は、藤木にしょうもない本を読ませたネトウヨのあいつだ。なんだ。思ってたより骨があるじゃん。

そんなことはなかった。彼は頭を上履きで踏まれてしまって、立ち上がることもままならない。

この隙に乗じて逃げ出すことができそうだったが、藤木は友達を見捨てられないのか、腰が引けてしまったのか定かではないが、うつむきながらそこにとどまっていた。

三人組の笑い声だけが聞こえる。どうしてこの手の連中は、自分の加害欲求を満たしているとき、これほど愉快なことはないと言わんばかりに大声で笑い立てるのだろうか。暴力の衝動を吐き出すことによって体内で分泌されるエンドルフィンがそうさせるのだろうか。

「ちょ、お前。友達がこんなんされてんのに、なにボーッとしてんだよ！」

三人のうちのひとり、藤木を突き飛ばしたヤツでも、いま彼の友達を足蹴にしているヤツでもない生徒がそうはやし立てる。藤木は確かにそうだな、と思ったのかどうかは知らないが、ついに顔をあげて拳を握った。拳が重くてうまく持ち上げられないかのように、自ら振り上げた腕に引っ張られるような形になってよろめく。

岩隈はその場から走り出した。先ほどの言葉はまるで陰からことの経緯を傍観している自分に言われているかのようで、居ても立っても居られなくなった。ただし、彼らにまっすぐ向かっていったのではなく、そこを迂回して部室棟へ向かった。

何週間か前に、藤木に押しつけられたマチェーテのことを思い出していた。なにも、それで連中の腕をぶった切ってやろうとか、そこまで極端なことは考えていない。ちょっと脅してやるだけだ。いきなり見知らぬヤツがでかい刃物を持って襲ってきたら、少しはビビるでしょ？

部室棟に入り、階段を駆け上がる。自分でも驚くほど足取りは軽かった。友達を理不尽から救う手立てが見つかったことの喜びか、あるいは武器を以て強者を蹂躙《じゅうりん》することに対する歓《よろこ》びか。どっちでもよかった。

扉を蹴飛ばすように開け、屋上に出る。

ビニールハウスに駆け込んだとき、心臓が急停止するほどに腰を抜かした。中に誰かいる。朴と矢口だ。どういうこと？　疑問で頭はいっぱいになったが、それを追及するための言葉を発するだけの余裕はなかった。朴がなぜか手に握っていたマチェーテを奪い、もといた場所へ引き返す。幸いにもほかの生徒には出くわさなかった。

いまだ彼らは渡り廊下にいた。隊形は少し変わっていて、藤木と彼の友達は江戸時代の罪人のように、コンクリートの床に正座させられていた。それを三人の生徒が侮辱的に取り囲む。岩隈は身をかがめながら、そこへ近づいていく。教師の誰かに見咎められたら、映画部の撮影だと言って丸めこもう。この学校に映画部なんてないけど。

ピップ、パップ、ギー。自分にしか聞こえないほどの声量で、声に出して言う。

背中を伸ばし、近くにあった柱をマチェーテで殴りつける。鈍い金属音を聞き取り、そこにいた全員がこちらを向いた。藤木のみが目を丸くし、ほかの連中は怪訝に眉をひそめる。

手首に伝わった衝撃は顔をしかめたくなるほどだったが、岩隈は表情に出ないように堪えた。そして、刃を突きつけながら、言う。

「お……おいっ!」

ここで頭が空っぽになってしまった。一生懸命打ち込んだパソコン上の文書を、コントロールキーの誤作動で全削除してしまったかのようだ。慌てて「元に戻す」のボタンをクリックしようとするのだが、いくらマウスを擦ってもなぜかカーソルは動かない。

どう見てもイケてない生徒、それも女子生徒が大きな刃物を持って現れたので、三人組は堪えきれずに大笑いした。いじめられっ子に次から次へと助っ人が現れるものの、そのどれもが間抜けなヤツばかり、というコントの一幕にも思えなくはない、と岩隈は自嘲する。

「なんで横綱級のデブが刀持っていきなり来んだよ」

その疑問はもっともだが、理由は明白、お前たちが友達をいたぶったからである。

「失せろ。さもないと……首を刎ねるぞ」

とっさに出てきた、失せろ、という言い回しが面白かったのか、彼らはよりいっそう大きく笑う。殺傷能力がなくはなさそうな刃物を突きつけられても、後ずさりすらしなかった。

か、かか…か、と藤木が突然口を開いた。弾かれたように立ち上がり、足が痺れたのだろう、よろめきながら叫ぶ。

「か、かっかかか……刀じゃ、ない。まままっ、マチェーテだ！」

そこ今どうでもよくない？　岩隈は拍子抜けしたが、ゆっくりと前進し、三人組を追い詰めることを続ける。脚が震えているのはむしろ彼女のほうだった。

下手に近づけば、たやすく武器を奪われることは目に見えていた。

そして、案の定、そうなった。

「すげー。なにこれ。本物じゃん。怖っ」

三人はそれを手に取りあって楽しんだ。そのうちのひとりが岩隈に刃を向け、振りかぶるそぶりをみせた。彼女は目を閉じ、本能的に身体を折りたたんで頭部を守る。刃の側面で頭頂部を軽く撫でられ、その感触におぞましいものを感じた。

まぁいいや、いいもん貰ったな。三人組がそういった調子で退散しようとしたとき、「なにやってんの？」と厳しい口調で誰かがそれを制した。

それは聞き覚えのある声、矢口のものだった。マチェーテを取りにいったときから、ずっとつけられていたのかもしれない。

「あ、矢口先輩……」

三人のうちのひとり、マチェーテを持っていた生徒が上ずった声をあげる。

「これ。違くて」

彼はマチェーテを手放し、岩隈の足元に投げた。アスファルトと刃が摩擦して耳障りな音を立てる。吹奏楽部が『アフリカン・シンフォニー』を演奏しだしたのが聞こえてきた。チャンステーマだ。

矢口は岩隈の足元にあるマチェーテを左手で拾い上げ、彼に向ける。

「こいつ、私のクラスメイトなんだけど。こいつを怒らせたら絶対に五体満足じゃ帰れないって、知らなかった？　腕の一本や二本、簡単に持ってかれるよ」

矢口は右手の包帯を見せつけた。欠損した小指を強調する。

「私も今、小指ないんだけど。こういう目に遭いたくなかったら、今すぐどっか行け。で、二度とこいつらに近づくな」

三人のうちのひとりは矢口の部活の後輩らしかった。彼女の言葉を真に受けたわけではないだろうが、気持ちが萎《な》えてしまったようで、舌打ちを残して去っていった。

藤木はただ唖然とし、唇を切って血を流していた友達と目を見合わせた。岩隈はとっさに矢口へ振り向く。

「ごめんねイワクマコ。これ、あんたのだったの？」

なんでビニールハウスにこんなもん隠してたの？　矢口はそのまっとうな質問を投げかけてくるでもなく、それを手渡してくる。

矢口の後方に朴も控えていることが分かった。目が合うと、彼女はそっと、やや気まずそうに近づいてくる。生徒が何人か渡り廊下を通りかかったので、すかさずマチェーテをノース・フェイスのリュックサックに突っ込んで隠す。柄だけがそこからはみ出た。

「あ、岩隈ちゃん。あの……最近、どんな感じ？」

「どうもこうも、見ての通りだけど」

ワイシャツの袖についた汚れを払いながら、そっけなく答える。

「お前こそ、どうなの？」

「ん。万事快調」

「は？」

会話を聞いていた矢口があっと、なにかを思いついたように声を漏らす。

「イワクマコ、これから暇？　もしよかったらさ、ちょっと屋上来てくんない？」

「屋上？」

屋上来いよ、って典型的で漫画的なヤンキーの台詞みたいだな。思ったが、そういった意味合いではないことは口調と表情から明らかだった。見知らぬ女子生徒がふたり現れたので、藤木と彼の友達はきょとんと立ち尽くしたまま動かない。

「うん。もしさ、イワクマコの高校生活が小説なり映画なり、物語だったとするじゃん」

いきなりなに？　岩隈は語り出した矢口を、右と左で互い違いな瞬きをしつつ見る。矢口そのたとえ好きだね、と朴が口を挟む。

「だとすると、ここからが『第二部』ってわけ」

「は？」

理解が追いつかないでいると、あのね、と朴が補足してくる。

「私たち、同好会作ろうと思ってて。それに、岩隈ちゃんも誘いたくて」

岩隈は左目を閉じてから、右目を閉じる。左目を開けてから、右目を開ける。

「いつでもいいから。じゃあ、待ってるよ」

朴はそれだけ言うと、矢口とともに部室棟の方へ小走りで駆けていった。それを追うような気にもなれず、渡り廊下の壁にもたれかかって消沈している藤木と彼の友達へ視線を向けた。

「あの。なんというか。ありがとうございました」

藤木の友達はそう礼を言うものの、その目には不信感が漂っている。無理もないな、と岩隈は苦笑する。

「むしろごめん。めちゃくちゃだったね。あ、私は藤木くんの中学のときの先輩で……」

自分で「先輩」とか言っちゃうのは痛々しいかもしれないが、ほかにどう説明したらいいか分からなかった。このままでは自分は相当な不審人物だ。

「あのっ。そそそそ、それ」

藤木は岩隈のリュックから突き出たマチェーテに指をさす。

「ごめんね。家に保管場所が見つからなくて、学校に置いといたんだ」

今、もっとも不条理に見舞われているのは藤木の友達だろう。彼は、岩隈と藤木を目まぐるしく交互に見る。

「あー、そうだ。あんたさぁ」

はい？　藤木の友達は背を張った。

「名前、なんていうの？」

「今村《いまむら》です」

岩隈はふぅん、と自分から聞いておいてそっけなく返した。

「藤木くん、これ、どうする？　まだ私持っとこうか」

刃を彼に向ける。

藤木は、あー、と唸ったのち、口を開く。

「こっ、これ。うぶっ部活のみんなに話したら、ぶぶぶ部室におっ置いといてくれるって。あ、だっ、だから、ももっもう大丈夫ですって言おうと、したん、ですけど。せぱっ、先輩、なかなかとっとっ図書室、こなかったんで……」

不甲斐なさを胸に、そっか、と頷く。

「あー、ごめんね。なかなか、忙しくて」

まったく忙しくなんかないのに、もっともらしい言葉がすらすら出てくる自分の小狡《こずる》さを恨めしく思う。

「今村くん、化学部なんでしょ」

そうですね、とぎこちなく肯定される。

「あのさぁ……」

岩隈はもっとも聞きたかった問いをあえて引っ込めた。

「はい」

「……一番好きな漫画教えてよ」

今村は、はい？　と露骨に不審がりながら答えた。

『ザ・ワールド・イズ・マイン』ですかね」

「いいね。最高」

岩隈はリュックからマチェーテを引き抜き、藤木に手渡す。

「はいこれ。いろいろごめんね、ほんと……。これからも、できたら、よろしく」

はい、との返事が返ってくる。

「こっ、ここころこそ、あり、ありがとうございました。あっ、あの。すっすすすごいですね。せぱっ、先輩の、ととと友達……」

「ああ。ぜんぜん友達じゃないよ。むしろ敵」

言ってから、あ、と思い出したように付け足す。

「あいつの手、私がやったんじゃないから！　あれ、ただ、自分で怪我しただけだから！」

それから岩隈は恐る恐る、部室棟の階段を上っていった。

朴とも藤木とも、ましてや矢口となど、もう二度と口をきくことはないだろうな、と高を括っていた。そんなことはなかったわけだ。

彼女たちはビニールハウスでなにをしていたのだろうか。『第二部』。長編小説でいうところの、ちょうど中盤の折り返し地点か。矢口に言われた軽口を思い出しながら、屋上へ続く扉のノブを捻った。

なにを考えているか知らないが、まさか犯罪とかではあるまい。


犯罪だった。朴と矢口にその「計画」を聞かされるや否や、岩隈は閉口した。それ、冗談だったらまったく笑えないから、と念を押したが、冗談ではないようなのでより一層笑えない。朴がリュックサックから自慢げに取り出した植物の種子入りのジップロックをまじまじと見つめるたび、なんとも言えない気分にさせられる。

「土入れたプランターを並べて、『ジョイフル本田』で肥料買ってこようか。植えてから一週間くらいで発芽するらしいんだけど」

とうとうと述べる朴とそれに真顔で頷く矢口に、岩隈は辟易する。

「うまくいけば、四、五ヶ月くらいで収穫できるよ」

「あのさ」

ふたりの会話に割り込み、咳払いする。

「まだちょっと、気持ちの整理がついてないんだけどさ。なに、マジでやるつもりなの？　バレたらどうなるか分かってんの？」

「そう。だから、イワクマコが必要なわけ。同好会を作って、表向きは普通の園芸してるってことにする」

同好会。この前部室棟で聞いた演技の声はそれか、と岩隈は考える。あれは、演劇部ではなく、同好会なのだ。

　ビニールハウスの中にいても、吹奏楽部の演奏はくぐもってかろうじて聞こえてくる。曲名は思い出せないが、たしかワーグナーのなにかだな、と朴は思う。

「夏休みの自由研究だよ、岩隈ちゃん」

「うるせぇな。サイコ野郎。てめぇ自分がマトモな人間だと思ってんじゃねぇぞ、なんならお前がいちばんおかしいからな」

「野郎じゃないし」

　矢口は屋上にある錆びついた用具入れから竹箒《たけぼうき》を持ってきた。それで汚れた床を掃きはじめる。

「イワクマコって、一年のころ園芸部じゃなかった？」

「一週間もたたないでやめたから。で、すぐに廃部になったし」

　帰宅部じゃヒマだし、だからといってスポーツなどもってのほかだ。というわけで比較的気楽そうな園芸部に入部したのだが、雰囲気が合わずにすぐに退部してしまった。その直後に顧問の不祥事が発覚したので、自分の勘も捨てたものではないな、と悦に入ったことを思い出す。

　つーか、お前、私が園芸部だったなんてよく覚えてたな。

「私も陸上やめたんだ」

　嬉しそうに言う矢口に、ふぅん、とそっけなく返す。思えば、矢口とこんなふうに話すことなんて、これまでなかったな。べつに感慨深くはないが、ただ、こんなこともあるんだな、と思った。きっかけが犯罪行為、ということを除けば、悪い気分はしない。

「ボロ儲けしてさ、こんな村から出てこうよ」

皮算用の典型みたいなことを得意げに言う朴に苦笑を返す。

「根本的なこと聞いていい？　なんでさぁ、こんなもん持ってたの？」

床に置かれた種のジップロックを爪先でつつく。自分は自分でマチェーテをここに隠していたのだが、とりあえずそれは棚に上げる。

「知り合いがくれたんだ。訳も言わずに」

岩隈は渋々と頷くことしかできなかった。

朴も朴で、あのときは気が動転していて、とっさに持って帰ってしまったから、以上の理由がなかった。よく、お前はなに考えてるか分からなくて気味が悪い、つまり可愛げがない、と両親に言われてきた。自分でも自分の考えていることがよく分からなくなることが多々あるので、無理もない。

つかの間、岩隈はあっ、と短く声をあげた。いろいろ言いたいことはあったのだが、これがきっかけであらゆる思考が中断された。岩隈は目の前でなにかが動いたのを感じた。それに近づくと、文庫本くらいのサイズのドブネズミがビニールハウスに忍び込んでいるのを見つける。矢口と朴もそれに注目した。

「うわ。ネズミいんじゃん」

朴は手を伸ばし、それを掴みあげた。彼女の手に吊られながら、ネズミは小さい脚をしきりに動かす。

岩隈は朴が見せつけてくるそれを、目を細めて覗き込む。

「近くで見ると結構かわいいよな」

「写真には写らない美しさがあるから……」

「は？」

そこから一歩引きながら、矢口が吐き捨てる。

「あんま直に触んないほうがいいよ。病気になるから」

朴はネズミを摑んだままビニールハウスを出た。屋上の扉を開け、部室棟のなかに放つ。それはちょこまかと動きながら、廊下の奥に消えていった。

「お前、結構悪質なとこあるよな」

パンパン、と両手を払う仕草をした朴に、岩隈は溜息を吐いてみせる。


数十分かけてハウス内を片づけると、かろうじて深呼吸できるくらいには見るに耐える空間になった。岩隈は改めて蒸し暑さを感じ、首から下がったネクタイで額の汗を拭った。

ビニールハウスを出て、屋上のフェンスに体重を預ける。朴がトイレに向かったので、岩隈は矢口とふたりきりになった。

「つーか、いきなり、ごめんね。ビックリしたっしょ。イワクマコもノッてくれて助かったよ。これチクられたらなにもかも終わりだからね」

別にノッてないし、教師に告発しても一笑に付されるだけだろうが……頭を掻きながら、曖昧に、んっ、と声を返す。

「えっと、矢口、さぁ。いいの？　私なんかとつるんでたら、みんなから嫌われちゃうんじゃない？」

「まぁね」

否定はしないんだ。岩隈は苦笑を浮かべる。汗で湿ってワイシャツの張り付く背中に、フェンスの金網がめり込むのを感じる。矢口は、でも、と言葉を続けた。

「高校の人間関係なんて、卒業したらどうせ無意味になるんだから。どうでもいいよ」

「そっか」

それは自分が矢口のような人間を揶揄するために用いていた言い回しであったから、岩隈は吹き出しそうになった。

「私さぁ」

矢口は包帯を巻いた右手に視線を落としつつ、言う。

「映画の仕事したいんだよね。金稼いで、こんなとこから一秒でもはやく出てって、上京して、撮影現場でバイトするんだ。で、経験積んで、将来は自分の映画を撮る」

「……いいね」

それなのに、こんな工業高校でくすぶっちゃって。

矢口は、岩隈のその口には出さなかった思いを汲み取ったかのように答える。

「映画業界って超マチズモだからさぁ。工業高校で過ごした経験が、うまく活きるんじゃないかなぁ、って……」

ちなみに、ワインスタインが逮捕されたのは今からだいたい二ヶ月前だ。

これから映画業界はマシになっていくのだろうか？　彼女には知る由もない。

「前向きなんだか、後ろ向きなんだか」

そもそも、この計画が成功すること前提なんだ。

「イワクマコは？　なんか、したいことある？」

岩隈はその質問の回答を考えることよりも、かすかに聞こえてくる吹奏楽のワーグナーの曲を聞き取ることに集中していた。これは『ローエングリン』、『エルザの大聖堂への行進』だ。小学生の時にブラスバンドをやっていたから分かる。すぐにやめちゃったけど。

「別に。強いていえば……」

しばらく歯の隙間から息を漏らしつつ考えて、口を開く。

「たまに、異常な数の犬とか猫を飼ってひとりで暮らしてるおばさんがいるでしょ」

「うん。いるいる」

「それになりたい。で、一生家から一歩も出ない」

矢口は小さく笑った。

「いいじゃん。それ」

お待たせ、と朴が屋上の扉を開ける。彼女は腕に三本の缶コーヒーを抱えていた。

矢口は教頭の目と自分の目を、下から見上げる形で合わせた。ゆっくりと瞬きをしてから、そっと口を開く。職員室の冷房が指先を冷やす。

「友達と一緒に、同好会を設立したいんですよね」

「動機と、三名以上の署名は」

「ここに」

彼の机の上に、書類をそっと置く。動機欄には、園芸部がなくなってしまったので、有志を募ってふたたび園芸活動を行いたい。そのため、ビニールハウスの使用許可を得たい、と書いておいた。会長・矢口美流紅、副会長・朴秀実、会計・岩隈真子。それぞれの直筆で記した署名が並ぶ。

「矢口さん、陸上部じゃなかった?」

「はい。でも、今は療養していまして。その間やることが見つからなくて悩んでいたとき、朴さんと岩隈さんが誘ってくれたんです。一緒に、花でも育てないか、って」

教頭は微笑む。

「はは。そうかぁ。矢口さんも、こうみえて女子だなぁ。お花が好きなんだね」

は？　うるせぇ。マリファナだよ……と明かしてしまうとすべてが台無しになるので、秀逸な愛想笑い（自分でもそう思うくらい）を浮かべ、まぁ、はい、と控えめに頷く。

「いい友達を持ったね。まぁ、学業が疎《おろそ》かにならない範囲で」

教頭は書類に判を押した。

「ありがとうございます」

「私もときどき、見に行っていいかな？」

「ダメです」

あんま調子乗んなよ！


姉は学校から帰宅すると、私服に着替えてすぐに家を出ていった。今日も両親は不在だった。俊はプレイステーションをスリープモードにし、自室からそっと出て一階に向かう。元・祖父の部屋を三回ノックし、五秒ほど待ってから扉を開ける。

誰もいないはずのクローゼットがひとりでに開く。中から出てきたのは子猫、ではなく、俊がかつて学校で着用していたジャージを身に纏った若い男だった。彼は口元の深い傷を意識しながら、にこやかに笑いかけてくる。

「あ、これ、ありがと」

五冊の文庫本を束ねたものを手渡す。俊はそれを受けとる。

「どうでした？」

「面白かったよ。いいヒマつぶしになった」

クローゼットに入っていた男は、暗所で読書するための懐中電灯で自分の肩を叩きながら床に胡座《あぐら》をかいた。俊もその近くに腰を下ろす。

「またなんか、持ってきましょうか」

「うん。できれば。いつも悪いね。できれば、代えの電池がいるな。単二」

朗らかに笑う男の痩せ細った身体と青白い皮膚はどこか吸血鬼を彷彿とさせる。口を開けると歯が割れているのが見えるが、どうしてこんなことになったのか尋ねても、いろいろあってね、とはぐらかされるだけだった。

数奇だな、と思う。

祖母の葬儀が済んで、何日か経ったときだった。なんとなく眠りにつけずにいたとき、一階で物音がした。大きな荷物を動かしているような、鈍重な音だった。俊はかすかな恐れと好奇心のもと、祖母の話していた「幽霊」のうわごとを思い出しながら、階段を降りた。

電気の消えた一階には当然なにもないはずだった。物音は元・祖父の部屋から聞こえてくる。そっと扉を開けた。部屋には積み上げられた段ボール以外にはなにも見当たらない。電気をつけたとき、床に菓子の包装の切れ端を見つけた。

部屋中を見渡してから、意を決して、クローゼットを開けた。

そこで見つけたのが、この男だった。

うずくまっていた男がクローゼットの中から瞬時に飛びかかってきた。こちらの口を手で強く覆うように塞ぎながら、訳があるんだ、と言った。その目つきにどこか信憑性のようなものを感じ、あえて抵抗しなかった。それが正しかったのか、間違いだったのか、まだ分からない。

「俺、今、追われてるというか……詳しいことは言えないんだけど。できれば、できればでいいんだけど……ちょっと、匿《かくま》ってくれないか」

「えっと、空き巣……」

「そういうんじゃない！」

強く否定されたのでたじろいだ。傷だらけで笑う男の顔にはどこか、単なる悪人と切り捨てかねる説得力があった。

「頼む。俺はこのままだと死ぬ」

どういうこと？

俊はしまいには首を縦に振った。ここは二世帯住宅で、ちょうど空き部屋がひとつある。人をひとり匿うのにはうってつけなんじゃないのか。

話を聞くところによると、彼は住処《すみか》を失って外をさまよっていたらしい。そんな中、たまたまこの家を見つけた。鍵が開いていたからそっと入り込み、しばらくこの部屋で生活を続けていた。冷蔵庫から物がなくなっていたのはこのせいか、と腑に落ちる。不法侵入として彼を告発する気にはならなかった。

俊はそれを天命のように感じた。

こうして佐藤は、朴が残していった生徒手帳と合鍵を頼りに、自分を貶《おとし》めた人間の根城にまんまと潜り込んだのである。

佐藤は一目見て朴の弟の人間性を理解し、それにつけ込んだ。案の定、俊はあたかも戦時中にユダヤ人をひそかに匿ったドイツ人のような心境に陥っていた。

久しぶりに『東海村サイファー』のジャッキーから連絡が来て、朴は佐藤との一件以降、彼らに会っていなかったことを思い出した。もしかしたら、無意識のうちにヒップホップそのものに嫌気が差していたのかもしれない。

いや、まさか。そんなことはない。それを自ら否定するかのように、木曜の夜に東海駅近くの公園に向かった。

そこに画餅児の姿はなく、数人が取り囲んでいるスピーカーもジャッキーのものらしかった。ちょうど中学生のMCカフェ・オレが吐いたラインの、「俺は軽度の発達障害、ここで開演badass show time《バッダスショータイム》」には感心した。

「画餅児さんは？」

朴が尋ねると、ジャッキーは身体でリズムを取りながら答えた。

「ニューロマンサー、聞いてないの？　あの人しょっぴかれたよ。シャブで」

発言と同時に、腕に注射器を打つジェスチャーをする。

「マジ？」

朴は輪に加わった。スピーカーから流れるトラックは、ライムスターの『B-BOYイズム』

のものだ。

「マジマジ。だから今、俺が主催引き継いでんだ」

「そっかぁ。やってそうだったもんなぁ」

「まぁすぐ戻ってくるっしょ」

輪のなかに、ひとり見知らぬ参加者がいた。おそらく自分が参加していない間にやってきたのであろう彼に向けて、朴は自己紹介を試みた。

「はじめまして、私はMCニューロマンサー、中途半端、なまま終われない、となんかやってる、私の人生ここから第二部、つまらん輩にタイキック、すばやいタイピングじみたライミング、最後は笑顔ではいチーズ……」


サイファーが解散したあと、朴は珍しくジャッキーに食事に誘われた。午後十一時時点で営業している近くの飲食店は『ココス』くらいしか見当たらず、彼女たちはそこに入店した。朴は金をあまり使いたくなかったから、ドリンクバーだけでいいや、と断ってタバコに火をつけた。ジャッキーもそうした。

彼は料理が運ばれてくるまでの間に言った。

「そういえば。ニューロ、曲作るって言ってたよな。あれ、どうなった？」

朴は若干迷う。アイスコーヒーで喉を潤しながら、思案にくれる。

「あー、なんか。ノスフェラトゥさん、都合悪くなっちゃったみたいで」

ノスフェラトゥ？　とジャッキーはすばやく聞き返す。

「あー、そう。ノスフェラトゥさんにレコーディングとかミックスとかしてもらう予定だったんだけど、無理になっちゃって」

できればこの話はしたくなかったのだが、仕方ない。朴は勢いよくストローを啜ってグラスを空にする。

「え、それ、マジですげぇじゃん。トラックもノスフェラさんの？」

「そうだね」

「うわー。マジで惜しいな」

「うん。まぁ、しょうがないね」

あいつ、とんでもないクソ野郎だったよ。そう明かしたい気持ちを抑制して、別の話題を切り出す。

「そうだ。ジャッキーさぁ、ガンジャってやる？」

ジャッキーは唇に挟み込んでいたタバコをテーブルに落とした。テーブルが焼けつかないように慌てて拾い上げる。落ちた灰を手で払って床に散らす。

「いきなりなんだよ。やらないよ！」

「これから友達と一緒に育てるんだ。あとで、完成したら、買ってくんない？」

ジャッキーは急に腕を動かしたため、テーブルの隅に置いてあったカトラリーケースに肘を当てた。音を立てて床に落としてしまったそれを拾い上げてから、苦笑とともに答える。

「寝言言ってんなよ。お前、俺のことバカにしてんのか」

「ほら、これ」

朴は昨日矢口と岩隈とともに設営したビニールハウスの写真を見せる。ハウス一面に並べたプランターに、新しい土が詰められている。

ジャッキーはそれを見てもなにも答えず、運ばれてきたプレートのハンバーグにデミグラスソースをかけた。

「なあ、ニューロ」

彼はドリンクバーに飲み物を取りにいって帰ってきた朴に投げかける。なに？　と朴は応答する。なんだか、彼の顔つきが変わっているように思えた。

「なんかあったらさ、相談してくれよ。俺、毎週サイファーにいるからさ」

「え？　うん。よろしく」

彼女たちは一年くらい前から知り合っていたが、二人きりになるのはこれがはじめてだった。

それ以来、頻繁に会うようになった。


昼休み、岩隈はそっと図書室に向かった。朴は矢口らのイケてるグループに加わっているのだが、岩隈はそうではなく、依然として教室ではひとりだった。それは彼女自身が選んだ立場だった。矢口たちは自分をなんのためらいもなく受け入れてくれたのだが、あそこに混ざるのは無理だと思われた。それでも、教室で自分に対する揶揄が聞こえなくなったのは確かで、それは幾分気分がよかった。

藤木はカウンターに立ち、いつも通り来客もないから文庫本を読んでいる。今村もいっしょにいるが、とくに会話はしていないようだった。近づいてみると、それは……よかった。胸を撫で下ろす思いだ。ピエール・ルメートルの『その女アレックス』。カミーユ警部三部作は岩隈も大好きなシリーズだ。よっ、と彼に声をかける。

文庫本から顔を起こし、藤木は微笑んだ。

「おっ、おっお疲れさまです。いい岩隈先輩」

「『その女アレックス』じゃん」

岩隈は文庫本を手に取る。ブックオフの値段シールを剝がしたあとがあり、裏表紙がベタついている。挟まれていたしおりの位置から察するに、まだ彼は本書に仕掛けられたどんでん返しを迎えていない。

「それめっちゃ面白いよ」

そうなんですか、と藤木は言う。

「これ、シリーズの二作目だけど。前作って読んだ？」

「えっ？」

藤木は目を丸くした。そうなのだ。ルメートルのカミーユ警部シリーズが邦訳されたのはこの二作目が最初で、作品の知名度も一作目『悲しみのイレーヌ』よりこっちのほうがずっと高い。

『その女アレックス』のストーリーは『悲しみのイレーヌ』の愕然とすること間違いなしのショッキングな結末を前提にして進行するため、先に読んでおいたほうがずっといい。

「まぁ、どこから読んでも大丈夫だろうけど」

岩隈はミステリの面白さを損なわないように、気を遣った。彼女は低身長という身体的コンプレックスをものともせず難事件に立ち向かうカミーユ警部にシンパシーを感じている。

「ネトウヨはどう？　本とか読む？」

隣にいた今村に投げかける。

「俺のことネトウヨって言うのやめてくださいよ」

「お前のきたねぇ部屋にある『正論』のバックナンバーを全部焼き捨てたら考えてやるよ」

「そんなの読んでないから」

「まぁ本を読むと知性がつくからネトウヨにはなり得ないもんな。一生旭日旗を見ながらシコっててほしい。最後はテクノブレイクという名のカミカゼ特攻で犬死にしてほしい」

藤木は苦笑を浮かべる。

「あんたなぁ」

今村は典型的な苦虫を嚙み潰したような顔を浮かべた。

「いいい岩隈せぱっ、先輩。いいいつにもましてってっ、げっ下品ですね……」

「一生ひとりで自慰にふけってろ。苔のむすまで、な！」

今村は中指を立てる。

「ね、藤木くん」

「なっ、なんです？」

「私いま、同好会に入ったんだ。園芸同好会」

藤木はへぇー、と相槌を打つ。

「やっとやりたいこと見つかったって感じなんだ」

今村がぶつぶつと口を挟む。

「藤木にダル絡みすんな。パヨクが……」

「上級生には敬語使えよ」

「『敬う』に値しねぇんだよ、お前は」

「藤木くん。私さぁ。ずっとこんな世の中ぶっ壊れてほしいって思ってたんだ。東海村の原発が爆発してさ、ここらへん全部が不毛地帯になったらどんなにいいだろうなーって、ずっと考えてた。でもさ、もし本当にそうなったとき、一番割りを食うのは力がない人たちなんだよね。そういう人から死んでいくようにできてるんだ。この世の中は」

「え、は、はい？」

「誰しも、自由になるためには金がいるんだ。誰も傷つけずに、なにも失わずに、世の中を出し抜くための手段。それが園芸同好会にあるかもしれない」

しゃべりすぎかな、と岩隈は言いながら思う。

「はっ。なにポエジーなこと言ってんの？　横綱級のデブがよ」

岩隈は今村を舌打ちで威嚇する。

「力士はデブなんじゃなくて、全身が筋肉の鎧《よろい》なんだよ。だからめっちゃ強いの。銃で撃たれても死なない」

「格闘技最強っていうよな」

「は、は？　ちち違うし」

ふたりのやりとりに、藤木が口を挟む。岩隈と今村はカウンターにもたれかかり、彼の言葉に耳を傾ける。

「かかかかっかっ格闘技ささささ最強は、むえっ、むっむっムエタイだし。むっムエタイちゃ、チャンプはりっ力士なんかにくっくっ組みつかれるまっまま前にうう後ろにまっまっまわっ回りこんでここここ後頭部をねっ狙っていっいっ一撃でけけけっ蹴り倒せるわけだから」


放課後、園芸同好会の彼女たちはビニールハウスに集まった。

種を植えて一週間が経つ。三人は、その発芽を目の当たりにした。

「すげー。ホントに芽が出てる！」

朴は感激した。ちょこんとプランターから顔を出したそれはかわいらしいが、やがては著しい酩酊効果と換金性を持つドラッグとなるのだと思うと感慨深い。

「いいねいいね。万事快調」

矢口はハウス内に並べられた十数台のプランターの前にしゃがんだ。側面がノコギリの葉のようにギザギザになっている双葉を見る。根が小さく、カビに弱いこの段階ではまだ水をやりすぎてはいけないらしい。

「早ければここから四ヶ月で収穫だ。十一月あたりにはできるかな」

朴は理想論を語る。書店や図書館の園芸書のコーナーにマリファナ栽培の専門書はないので、インターネットの個人ブログやSNSを活用した。英語のページをグーグル翻訳にかけ、奇妙な文体になった日本語文からニュアンスを読み取る。ちゃんと理解できたかは定かではない。

「こうしてみると、なんか、普通の部活って感じだね」

放課後、吹奏楽部の演奏や運動部のかけ声が聞こえるさなか、屋上のビニールハウスで園芸活動。まかり間違えば、青春っぽいな。岩隈は皮肉めいた笑みを浮かべる。

矢口はビニールハウスから出て、屋上の手すりに身を預けながらフェンス越しにグラウンドを見下ろしていた。夏の地区大会に向け、陸上部の部員がトラックでタイムを測定している。彼はランニングではなく、脚を伸ばしたままセカセカと歩いて楕円を周回する。

「競歩？」

朴と岩隈も、同じようにグラウンドに視線を向けた。

「競歩ってなんか笑えるよね。速く歩くって、なんか」

朴の言葉に、たしかに、と岩隈は小さく笑う。

「競歩ナメんな。ふざけたこと言うと、お前らの家族を攫《さら》ってひとりずつ痛めつけるぞ」

矢口はトラックを歩く部員を目で追ったまま言葉を続ける。

「陸上を知らないヤツがバカにしがちだけど。ただ走るよりもずっと奥が深いし。プロの競歩選手のガチの歩きは一般人のダッシュよりも速い」

「ふぅん」岩隈は相槌を打った。

「走るより楽そうだと思ってはじめると、逆にキツくて疲れんの。トラック競技にしてはかなり複雑で」朴は小首をかしげる。

「歩くだけなのに？」

「『歩くだけ』っていうのをずっと続けるのが難しいんだよ。たとえば両足が地面から離れたり、膝を曲げたりするとそれは『走ってる』ことになるから反則になるわけ。厳しいルールのなか、速さも追求しなきゃなんない」

矢口は競歩のフォームで屋上の端から端まで歩いてみせた。

「反則取られたらどうなんの？」

朴は見様見真似で矢口の歩きを再現しようとした。

「三回までは警告を受ける。でもまだセーフ。四回目の反則はもうアウト。審判が持ってるショットガンで撃たれる」

「ふぅん」

「あと、時速が六キロを下回ってもダメだね。射殺される。こうして、百人のなかで最後のひとりになるまで生き残らなきゃいけないんだ」

「大変だなぁ。陸上って」

「でも、最後まで生き延びて優勝すれば、賞品としてどんなものでも手に入る」

「そりゃいいね」

岩隈は朴と矢口のやりとりを淡々と聞き流していた。

「ところで。発芽記念に、スタバでも行っとく？」

少し前に、二駅離れた町にスターバックスコーヒーができた。休日は人がひしめいていて落ち着かないので、平日に行くのがいい。この地域ではまだスタバが物珍しいもののひとつなのだ。北関東、とくに茨城の北部はまだ文明が未開であり、火が発明されたのも去年のことだ。

「そうだね」

岩隈は胸に生じた感慨深さを悟られないように（恥ずかしいから）、あえてそっけなく答える。放課後、友達と一緒にカフェで膝を交えるなんて、自分には一生ないことだと思っていた。

一方、朴は渋い顔を作った。

「あー、ごめん。ちょっと、今日は用事あって」

部活もバイトもやってないのに。朴としても行きたいのはやまやまだったのだが、今日は前もって予定が決められていた。どんな用？　と聞かれるより先に言う。

「友達と会うんだけど」

別に矢口も岩隈もその理由を気にしてなどいるはずもなかったから、余計な一言だった。

学校から駅に向かい、常磐線に二駅乗り、そこから二十分くらい歩く。こぢんまりとした『スターバックス』の自動ドアを通る。岩隈と矢口はソファー型の座席に腰掛けた。

岩隈は電車に揺られているときからある懸念があったが、案の定それが顕在化した。話題が見つからない。自分と矢口とでは、あまりに見てきた世界が違いすぎる。

岩隈は何を話せばいいか分からなかったから、確実に伝わるであろうトピックとして、朴のことを持ち出した。

「朴さぁ、なんの用事だったんだろうね」

心底どうでもいいのだが、無言が続くよりかはマシだ。岩隈はスコーンを袋から開封しながら切り出す。岩隈のような人間は新発売・夏季限定の『ピーチピンクフルーツフラペチーノ』のような商品を注文することを無意識のうちにためらう傾向にあるため、オーソドックスなアイスラテとスコーンを手に取った（なんでメニューに普通のアイスコーヒー、ないの!?　とおののきながら）。

「男だな」

矢口は桃色のクリームがのったフラペチーノをストローですすったのち、幾分挑発的に言う。

「男……」

「ソワついてたから。間違いない」

唇の内側についたクリームを舐め取りながら、にやりと微笑む。

「そんな焦ってた?」

岩隈はテーブルに前のめりになってスコーンのカスが膝に落ちるのを防ぎつつ、苦笑する。

「朴秀実もやることやるだろうしね。あいつ、学校の外では結構元気だよ」

ラッパーだからね。矢口は店の窓から見える『ステーキガスト』の看板に目線を送りながら、下世話な話題を共有することを楽しんでいるように見える。

「人の恋愛沙汰なんて、興味ねー」

岩隈は控えめに言った。今ここにいない人物について好き勝手憶測を撒き散らすことはしたくなかったし、女友達どうしで色恋について語るというのがそもそも陳腐に感じる。少なくとも、矢口とする必要はないと思われた。ラテのカップに直接口をつけ、中の氷を嚙み砕く。

「じゃあさ、イワクマコの初恋は?」

矢口はあくまで話題を変えたくないようだった。えー、と言葉に詰まる素振りをみせる。そりゃあお前はたくさんいろんな経験があるでしょうけど……。

「肉体関係の有無とかはどうでもいいから。『トキメキ』の源流だよ。有名人とか漫画のキャラとかでもいいから」

「そういうの困るんですけど……」

なんでみんなそういう話題好きなの? ここで朴が予定を変更して、急遽こちらに向かってきてくれればどんなにいいか。今まで味わってこなかったたぐいの、友達づきあいにおける気まずさを全身に浴び、うろたえているのを悟られないようにスコーンを大きく飲み込み、むせた。

どうしたどうした、と矢口が笑う。岩隈はここで、そんなこと聞いてどうすんだよ、と一笑に付すことを考えた。その場合、想像の中の矢口は欠伸混じりに確かにね、と会話を切り上げた。つまんねーヤツと思われるのが嫌な一心で口を開く。

「ヒトカゲかな」

「ん？」

「だから、アニメの『ポケモン』に出てくる、ヒトカゲ。しっぽに火がついたトカゲの。知ってるでしょ？　そいつ。しっぽの火が濡れたりして消えると弱って死んじゃうってエピソードがあって。それが、なんか、こう、いいなって」

「お前は性的な目で見てんの？　ヒトカゲを？」

「なんだよ。なんか悪いかよ」

矢口はフラペチーノを飲み切り、カップの側面に残ったクリームをストローでこそげ落としはじめた。

「こういう相手と付き合うのはやめといたほうがいい、っての分かる？」

藪から棒に言われ、岩隈は曖昧にかぶりを振る。

「一緒に映画行って、見終わったあとの第一声が『長かったー』ってヤツね。そういうヤツはセンスが死んでるから、こっちから切ったほうがいいね」

「そう……」

「これ、百発百中だから」

「眉毛だな」

俊に持ってきてもらったパンを飲み込んだのち、佐藤は言った。口元の深刻な傷のせいで、食事の一口一口にかなりの時間を要する。眉毛？　俊は自分の眉に指を這わせつつ、訝《いぶか》しげに繰り返す。

「そう。俊さぁ、生まれてから一回も眉剃ったことないだろ」

「まぁ、たしかに」

思えば、外観を気にしたことはなかった。服は親が買ってきたものをずっと着続けているし、髪の毛も、千円カットチェーンの『ＱＢハウス』でしか切ったことがない。

「もとの顔は悪くないし。髪と眉整えれば、結構よくなると思うんだよな」

「そうですか」

世辞ではあろうが、悪い気はしなかった。佐藤に顔を覗きこまれながら、俊は照れ笑いを浮かべる。

後日、彼に言われた通り、洗面台を睨みつけながら姉の剃刀を使って両眉を剃ってみせると、上出来だ、と演技っぽく言われた。

金曜、家族がみな家にいないとき（両親は仕事、姉はよく分からない。彼女は一般的な実家暮らしの子どもにしては過剰なほどのプライバシーを家族に要求する）を見計らって、俊は佐藤と連れ立って外に出た。少なくとも三ヶ月ぶりの自主的な外出で、自分の皮膚は紫外線に耐えられるのだろうか、と杞憂するほどだった。佐藤は顔の傷を隠すためか、マスクを着用した。

向かった先は駅だった。佐藤は現金を一銭たりとも持っていなかったが、身につけていた財布にはクレジットカードが数枚入っていた。それを使い、俊に五千円分チャージされたSuicaを渡した。俊は不可解なまま、差し出されたそれを受け取る。彼らは上りの常磐線に乗って水戸方面に向かう。電車に乗っている間に会話は生じなかったが、久々の外出で、それについての気まずさを感じるほどの余裕は俊にはなかった。

たどりついた先はショッピングモールだった。この地域に住む中高生にとって水戸のイオンモールは遊び場であり、デートスポットであり、唯一無二のライフラインである。そのため俊はかつての同級生と出くわすことをなにより恐れたが、今日は平日であるのだから、と自分を叱咤することに尽力する。

佐藤は俊の背中を軽く叩き、次から次へとアパレルの店舗を見て回らせた。ファッションのメンズとレディースの区別がつかない俊に苦笑しながらも、『ABCマート』でコンバースのスニーカーを、『ZARA』でスリムフィットのデニムを、『ウィゴー』でタイダイ染めのTシャツを、『ニコアンド』で薄手のカーディガンを、『ザ・ショップTK』でベルトとループタイを、『ムラサキスポーツ』でディッキーズのキャップを試着させたのちにカードで購入した。気さくに話しかけてくるタイプの店員に関係性を尋ねられた際には、佐藤が親戚だと間髪入れずに答えた。

佐藤の方は『ジンズ』で透明なフレームの眼鏡を買った。今までコンタクトレンズが外れた状態で過ごしており、視界が良好でなかったらしい。

佐藤は俊に買い与えた一式をトイレで着替えさせ、着ていたものはすべてゴミ箱に捨てさせた。様変わりした俊の姿は佐藤にとって、俺だったらこんなダサい格好するくらいなら舌嚙み切って死んだほうがマシだね、と思わざるを得ない代物だったものの、これまでの『母親コーデ』よりは何倍もマシ、かろうじて一般的な「ナメられない」範囲までにはルックスを底上げすることは叶っていた。少なくとも、ちゃんとした遊び方を知っているヤツには見える。

俊がトイレの鏡に映った自分の姿を見て、最も切実に思ったのは、これをどう両親に説明したものか、ということだった。

「いいね。だいぶ良くなったわ。かっこいいよ」

「そうですか」

俊自身、そこに映っているのがまるで自分ではないように思われた。良い意味で。なんでもいいから買ってやるとうそぶく佐藤に気を遣って、商品を手に取りながらこそこそ値札を確認し、比較的良心の痛まない範囲の価格帯のものを選び続けていた。それでも全身新品のファッションというものは無条件に心地良いもので、あたかも背中を曲げずに歩くことを正式に許可されたような気分になる。

「ありがとうございました」

俊は頭を下げた。とくに良かったのは、みじめな頭髪を隠すことのできるディッキーズのキャップだった。佐藤は俊をフードコートに連れていき、マクドナルドの軽食を奢った。

とくに混雑はしていなかったが、周囲のざわめきが感じられた。ふたりがけのテーブルに向かい合わせになってハンバーガーを咀嚼していると、ふいに佐藤は改まった顔つきをしだした。

「俺さ」

佐藤は食べ終わったハンバーガーの包装を握りつぶし、テーブルに肘をついた。はい、と俊は短く頷く。

「俊に、言わなきゃいけないことあんだよね」

俊は目をしばたたかせた。彼の言葉を待つ。

「実は、俺、警察なんだ。麻薬捜査班」

ぎょっとして手元にあったフライドポテトを取りこぼした。拾おうと思ったが、テーブル下の床に落下してしまったので、なかったことにした。

「でな。俊のお姉さんがいるだろ。名前は朴秀実」

佐藤は姉のフルネームと通っている学校の名前を告げた。呼吸が無意識のうちに速くなる。

「彼女、なにか違法なものを隠し持ってるかもしれない。俺、たまたま見たんだけど……」

佐藤は俊を人生経験の浅い劣った人間とみなし、言い切った。その判断は正しく、俊は涙ぐむほど激しく瞬きをしたのち、声を震わせた。

「それ、本当なんですか……」

「悲しいことに、九十九パーセントそう。厳密にいえば、ドラッグだね。彼女はそれを、ひそかに密売しているかもしれない。だとしたら、俺は放っておけないよ」

慌ててフライドポテトを飲み込んだので、それが喉に引っかかった。俊はスプライトを流し込んだのち、咳き込む。

「姉のことは、僕もぜんぜん分からないんです。なに考えてるとか、いつもどこに行ってるとか。あの人、そういうことまったく話さないから……」

即座にうつむく。佐藤はそうか、と淡々と答える。

「だったら、一緒にお姉さんのことについて調べるのに協力してくれないか。どんなことでもいい。少しずつ、証拠を摑んでいこう」

佐藤は、この弟はとくに姉を大事に思っているわけではないと判断した。盗まれた八百万円相当の大麻の種、どこかに隠し持たれていると思しきそれを取り返すことだけでは事足りない。直接的に朴秀実を痛めつけることが必要なのだ。とりあえず、家族間の諍いを作っていこうと思う。

俊は首を縦に振った。

「よし。……ほかにどっか、行きたいところある?」

佐藤は顔の前で手を叩いた。遠慮して口ごもる俊を、なんとなく『ヴィレッジヴァンガード』に連れていった。雑多なパーティーグッズや書籍のひしめく店舗に入る。ここのCDコーナーには、自分がトラックを提供した曲のCDが売っているはずだった。

店舗に入り込んだとき、背中がなにかにぶつかった。佐藤はとっさに振り返る。

「あ、すいません」

軽薄そうな若者が頭を下げ、隣にいたもうひとりを軽く小突く。もうひとりの方はニワトリの顔の形のゴムマスクを頭に被り、プラスチックのバットを持っていた。どちらも店の商品で、この連中は未会計のそれらを身につけて写真を撮ったりふざけあったりしていたようだった。佐藤は彼らを睨みつけ、舌打ちを吐き捨てた。

俊は雑多な陳列棚を見ながら、ぼんやりと考えていた。

佐藤は決して善人ではない。麻薬捜査官というのも（姉がそれの調査対象というのも）信じがたい。それでも彼を見限れないのはどうしてだろうか。

俊は、彼にはなんとなく、根本的に姉と似ているものがあると思った。相手を強引に自分の領域に連れ込んで、一方的にこちらを掌握してこようとする感じが。

朴は値札がついたままのゴムマスクを外し、棚に戻した。

「ほら。人の迷惑になるからさ……」

「ちゃんと前見てろって」

「これかぶってたらなんも見えないから」

朴はさっさと店舗を出た。ジャッキーがそれに追随してくる。

「ヴィレヴァンなんて好きじゃないから」

朴はジャッキーとともにモール内を歩き、ＣＤショップの『ＨＭＶ』に向かったあたりで、なんかこれ、いわゆるデートみたいだな、と思う。画餅児がいなくなってから、どうしたものか、ジャッキー（彼の本名も知らないし、こっちも教えてない）と頻繁に連絡を取り合うようになって、一緒に遊ぶことも多くなった。

『ＨＭＶ』の店舗には朴が買おうとした新譜は売っていなかった。しばらく棚を見て回ったあと、ジャッキーは店内に流れているトーフビーツの『水星』に合わせて口ずさみながら「タバコ吸いにいかね？」と朴の肩を叩いた。朴はそうだね、と欠伸混じりに答える。

フードコートの近くにある喫煙所に入った。ジャッキーはタバコのパッケージを取り出したとき、ポケットをまさぐりながら、ごめん、ライター貸してくんね？　と申し訳なげに口にした。あれ、さっき持ってなかった？　ちょっと前、私がトイレに行っているの待ってる間、たしかひとりで吸ってたよね？　朴はその疑問を口にはせず、ライターを差し出すことにした。

「ありがと」

喫煙所には彼女たち以外に誰もいなかった。小部屋のアクリルの壁に寄りかかり、煙を吐き出す。

「ニューロさぁ」

ジャッキーは部屋中央の灰皿に灰を落としながら、改まった口調で切り出した。

「うん」

「今付き合ってるヤツとかって……いたりする？」

「え？　いないけど」

「そっか」

ジャッキーはそれだけ言ったのちに黙り、天井の白熱灯をぼんやりと見つめる。朴は彼の本意が摑めなかった。どうしたの？　と半笑いを浮かべる。

「ニューロさぁ、ラップ上手いし。けっこう面白いし。すげぇ、こう、なんか……いいと思うんだよね」

「あっ、そう？　ありがと」

ジャッキーは半分ほど残ったタバコを捨て、目を擦った。手についたタールが眼球にしみてまぶたを痙攣させながらも、すばやく朴に向き直る。

そして、彼女のタバコを指に挟んでいないほうの手を、五本の指で包み込む。

朴は冷蔵庫の下からゴキブリが這い出てきたのを目にしたときのように瞬発的に身を引いてから数秒たったのち、ジャッキーの意思を理解した。

「俺と付き合う、とかって、アリかナシかでいったら……」

「そっかぁ。あー、そっかぁ……」

たとえばジャッキーとこれまで以上の関係、キスしたりセックスしたりを思い浮かべてはみるものの、滑稽な冗談めいた絵面《えづら》しか浮かばない。

「もっとニューロと、いろんなことしたいんだ。俺……あ、つーか、ごめん。唐突、だったよな。俺、あんまそういうタイミングとか、得意じゃなくて」

苦笑しながら、まるで一生懸命遅刻の言い訳をしているかのようだった。朴はフィルターだけになったタバコを灰皿に捨て、考える。たしかにジャッキーは好ましい人間だが、今はデートやセックスよりも重要なやることがあるのだ。今でも頭に一番色濃くあるのは、矢口と岩隈の姿だった。

こういう場合って、どうすればいいんだろ。交際を申し込まれた経験がこれまでになかったから、朴はジャッキーと同じくらい動揺していた。もっともそれは、どうすればあと腐れなく、彼との関係を壊すことなくそれを断れるか、という迷いに由来するものだった。

「えっと……なんというか。私、よく知らないんだけど。こういうときって、どうすればいいの?」

逆に質問を返されることは想定外だったようで、ジャッキーは露骨に狼狽した。フリースタイルのビートが鳴ってれば、たぶん言葉なんていくらでも出てくるんだけど。ジャッキーと朴は同じことを思い、同じようにばつの悪い笑みを交わし合う。

喫煙所に入ってきた中年男性は学生服姿のふたりを見て苦い顔をした。朴たちにわざわざそのことに気づいてやるだけの余裕はなかった。

「ジャッキーって、ほかに誰かと付き合ったこと、ある?」

「うん。でも、二ヶ月だけ」

これは判断材料として、吉と出るか凶と出るか。ジャッキーは分からなかったが、正直に答えた。

「それって、自分から告白した、みたいな?」

「いや。向こうから。でも趣味とか性格とかぜんぜん合わなくて。ソッコーで終わっちゃったよ」

「そっか」

朴は吸い切ったタバコを捨てた。箱の中にあと一本しか残っていないことを知り、それに火をつけるかどうか決めあぐねた。しばらく迷ったのち、抜き出して唇に挟み込んだ。

「その間、楽しかった？」

「……こともあるよ」

そっかぁ、と力の抜けた返事を煙とともに吐き出す。迷いながらも、本心を打ち明けることにした。

「私さぁ、人を好きになったことないっていうか、なんつーか、そういう感情がよく、分かってないっていうか」

言ってる意味、分かる？　今度はこちらが申し訳なげに苦笑しながら彼に視線を送る。

ジャッキーはそれを拒否の婉曲表現だと解釈し、ふっと魂の抜けたような目つきをした。朴はそれを察し、あっ、と言葉に詰まりながらも付け加える。

「えっと……ジャッキーが好きじゃないとか、やんわり断ってるとか、そういうことじゃなくて。ごめん。ちょっと説明の仕方が分かんないんだけど。ジャッキーに対してだけ恋愛感情が湧かないとかじゃなくて、その、恋愛っていう心の動き？　みたいなのがどんなのか、知らない」

朴の言葉はおおむね事実だった。彼女はこれまで他者に恋愛感情を抱いたことがなく、また、それに負い目を感じてもいなかった。ただ、意中の人とふいに接近したときに心拍数があがるとか、親友と同じ相手を猛烈に好きになってしまって友情と恋愛を二者択一する葛藤とか、そういう感情はラブコメの誇張表現であって、驚愕のあまりに眼球が飛び出したり、頭を強く打って星や火花（あるいはヒヨコ）が飛び散ったりすることと同じだと思っている節がある。それは生まれついての性質であって、佐藤との一件は関係ない。

「そっか」

「こういうとなんか私、愛なき冷徹マシーンみたいだけど。そんなことないから！　友達としては大好きだよ、ジャッキー」

「そっかぁ」

ジャッキーは間延びした口調で言った。指で弾くようにしてタバコを灰皿に捨てる。どこか吹っ切れた様子で言葉を続けた。

「……俺、中学の頃施設にいたんだ。アル中の治療で」

「マジ？」

「うん。毎日ウオッカをレッドブルで割ったやつ死ぬほど飲みまくってたらぶっ倒れて。で、入院。カウンセリング受けたりして、学校ほとんど行けなかった」

「へー！　それ、かっけぇじゃん！」

「高校あがって、ラップはじめて。ぜんぜん上手くないけど、でも、それで俺、変われたんだよね。ホントにやりたいこと見つけられたっつうか。こういうこと、わざわざ言うとダサいけどさ」

「知らなかった。すげーよ、ジャッキー」

「ニューロにはさ」

「うん」

「負けてほしくないな。勝ち逃げしてほしい。不条理とか、こんなしょうもない町とか。そういうの全部無視して、やりたいことだけやっててほしい」

「うん。そのつもりだよ。ジャッキーもね」

「いや、俺はさ……」

ジャッキーは小さくかぶりを振り、ここで言葉を打ち切った。チノパンのポケットからライターを取り出そうと手を動かし、寸前ではたと思いとどまる。

「あ、ごめん。火、もらっていい？」

「いいよ」

朴は自分の手から、彼のタバコに火をつけてやった。それからはとりとめのない雑談がふたりの時間を埋めた。最近なに聞いてる？　ＳＨＩＮＧＯ★西成……とか。へー、渋いじゃん。そう？　クラシックだから、聞いとかなきゃなって。いいじゃん。

「カウンセリングの担当医がさ、いろいろ教えてくれて。『芝浜』って落語の噺《はなし》があってさ。それ、今でいうアル中が主人公で」

「知ってる。夢になるといけねぇ、ってヤツでしょ」

「そうそう」

ジャッキーは笑った。アルコール依存症は完治するものではなくて、ひとたびまた酒を口にすれば逆戻りだ。それでも、夢にするために禁酒を破りたいと思った。


放課後、矢口は部室棟で陸上部の顧問教師だった長谷川と出くわした。生活指導の担当も兼任する彼は、ときおり校内を徘徊《はいかい》している。

「おっ。美流紅。久しぶり！　体調はどうだ？」

彼は矢口の視界に、小津安二郎の映画の構図のように収まった。こちらをじっと見つめてくる。

「はい。大丈夫です」

にこやかに笑いかける。今となっては、わざわざ彼と会話する意味はないように思われた。朴と岩隈も待っているし、とっとと振り切って屋上に行きたいところだ。

「元気そうでよかったよ。美流紅、今は園芸やってるんだって？」

肩を軽く叩かれる。長谷川は感心したように笑った。

「まあ、はい。そうですね……」

「いいじゃん。なに育ててんの？　俺も園芸好きだよ」

矢口はえーっと、と思考するそぶりをみせつつ、慌てて頭を働かせる。普通、園芸部って、どういう植物を育てるんだろうか。

「トマトとか……」

トマトもマリファナも似たようなもんだろうがよ！

「おっ。トマトいいじゃん。俺も今、家族で育ててるよ」

長谷川はどれ、と手を叩く。

「ちょっと見に行ってやるよ。トマトってけっこう難しいからさ、アドバイスしてあげるよ」

長谷川は屋上に続く扉へと近づこうとした。矢口はとっさに身体を前のめりにし、彼の進路を塞ぐ。

「あ、いや、大丈夫です」

矢口は手のひらを彼に向け、食い気味に言う。

「なんで？」

「いや、今、大事な時期なんで。繊細じゃないですか。トマトって。あんまり人の出入りとか、しないほうがいいのかな、と」

「そこまでじゃないから」

長谷川は笑った。しまった。矢口は口を閉じたまま小さく舌打ちする。こいつ、本気で園芸に詳しいぞ。うまいこと隠し通さなくては。

「いや、あれです！」

矢口は声を張る。なんとか言葉を捻り出そうと試みる。

「こっそりすげートマト作って、みんなをびっくりさせたいんですよ。だから、それまで、秘密にしときたくて……」

「なるほど」

かなり無理はあるが、長谷川は納得したようだ。

「じゃあ。友達が待ってるので。これで」

小さく頭を下げ、そそくさとその場を去る。

「美流紅！」

背後から言われる。矢口はしぶしぶ振り返る。

「なんにせよ、頑張れよ」

ピシッと小指のない右手で小さく敬礼のポーズをしてみせ、屋上に向かう。

大麻にはみんなでホームセンターで買ってきた肥料を与え、矢口たちは缶コーヒーを飲み交わした。屋上は自分たちの治外法権であるから、その空き缶を適当にハウスに投げ捨てたまま帰宅する。


『ファイト・クラブ』のタイトルロゴがプリントされた黒のTシャツに袖を通したのち、矢口はふと思う。「『ファイト・クラブ』のグッズに金を払って購入する」という消費行為は、究極のミニマリストであるタイラー・ダーデンの思想に反しているのではないか？

ブラッド・ピット演じる暴力のカリスマについて思いを馳せながら、右手でドアノブを捻って部屋から出る。もう新しい右手の扱いにも慣れた。一本指が足りないくらい、なんてことはない。

「大丈夫？」

リビングに敷いた布団に横たわっているトキちゃんの枕元に屈み込み、額に貼った冷却シートを新しいものに張り替えてやる。この女は娘が深刻な怪我を負ってしまったのがあまりにショックで、精神のみならず肉体にも支障をきたしてしまった。ほぼ寝たきりである。

「コンビニ行ってくるけど。なに食べたい？」

「なんでもいいよ」

「具体的に言ってくれないと、逆に困んだよね」

「じゃあ、パスタ」

「分かった」

すかさずきびすを返すと、あっ、待って、と呼び戻された。

「あと、『クロワッサン』も買ってきてもらっていい？　あればでいいよ」

口頭では分かりづらいが、マガジンハウスから出ている雑誌の『クロワッサン』だ。

「はいよ」

アパートを出て、徒歩十五分のコンビニに向かう。タイラー・ダーデンなら、自分にとって負担にしかならない母親（仕事も今は休業中だ）などとっとと殺せと言うだろうか。いっそのことショック死でもしてくれればスムーズなのだが、生憎そこまでうまくはいかない。デヴィッド・フィンチャーの気分になっていたため、殺風景な団地を歩きながら『セブン』のラストを思い返していた。

モーガン・フリーマン演じるサマセット刑事のナレーション。

「ヘミングウェイは書いた。この世界は美しい。戦う価値がある。……後半の部分は同意する」

『ファミリーマート』でパスタと『ダブルハピネス』をレジに通した。『クロワッサン』は売っていなかった。あと十分歩いて別の店に行くか、代わりに『an・an』でも買っていくか。

アパートに戻り、レジ袋をテーブルに置く。

右手の指を失って以降、母親は口癖のようにしんどい、しんどいよ、としきりに口にする。それにうるせぇよ！　と舌打ちしてやるほど自分は露悪的ではないが、どうなんだろうか？

清濁併せ呑むのが家族、および人生ってもん？　そりゃ、そうだけどさ……。


昨日、一学期が終了し、夏休みに入った。午後になってから、矢口は同好会の活動のために私服（オーバーサイズの『ファイト・クラブ』のTシャツ、デニムのホットパンツ）のままで学校へ向かう。部室棟の階段を上り屋上の扉を開ける。ビニールハウスにはすでに朴と岩隈がいた。彼女たちに合流する。

そもそも大麻というのは生長速度の著しい植物であり、彼女たちが種を植えてから三週間ほどでビニールハウスを緑に染めるほど茎は伸び、立派な葉をその身に宿らせた。

いかにも「それっぽい」見た目になっていくので、屋上に集合した三人は達成感とともに、そこはかとない気まずさをそれぞれ共有した。

積極的な水やりを必要とするこの生長期の植物のために、彼女たちは日割りで来校するローテーションを組んだ。同好会は長期休暇にも校内で活動することが許されている。

今日は全員の都合がつくので、みんなで集まることにした。

「ところでさ。あれ、最悪だったよな」

岩隈は顔をしかめてみせた。彼女の言う「あれ」を朴よりも一足早く察した矢口はたしかに、と頷く。

岩隈は一学期終業式の校長のスピーチを、侮辱的に誇張したイントネーションで抜粋してみせた。

「えぇー、これからぁ、社会に旅立つぅ、準備をすることになるぅ、諸君らにぃ、偉大なぁ詩人の言葉をぉ、送りますぅ。『**闘う君の唄を、闘わない奴等が笑うだろう、ファイト!**』」

「ヘドが出たね」

校長がステージの上で不快なリップノイズとともに力みながら中島みゆきの『ファイト!』の一フレーズを歌ったとき、岩隈は起立しながら無意識のうちに拳を固く握った。ここで体育館に整列する生徒たちをかき分け、ステージに上がり込んで、校長の顔面をぶん殴れたらどんなにいいだろうか、と夢想した。案の定、体育館には生徒たちの失笑が蔓延し、彼女は共感性の羞恥によって全身に熱と痒《かゆ》みを覚えた。

「中島みゆきの浅薄な引用ほどクソカスなものはないね。つーかお前らは、『出てくならお前の身内も住めんようにしちゃる』って言う側のヤツだろ」

校長は地元企業の素晴らしさ、郷土愛をもつことの重要性を事細かに語っていた。

「中島みゆき、好きなの？」

「いや。そうでもないけど。でも『ファイト！』をこういう文脈で使うっていう暴力性にムカついてる。『校長』っていうのは体制側の立場だからさ……」

矢口は乾いた笑いを相槌の代わりとした。子どもの手ほどの大きさのマリファナの葉に右手の指を軽く這わせる。

この植物が、私たちの人生を良い方に向かわせる。

そんなにうまくいくかな？


朴は最近、夕食時に弟がそわそわしていることを察しつつあった。朴が誰よりも早く食事を終えて自室に入り込んで間もなく、扉がノックされた。

部屋に入ってきた弟は言った。

「なぁ、姉ちゃん」

朴はベッドに腰掛けながら、その言葉に頷く。

「なんか、隠してたりしない？　その、なんつーか、違法なものとか」

「あるわけないじゃん」

朴は一瞬ぎょっとしたが、それを弟に察知されないように苦笑を浮かべた。

「そっか。なら、いいんだけど……」

「なんだよ。なんのつもり？」

「いや、いいんだよ。なんでもない」

お前こそ、こっそり猫飼ってるんでしょ。お互いさまだろ。

もっとも、彼が飼育しているらしい猫というものを朴は一度も目にしたことはなく、その気配を感じたことすらなかった。弟がこっそり食べ物を持ち去っていることは知っているが、なにかほかの目的に使っているのだろう、と思いつつあった。別にそれを詮索するつもりはない。なにをしていようと、お前の勝手だ。だから私のことも詮索しないでほしい。それが朴にとって、理想的な家族のありかただった。

「あのさ、姉ちゃん。話変わるんだけど」

「なに？」

いきなりなにかを探ってこようとした弟を警戒しつつも、普通に返事を返す。

「復讐って、どうだと思う？　もしやれるとしたら、やっていいと思う？」

復讐。朴は突然弟の口から飛び出してきた大仰な言葉を、半笑いで繰り返した。予習と対になる復習のことではなくて、リベンジのことだとは思うが、いきなりなにを言い出すのか。

「なんのことだか知んないけど。勝手にすりゃいいじゃん」

「そうかな……」

「誰に？　つーか、なんのために？　お前がすんの？」

「あーいや。たとえばの話で……」

「まぁ、復讐譚って物語としてはアツいけど、実際やってもいいことないんじゃね。幼稚だし。割に合わねぇって」

復讐譚でも、よほど無神経な書き手によるものではない限り、復讐者ないし犯罪者タイプの主人公はたいてい幸せにはならない。

「いや、実際とかじゃ……あー、うん」

朴が思いのほか批判的に言い切ったためか、弟は歯切れ悪く答えた。「幼稚」という言葉にむっとしているのがよく分かった。


本当に復讐は無意味なのだろうか。被害者は反撃の機会すらないというのは、あまりにも不条理ではないだろうか。俊は釈然としない。

そんなこと、やってみなきゃわかんないじゃん。

姉との要領を得ないやりとりを経て、深夜、俊は佐藤に会うため一階に降りた。元・祖父の部屋を三回ノックし、ドアノブを五回捻り、十秒待ってから扉を開ける。

「やっぱり、姉の部屋にはなにもないっぽいです。そういう、違法なものとかは」

「そっか。ならいいけどさ」

佐藤は朴の自室に忍び込んだことがある。部屋をくまなく探したのだが、種はどこにも見つからなかった。おそらく自室に保管しているのではなく、どこかに持ち出したのだろうと推測する。

「で、明日。どうする？　やる？」

じっと俊の目を見る。数秒経ったのち、彼はこくり、と頷いた。

佐藤は笑う。とりあえず、こいつを手中に収めることには成功した。

まぁ、地道にやっていこうよ。


佐藤と俊はその中学校のサッカー部の練習が終わるまで、近くのファミレスで時間を潰した。俊はただならぬ緊張感を持ちながら、『ココス』のメニュー表を眺める。結局、金を出してくれる佐藤に遠慮してドリンクバー以外のなにかを頼むことをしなかった。

十八時になってから店を出る。

中学校のそばで、サッカー部の練習が終わるのをフェンス越しに観察する。

「どいつ？」

佐藤が尋ねる。

「あいつです」

俊は遠くにいる、赤いスポーツウェアを着ている生徒の背中を指さした。

その生徒、山田《やまだ》が練習後のグラウンド整備のさなか、土をならすためのトンボを振り回しているのが見える。

俊たちは尾行を開始する。更衣室から出てきた山田は学校指定のジャージに着替え、複数の友人たちと連れ立って校門を通った。その集団から数メートル離れた地点を保ち、俊と佐藤は道路を歩む。帽子とマスクとサングラスで顔を覆っているから正体を感づかれることはないだろうが、そもそも彼らは一度も後ろを振り返らなかった。

彼らは二十分ほど歩き、東海駅に入った。何人かが途中で別れ、集団は三人になった。

俊と佐藤は山田を追って改札をくぐる。三人のうち二人は一足先に下りの電車に乗ったが、山田はいまだホームに戻り、スマホをいじりながら上りの電車を待っていた。三十分ほど経つと、彼はやってきた上りの常磐線に乗り込む。俊と佐藤もそうした。

彼は一駅だけ乗り、『佐和』の駅で降りた。

佐藤が行くぞ、と身振りで示す。俊は頷いた。

駅は閑散としていた。彼以外ここで降りる客はいなかった。山田はホーム内のトイレに向かい、個室に入った。

「ちょうどいい。ここでやろう」

佐藤は山田が入っていったトイレを指さした。俊は一瞬うろたえたが、佐藤から紙袋を手渡されると、ゆっくりと頷いた。袋の中に入っていたのはレンガとゴムマスクと手袋がそれぞれ二対だ。

マスクは映画の『ハロウィン』に登場するブギーマンが被っているのとよく似た、無機質な白い覆面だった。水戸の『ヴィレッジヴァンガード』で購入したものである。

佐藤が率先して二枚あるそれのうちひとつを装着し、手袋をはめた。俊もそれに続く。自分の荒くなった息を感じながら、レンガを握りつつ、トイレの洗面台にある鏡を見る。

「覚悟決めろ」

佐藤がマスク越しに囁いた。もっとも彼は、俊がマイケル・マイヤーズのごとく手際よく暴力を振るえるとはさらさら思っていないようで、自分でもあらかじめレンガを握っていた。

閑散とした駅の狭い不潔なトイレの、うんざりするようなアンモニア臭に満ちた熱気はマスク越しにも伝わってくる。水洗トイレの流れる音がした。

背中を佐藤に軽く叩かれ、俊は息を呑む。カシャン、とスライド式の鍵が開けられる音を聞き、内側から個室の扉が開けられるのを、すかさず蹴り返す。

山田のうめき声が聞こえた。扉に指を挟んだらしかった。俊はレンガを握りしめ、個室に入り込む。暗闇にいる猫のように瞳孔を見開いた山田と目が合う。

レンガを握る腕を振り上げ、ぎこちなく彼の顔面に突き出した。レンガの角は額に命中したが、致命傷を与えるには至らない。それでも山田は腰を抜かし、不潔なタイルに尻餅をついた。

山田はなにか声を上げたが、それは空気が口から漏れたような、ひゅっ、という音でしかなく、俊も佐藤も言葉として聞き取れなかった。山田は個室の隅、便座と壁の隙間に身体を挟み込むように追い詰められた。ひとりの生徒を寄ってたかっていたぶることはできたらしいが、所詮は中学生だ。佐藤が俊の肩に手をのせた。

俊は山田の脳天に向かってレンガを振り下ろす。今度はしっかりと命中し、鈍い音が響く。俊は想像以上に強い衝撃を腕に感じ、レンガを手から落としそうになった。

それから数回、俊は殴打を続けた。山田は溺れた子どものように手足を動かし、もがく。

山田は顔面から血を流し、ぐったりと動かなくなった。

俊はそれを見下ろし、肩で息をした。幸いなことに、返り血を浴びていない。しばらく経ってから、レンガを足元に捨て、慌ててマスクを取ろうとした。吐き気に間に合わなかったため、マスクを被ったまま嘔吐した。首元からじわりと吐物が垂れてくる。

佐藤は笑った。俊を洗面台で吐かせてやり、その間に山田の身体を個室の奥に押し込み、内側から扉の鍵を閉めた。便器のタンクに足をかけ、上から扉をまたいで外に戻ってくる。

別に山田が死んでいる必要はなかった。レンガは砕き、マスクは細かく切ってそれぞれ処分すればいい。

佐藤は顔を洗い終えた俊の背中をポンポンと叩き、お疲れ様、と投げかける。

そのまま電車に乗り、東海駅に戻る。その間、俊はうつむいて、なにひとつ言葉を口にしなかった。

電車のシートに座りながら、佐藤が微笑みつつ言った。

「どうだった?」

俊は口をパクパクさせた。水中の金魚じみているというか、映画をミュートで見ているかのように、自分でも言葉がまったく聞こえなかった。俊は自分を不登校に追いやった張本人を痛めつけてやっただけで、この行為は正当であるのだ、と自分に投げかけているのだが、ざわつく心を押さえつけることがどうしてもできない。

「ねむ。なんか、眠いです」

「寝ていいよ」

俊はレンガとマスクの入った紙袋を枕にして、シートに横たわった。

佐藤は電車が駅にたどり着くまで、目を閉じた彼の顔をじっと観察していた。

朴秀実の弟がいじめの被害者であることは明らかだったから、佐藤は報復を提案した。俺は警官だからそのくらい揉み消せる、と最低限の社会性や常識を携えた人間なら真っ先に疑うであろう甘言を嘯《うそぶ》いたが、弟は最低限の社会性や常識を持ち合わせてはいないので、乗り気になった。まるで釣られるためだけに存在している釣り堀の魚のようだ。容易すぎて逆に裏があるかもと不安に思わなくもないが、そんなことはない。

こいつは越えてはならない一線を越えてしまった。もう、後戻りはできない。

電車が東海駅にたどり着いた。佐藤は俊をゆすり起こす。実のところ三分ほどしか経っていないから、彼は眠ってはいないだろう。恩とトラウマを与えてやったから、これでもう、こいつの心は壊れてしまった。これでよし、と、カードにスタンプをひとつ押したかのような、ささやかな達成感を覚える。

遠回りしながら、ゆっくり目的に近づいていこう。


朴はさっさと今日の分の水をやってしまおうと屋上に上がり、備えつけられている蛇口でジョウロに水を汲んだ。今日は朴の担当日だ。

今の段階は大事な生長期である。質の良いバッズを収穫するためには、この期間の積極的な水やりが不可欠である。

と、グーグル翻訳で和訳して読んだ英語のホームページに書いてあった。

ビニールハウスに入る。

朴はここで目を見開き、ここから逃げ出すか、視界に映ったそれに近づくか判断がつけられなかった。とっさに大麻の葉の陰に隠れる。身を隠せるほどに茎や葉の生長は著しい。ハウスの中にいたふたりの侵入者は彼女に気づいていない。

制服を着ていないため確証はないが、朴はふたりともここの生徒であると判断した。

ふたりのうちのひとりが並べられたプランターをまじまじと見つめ、言う。

「これ……やっぱりそうだよな」

なにが？　片方が聞き返す。

「これ、絶対そうだって。大麻だよ」

「はぁ？　タケっち、なに言ってんの」

朴は彼らの背後で身を潜めながらも気が気でなかった。そういえば、こういうことを想定しておくべきだった。屋上の扉に鍵をかけることくらい、妥協せずにさっさとやっておけばよかった。今更もう遅いが、息を殺しつつ、周囲に視線を向ける。ハウスの隅に錆びた金属のスコップが打ち捨てられていた。それをとっさに拾う。

「なんで学校にこんな……。前来たときは、こんなの植わってなかったよな？」

「違うでしょ、似てるだけでほかの植物なんじゃないの？　だって、ありえないでしょ」

そうだよ。朴は「タケっち」でないほうの男子生徒の苦笑に賛同する。

タケっちがまぁ確かにな、と微笑んだので、とりあえずは胸を撫で下ろす。

どうしたものか。というか、こいつらは何者なんだ。なんの目的で、夏休みに部室棟の屋上に上がり込んでるわけ？

場合によっては、心許ないが、これでお前らをぶん殴る！　スコップの柄を握りしめながら朴がそう決断したとき、じゃあ、はじめよっか？　とタケっちがタケっちでないほうに言った。なにを？

タケっちがペットボトルの飲み物を飲んだ。キャップを開けたまま、それをタケっちでないほうに手渡す。タケっちでないほうはありがとうと口走りながらそれを受け取り、彼らはボトルを何回か回し飲みした。

さてと、と、ふたりのうちのどちらかが切り出す。そののち、鼻歌が聞こえはじめる。ビリー・アイリッシュの『バッド・ガイ』だ。

彼らはゆっくりとシャツを脱いだ。お互いの素肌を眺め合いながら、どこか恥ずかしげにベルトを外し、次いでデニムを脱ぎ捨てる。

マジ？　朴はとても困った。

タケっちはリュックサックからローションのチューブを取り出した。朴はふたりの行為を背後からじっと見つめる。

彼らは前戯を開始した。『バッド・ガイ』を口ずさんでいたタケっちが仰向けに地面に寝そべったタケっちでないほうの上にまたがり、接吻を交わす。

なんだよ、もしかして、セックスしに来ただけかよ？　家でやれ！　なんだってこんな蒸し暑いなかで。汗だくじゃねぇかよ。朴は彼らを追い返すタイミングを逃してしまった。せめて、行為が終わるまで放っておいてやろうか。ビニールハウス内でセックスするのは、ちょっと「エモい」かもしれない。

朴は彼らから目線を外し、その場に潜伏することに集中した。

前戯を済ませた彼らは、さぁここから本番だぞ、というフェーズに移行するらしい。パチン、と威勢よく、ローションのボトルのキャップが開けられる音を聞いた。朴は邪《よこしま》な好奇心で彼らに再び注目した。自分が思いのほか下世話な側面を持っていることに今ここで気づく。自分のセックスには興味ないけど、他人《ひと》のセックスには興味がある。

「タケっち、待って」

仰向けになっていた、タケっちでないほうがふと言った。タケっちは小首をかしげる。

「なんか、気配感じない？」

げっ。朴はとっさに亀のように身をかがめた。タケっちでないほうが周りを見る。

「別に感じねぇけどなぁ」

「そっか」

ふたりは行為を再開した。後背位の体勢を取り、しばらく経ったのち、んっ、と短い声と吐息が断続的に聞こえはじめる。朴はこのあたりで、こいつらはただここでセックスがしたいだけで、園芸同好会の「活動」にとっては無害であると結論づけた。

漫画ではセックスシーンの擬音は「パン、パン」であることが多いが、今聞こえるのはそれよりも粘性のある音だった。朴はペタンペタンペタンと鳴るそれから餅つきを連想した。奇しくも、『バッド・ガイ』とよく似たBPMだった。

かがみながら、彼らから少しずつ離れるために移動していた。

足元になにかが当たる。コーヒーの空き缶、これはおそらく矢口が置きっぱなしにしていたものに違いなかった。朴は彼女を恨んだ。

彼らのうちどちらかが短く悲鳴をあげた。とっさの判断に困った朴は、あろうことか、その場から立ち上がった。自分でもなぜそうしたかは分からない。案の定、彼らと目が合う。いても立ってもいられない。脱兎のごとく逃げ出す、のではなく、彼女はスコップをナイフのように握りしめて彼らの方へ突っ込んでいった。

朴も、彼らも、今この場にいる全員が絶叫した。

直後、床に四つん這いになっていた、タケっちでない方が深くすばやく息を吸い込んだかと思うと、そのまま死んだフリをする虫のように、コテンと背後に倒れた。床に頭部を打ちつけ、鈍い音を鳴らす。挙げ句、男根をそそり立たせたまま仰向けになって硬直した。気絶してしまったらしい。

「うわ！　お、お前！　なんだよ！」

タケっちが叫ぶ。とっさにシャツを腰蓑《こしみの》のように下半身に巻き、コンドームを装着したままの性器を隠す。

「う、うるせぇ。人のビニールハウスに勝手に入んな！」

朴は全裸の彼にスコップの先端を突きつける。

「お前のじゃないだろ！」

「……私のだよ。あ、園芸同好会だから」

同好会に入っているからといって個人に所有権が与えられるわけではない。

「なぁ」

タケっちは伸びてしまった恋人を心配しつつ、額に浮かんだ汗を手の甲で拭った。その目は露骨に朴を警戒している。

「なに？」

「これって、大麻？」

「こいつの喉を掻っ切ってやる！」

朴は倒れた彼の身体に向かってスコップを突き立てる素振りをみせた。すかさずタケっちはその腕を強く摑む。

「冗談だって。あんまムキになるなよ。まぁ、お互いにこの件はさぁ、なかったことに……。ね、タケっち」

朴はあえて下卑た笑いを作った。タケっちは幻滅したのか、徹夜明けじみた顔つきになる。後ろ向いてるから服着ていいよ、と投げかけ、身体を反転させる。タケっちはそうした。着替え終わってから言う。

「なんなんだよ、お前。うちの生徒？」

「うん。機械科二年の朴」

朴は発言してからはっとする。わざわざ馬鹿正直に本名を答えることはなかった。相手の人間性にもよるが、あわや計画がすべて水の泡になる。相当なピンチであるのだ。

「年下かよ！」

タケっちは朴から視線を外し、しきりに倒れた恋人の肩を揺する。おい、おい、大丈夫か？しきりに呼びかける。

「タケっちは？　やっぱ、タケチっていうの？」

彼は朴の口から出た「タケっち」に、明確に嫌悪感を示す。

「武智晴二《はれじ》。三年」

朴はタケチハレジ、と名乗られた名前を小さく繰り返す。

「すげー良い名前じゃん。名字と名前で完全に韻を踏んでる」

「あーそう。だからなんだよ？」

武智は朴には一切目をくれず、いまだ動かない恋人のそばにかがみこんで、ああ、マジでなんなんだよ、どうすりゃいいんだよ、とぶつぶつ嘆く。

「勃《た》ったまま気絶してる……」

「うるせぇ、見んな！」

「めっちゃ巨根じゃん」

仰向けの身体を覗き込む。

「次ふざけたこと言ったら首ねじ切って殺すぞ。このサイコ野郎」

「ああ⁉　かかってこいよ！」

朴は咳払いをして、場の空気を切り替えた。武智は完全にパニックに陥っているようだった。自分もまたしかりである。

「とりあえず、えっと……彼は」

仰向けの彼に指を向け、名前を尋ねる。

武智は眠たい幼児のように不機嫌な態度で、村上《むらかみ》だ、と答える。

「ふーん。下の名前は？」

若干ためらって、舌打ち混じりに、ハルキ、とぼそっと言う。

「えっ、村上春樹⁉」

武智たちにとってその反応は非常に陳腐なものであったためか、彼は額を指で押さえ、いかに自分がうんざりしているかを表明した。

「漢字が違う。ハルキのキは糸へんに己《おのれ》のほう」

「でも親、ぜってぇわざとでしょ。名前でウケ狙ってんじゃん」

「狙ってねぇよ！」

「村上春樹のさぁ、『風の歌を聴け』で引用されてるデレク・ハートフィールドって作家、ホントは実在してないって知ってた？　あれ、架空の人物なんだよ」

武智が大きく舌打ちした。

「知らねぇ。小説なんて読まねぇし」

「読めよ。恋人とおんなじ名前の作家の本読むって、めちゃくちゃエモいよ」

「エモとかしょうもな。俺らの関係、そんなチープなもんじゃないから」

「エモをバカにすんなよ。感情って重要だぞ」

朴は武智が完全にブチ切れるタイミングを窺い、その寸前のところで話を切り上げた。

「そう。ところでだけど……この春紀をさ、とりあえず室内に運ぼうよ。このままここで伸びてたら、熱中症でガチで死ぬかも」

「そうだけど、服とか……」

「屋上から出て、すぐ近くに空き教室があるから、そこで。このギンギンの勃起がおさまるまで待って、それから服を着せてあげよう」

「サイコ野郎がよ」

武智は頷き、いちおう同意した。

「野郎じゃねぇし」

朴はさっそく、春紀の頭部を持ち上げようとする。担架のように、ふたりで運搬するという寸法だった。武智はそれを制止するため、慌てておい！　と大声を出す。

「俺が頭持つから。お前は脚！」

彼の表情はこんな女に急所を委《ゆだ》ねるわけにはいかない、とでも言いたげで、確かにそうだな、と朴も納得する。位置を入れ替えてから、彼女たちはそれぞれ、春紀を持ち上げる体勢に入った。

せーの、と声を合わせる。

「あ、意外と、重……」

「俺ら、野球部だったからな。ガタイいいんだよ」

一歩一歩、少しずつビニールハウスを進んでいく。三分ほど経って、ようやくハウスから出ることに成功した。屋上の出口までは十メートル程度ある。

なかなかに骨の折れる作業だった。

「あっ、ごめん！」

朴が声を上げたときにはもう遅かった。春紀の身体は思いのほか重く、それを持ち上げる手は汗で滑った。摑んでいた足首が指先からするりと抜けてしまった。春紀はカカトをコンクリートに打ち付け、慣性でメトロノームのように男根を揺らすはめになったが、まだ目は覚まさない。

「次やったら殺す。お前が頭持ってたら大変なことになってたな」

「ごめんって。だって、常に視界に巨根が入ってるわけで……」

手汗をデニムで拭ってから、ふたたび春紀の足首を握る。

完璧な勃起などといったものは存在しない。完璧な絶望が存在しないようにね、と朴はつぶやこうとして、思いとどまる。

「我慢しろよ。お前のせいなんだから」

頭部を持つ武智が進行方向を向き、方向を先導している。前をチラチラと確認しつつ、ゆっくりと歩みを進める。それに合わせ、朴も足を後ろに進める。

脚を持つと春紀の性器がどうしても見えるため、朴は随分いたたまれなかった。

出口までたどり着いた。いったん春紀を下ろし、扉を開ける。

「屹立《きつりつ》した、って言葉、男根に対してしか使われなくない？」

朴はさりげなく言う。

「うるせぇな。真面目にやれよ」

「ごめん。ただ、ちょっとさ。裸の男っていうのは……ぶっちゃけちょっと怖い」

段差に気を配りながら、廊下に足を踏み入れる。この瞬間を誰かに見られたら、どう説明すればいいのだろうか？

「ふーん。でもどうせ好きなんだろ？　こういうの」

廊下は屋上の床よりも滑りやすいので、朴はより歩みを慎重にする。

「うげ。そういうのやめろよ。浅はかだなぁ。死んだらいいのに」

「女ってさぁ。よく分かんないんだよね。俺、女のきょうだいいなかったから」

「いなくたって分かってるやつは分かってるよ」

自分自身、「女」のことなどなにも分かっていない。性別で一緒くたにすんな！　朴は口をすぼめた。

「女ってさぁ、トイレ長いよな。なんで?」

「座るからだろ」

もう少しで、空き教室の扉までたどり着く。ラストスパートだ。

「俺だって座るぞ」

「えっとぉ。いろいろやることがあるんだよ。出して終わりじゃなくて」

武智はふーん、とさしたる興味はなさそうに相槌を打った。そして、あ、そうだ、となにかを思い出したように続ける。

「そうだ。あとあれ。女って、食いかけのパンを袋にしまってカバンに入れとくじゃん。あれ、なんで? 不衛生じゃない?」

ピンとこなかったので、朴はきょとんとした。

「それ……人によるだろ。私はやらないよ。パンなんて食いかけの状態にならないし。食えなくなったら捨てりゃいいじゃん。別に」

「食い物を粗末にするなよ」

「やだね。どうせしょうもねぇ人生なんだから、食い物くらい好きに粗末にさせろ。私は食い物を粗末にするし、イライラしたら物に当たる」

「最悪じゃねぇか」

「お前に言われたかねぇよ。ビニールハウス・ファッカーがよ」

朴は後ろ手で空き教室の引き戸を開けた。ここで鍵がかかってたらちょっと面白いな、と露悪的に思ったが、そんなことはなく、問題なく扉はスライドした。空き教室は椅子や机が積み上げられているほかにはなにもなかった。蒸し暑いが、日差しがないだけ屋上よりはマシに思えた。

せーの、と春紀を教室の中央に寝かせる。

「これでオーケー」

内側から鍵をかけ、ひとまずは胸を撫で下ろす。まだ春紀は目を覚まさない。

「お前、飲み物買ってこいよ」

武智が首を回しながら言う。

「はぁ。やだよ。疲れたし。お前が行け」

朴は床に尻をつけ、悪態を吐く。右手を軽く振って武智を煽り立てる。

「不安だろ。こんなところに春紀をお前とふたりきりにするの」

「大丈夫。なんもしないから」

「お前ってさぁ、普段からそうなのか?」

朴は校内の自販機で麦茶を購入して、武智たちのいる空き教室に持っていってやった。目を覚ました村上春紀は愕然としており、顔面を蒼白にしながら服を着ているところだった。無理もない。

「ふたりとも野球部だったんだっけ?」

机や椅子が隅に追いやられた教室はなんとなく広く感じる。三人は空き教室にとどまったまま、しばらく床に寝そべっていた。

「お前は……園芸部?」

武智はそわそわしており、一刻も早く、春紀を連れてこんなところから出ていきたい一心であることが窺える。されど、心身ともに疲労が尋常ではないのか、一度床に腰を下ろしてしまった以上、立ち上がるのが非常に難儀そうだ。

「部じゃなくて同好会だけど。だからさぁ、勝手に屋上に入られたり……まして、全裸で気絶されると困るわけ」

「そっか……ごめん」

春紀は気まずそうに頭を下げた。ずいぶん落ち着いてきたように見える。

謝ることねぇよ……と小声で言った武智を、朴は挑発的に睨みつけた。

あーあ、と武智は溜息をこぼす。

「俺の人生、つくづくインフィールド・フライだよ」

武智が欠伸まじりに言うと、春紀はくすっと笑う。インフィールドフライ? 朴は小首をかしげつつ繰り返す。

「インフィールド・フライっていうのは、ダブルプレイが取れる状況で上がった内野フライのことで、自動的にアウトになるフライのことなんだけど……」

「野球のルールくらい知ってるよ。ナメんな」

「いや、ナメてはないけど……お前詳しいな。野球好きなの?」

「別に。でも、ユーチューブで『プロ野球　乱闘』で検索して選手がもみくちゃになってる動画見るのは好き」

「お前ヤバ。で、俺、小学生のリトルリーグからずっと野球やってて。でもなぁ、ぜんぜんパッとしなかった。高校の部活もずっとベンチだよ。でも、野球って、ただホームラン打ちまくればいいってわけじゃねぇの。送りバントするヤツとか、犠牲フライ打つヤツとか、そういう地味な役回りをこなすヤツがいるからこそ勝てるんだよ」

「そうだね」

「まぁ俺は、そういうヤツにもなれなかったってわけ。俺らの最後の試合のとき、まぁうちの部ってザコだから予選の一回戦でコールド負けしたんだけど。最後のイニングに、思い出作りとしてベンチの選手も全員出してもらったんだよね。お情けで。代打とか代走で」

朴は相槌を打ちながら、武智はきっと自分の身の上話をするのが好きなんだろうな、と考えた。彼の話に逐一頷いていた春紀のほうを一瞥する。だいぶ気分は落ち着いたようだ。

「俺も代打で出た。高校三年やって、公式戦出たのはじめてだったよ。春紀はバチバチにレギュラーだったんだけどな」

武智の言葉に、春紀は過剰に照れた。後頭部をポリポリと掻きさえした。

「俺の前に代打で出たやつがヒット打ったんだよ。で、ワンアウトランナー一塁。ちょっと盛り上がった」

野球部の応援は全校生徒が駆り出されるから、朴もその瞬間を覚えていた。逆転の糸口が見え始めた、とかではまったくなく、ダメなりにちょっとはがんばったじゃないか、というムードで応援席は暖まっていた。

「で、次は俺の打順。サインはなかったから、とにかく打てってこと」

武智は床に座ったまま、バットを握っている体《てい》で構え、腰を回転させる。

「初球から手を出したら、バットに当たった」

開いた右手をバットに、握った左手をボールに見立て、それぞれをぶつける。

「当たりは超しょうもない内野フライで。で、インフィールド・フライ。そのまま次の打順のヤツも三振。で、試合終了」

あー、と朴はさもその光景を思い出したようなそぶりをみせたが、実のところ覚えてはいなかった。あの試合、そんな終わり方だっけ？

でもな。武智は手を叩いて話を続けた。

「インフィールド・フライでも、ルール上はタッチアップできるんだよ。やろうと思えば」

彼の話のうち、これまでは事実だが、ここからは野球用語を使ったたとえ話になる。朴はそれに気づくのに若干時間がかかった。で？　と続きを促す。

「もう俺いいとこ一個もねぇな！　死のうかな！　とも思ったわけよ。お前、信じられるか？俺、この高校に入るために、努力したんだ」

「はぁ!?」

朴は目を丸くした。この高校に進学するのは、受験勉強を投げ出した者、金がなくて私立高校に通えない者のどちらか、あるいはその複合型に限られる。工業を学びたければ、近くにもっとマシな工業科高校がある。

「過去問とか解いて、ようやく合格した」

「嘘だろ、定員割れしてんのに……」

朴は自身を棚に上げて、車に轢《ひ》かれた小動物の死体を見るような眼差しを彼に向けた。

「で、でだよ。このままだと高校生活ゴミじゃんと思って。思い切って俺は告白したわけよ。いままでずっと好きだった、春紀に。ダメ元だよ？　そしたら、うまくいった」

武智は春紀の方に振り返った。またもや、春紀は照れ笑いを浮かべる。

「よくもまぁ、そんな円滑に」

「俺も、そうだったから。晴二のこと……ずっと言ってなかったけど」

はじめて春紀が発言した。朴はへぇ、と感嘆する。

「すげーじゃん。一生分の運を使ったな」

告白と、セクシャリティのカミングアウトを同時に……。

「ヤケクソでホームまで走ったら偶然ホームインできた、みたいな」

そう言ってどこか誇らしげに微笑んだのは春紀だった。

「ふたりはこれからどうするの？　進路とか」

「どっかに引っ越して、一緒に住みたいんだけど……」

武智が口ごもったとき、朴は突発的にアイディアを閃いた。

「話、聞かせてくれてありがと」

わざとらしい咳払いののち、話があるんだけど、と続ける。

夏休み最後の二日前、ふいに食卓で弟が声を上げた。

「僕、休み明けから学校、行ってみようと思うんだ……」

マジで？　なんの前ぶれもなく言うものだから、朴は箸で摑んだ食べ物を取りこぼしそうになって、慌てて力を込めた。

「別に、無理しなくていいんだよ」

心配そうにトマトを咀嚼しながら言う母の口元から緑色の汁が垂れた。

「いや。俺、考えたんだけど、このままじゃダメだって、思って、それで」

母は納得しがたいといった目つきをした。朴も同じ心境だった。もう一回学校に行けば今度はいじめられなくなるという根拠などはなく、むしろスズメバチの毒みたいに、二回目こそ精神に深刻なダメージを受けるのではないか。アナフィラキシーショック。もう二度と立ち直れなくなることもなきにしもあらず。危なっかしい。

父はなにも言わなかったが、弟の決意に賛同しているようだった。口に指を突っ込んで、ホッケの小骨を取り出そうとしている。彼としてはそもそも、いじめられて不登校になっている息子の存在など到底許容できるものではないはずだ。

「なんでまた急に」

朴は言った。彼女が食卓で発言するのもまた、ごく稀なことだった。

「いろいろあって。思い直した、っていうか……」

「あんたがいいならいいと思うけどさ」

床を強く引っ掻く音がした。唐突に母が椅子を引いたようだった。そっか、と、しみじみ口にする。先ほどと一変して爽やかな顔つきになる。それからはやっと苦難から解放された、という感情が滲み出ている。おいおい、それでいいのかよ。朴は腑に落ちなかったが、あえてうーんと微妙な表情を作ることだけにとどめ、反論を言葉にはしなかった。

「じゃあ、みんなでお祝い、する？」

母が言った。お祝いって、と朴は苦笑する。

「みんなでどっか行こう。お父さんも、いいでしょ？」

父は頷いた。弟はありがとう、とこれまで、少なくとも朴が聞いた弟の声のうち、もっとも大きく、はっきりと、笑いながら言う。なんでまた急に。それどころじゃねぇよ。ビニールハウスのマリファナは今もぐんぐん生長している。部活に集中したいんだけど……。

翌日、朴は釈然としないまま父の運転する車の後部座席に乗ることになった。国道２４５号線を二十分ほど。着いたのはローカルチェーンのイタリアンレストランだった。弟は少々割高で比較的大盛りのパスタを完食するのに小一時間を要したが、両親はそれを急かすことなくずっと眺めていた。「お祝い」という名目に反して会話が恐ろしいほど少なかったことを踏まえてか、母は食後、これからどっか行こうか、と提案した。

「どっか？」

「なんか。近くにない？　ボウリングとか」

家族でボウリング行ってもなぁ。朴は弟に判断を委ねるために彼の顔色を窺ってみた。弟は首を若干斜めに動かした。肯定か否定か、どちらともとれるが、母はそれを肯定と解釈した。

朴が生きていて一番気を遣うのが、家族とともに過ごしている時間だ。店を出て、近くにあるボウリング場に向かう。


駐車場にバックで車を停めるのに難儀しつつ、ふいに父が言った。

「お前ら、ボウリングってどうなんだ。やったことあるのか」

「すごい昔にやったっきりだなぁ」

助手席の母が答え、ふたりは？　と後部座席を振り返る。弟はかぶりを振った。

「私は最近、友達と何回か行ってるよ」

父はそれに対してなにも反応をみせなかった。朴は正直に返事をしたことを後悔する。後輪がコンクリートのパーキングブロックにぶつかり、振動がシートを伝わって身体が揺れた。

カウンターで人数分のシューズをレンタルしてレーンに向かう。朴は『テラヤマボウル』の薄暗い店内を見渡して岩隈の姿を探した。今日は彼女がシフトに入っているはずだった。これ以上家族と一緒にいたら死にそうなほど気づまりなので、せめて彼女に会いたかった。

ゲームがはじまる前にトイレに行こうと思い立つが、入り口に「清掃中」の黄色い立て札がある。観念して引き返そうとしたとき、ちょうど清掃を終えた従業員が出てきた。

「あっ」

朴は声を上げた。それがちょうど岩隈だったので、胸を撫で下ろす。朴じゃん、と彼女は右手の太い指でトイレブラシの持ち手をくるくる回しながらニヤリと笑う。手元が狂って足元に取り落としそうになって、慌てて摑みなおす。

「矢口と来てんの？」

「いや。家族と。すぐにでも帰りたいんだけど……。なんで家族とボウリングしないといけねーんだっつー話」

うなだれる朴に、岩隈は苦笑を浮かべる。

「ギリギリだったな」

「へ？」

「ここ、今月いっぱいで潰れんの。経営不振かなんか知らねぇけど」

「マジで？」

ただでさえ無いに等しいこの町の娯楽が！

「今のうちに思う存分球を転がしておくんだな。……ところで、アレがうまくいけば、私も新しいバイト探さずに済むんだけど」

「そのつもりでいてよ。絶対うまくいくから。万事快調」

「アレ」の生長に不具合はない。順当にいけば、十一月には収穫できる。夏休みが終わってからが本番だ。朴は屋上のビニールハウスに思いを馳せた。

「万事快調！」

岩隈は言葉を返したのち、ブラシについた水滴を朴の顔に飛ばすそぶりをみせた。朴は顔をしかめ、それをかわすために身体をねじる。側頭部が壁にぶつかって鈍い音を立てた。ふたりは小さく笑い合い、じゃ、と別れる。


一番手の父が十三ポンド球を持って構える。やや右曲がりな回転を伴って、ボールは七本のピンを倒した。椅子に座ってその様子を見ていた母と弟がそうしたように、朴は受動的に手を叩いた。

父は左に固まった三本のピンに向かって二投目を投げたが、あえなくボールはガーターレーンに落ちる。ガコン、とレーンの奥にボールが消えた時点で、朴は店内に流れている有線に意識がいった。かかっている曲はドアーズの『ジ・エンド』。暗っ。少しだけ笑えた。

父はスペアを取るチャンスを逃したが、とくにそれを悔やむこともなく、平坦な顔つきのまま戻ってきた。手首を痛めたらしく、わざとらしく右手を振る。

次は母の番で、重たげにボールを両手で持ったまますっと足元に落とすように転がした。二回投げて、倒したピンは四本だった。朴はどうやら両親にボウリングの才能はないらしい、と察する。三番目は弟だ。見様見真似でボールの穴に指を入れながら、慣れない素振りでレーンに近づいていく。彼にボウリングを一緒にやる友達などいるわけはなく、ゆえにこれが初体験のはずだった。朴は弟の背中を侮《あなど》りながら眺めた。案の定一投目はガーター、二投目はようやく左端の一本だけを倒す。従業員に頼んでガーターを弾くバンパーを上げてもらおうか？　と揶揄しようとして、思いとどまる。

次は自分の番だ。朴は十ポンド球を摑み、三本の穴にそれぞれ指を入れる。矢口に何度かボウリングに連れてこられたから、コツは心得ている。軽く助走をつけ、手首のスナップをきかせる。放たれたボールは若干の右回転を孕《はら》みながら十本のピンをなぎ倒した。

「やるな」

開口一番、そう言ったのが父だったため、朴は反応が遅れた。

「あ、うん」

朴がレーンに投擲したボールがボールリターンを通って座席のレールに戻ってくる。父の使っていた十三ポンド球にぶつかり、軽い音を立てる。

二巡目、父はスペアを獲得した。朴は彼の投球フォームが前回よりもどこか力んでいることを読み取ったが、とくに公言はしなかった。すごいじゃん、と母が褒めそやす。次にターンが回ってきた彼女は二投で四本を倒せただけだった。朴は何十年も生きてその程度かよ、しょうもな、と思うのだが、ボウリングを練習する機会すらもなかった彼女の人生に思いを馳せてみると、同時に切なくもあった。次にやってきた弟の番の前に、彼にそっと耳打ちした。

「振り子みたいにまっすぐ腕を振り下ろすの。で、あの三角形の中心より気持ち左側を狙う」

弟はその通りにしようとした。一投目は勝手が摑めなかったのか、前回よりもたどたどしいフォームでガーターを記録した。備え付けの布で返されたボールを拭いたのち、二投目に挑む。朴は落ち着けよ、と投げかけ、先ほどと同じアドバイスを繰り返した。

「振り子みたいにまっすぐ転がして、中央よりちょっとズレた位置を狙って……」

「分かった」

次はうまくいった。三角形にすばやく着弾したボールは多数のピンを巻き込んで回転する。右端に一本だけピンを残し、レーンの奥に落ちていった。

「ナイス」

朴はその様子をじっくり眺めてから戻ってきた弟に手のひらを掲げてみせた。彼はそれに応じ、それを自身の手で軽く叩く。ハイタッチの音は隣のレーンの音にかき消されたが、その感触は皮膚全体に伝わった。

朴はマシンがピンを並べ直したのを確認するや否や、椅子から立ち上がってボールを摑む。たやすくスペアを記録する。

「姉ちゃん、ボウリングうまいんだな」

「最近友達に叩き込まれてさ。私、才能あったわけよ」

右手の指を擦り合わせて音を鳴らす。

おい、と父が言った。顔はレールの上のボールに視線を向けたまま、朴のいる方向は見ていない。

「なに？」

「どうすればうまくいくんだ？　教えてくれよ」

朴はしばらく考えた。隣のレーンによそ見すると、家族連れだった。子ども用のノンガーターレーンでプレイしていて、五歳程度の子どもがバンパーの反射を使ってピンを六本倒したところだ。

「あ、じゃあ私も。秀実、教えてよ」

母も乗じてくる。小さく右手を上げてみせた。

「千円だな」

顎を指で包み込み、思考ののち、言う。父の眉間に一瞬シワが寄ったのが分かる。口を挟まれる前に言葉を続ける。

「テクニック一つにつき、千円で教えてやらないでもないけど」

朴はできるだけ露骨に口角を吊り上げつつ掌底を警戒したが、父は穴が空いた風船のように息を吐きながら肩の力を抜くのみだった。

「俊には教えてただろ」

「今日は俊のための日だから特別サービスなだけで、あなたがたは一般料金です」

どうなるかな？　朴はそっと母のほうに目線を逸らす。彼女は弟とともに呆れたように笑っていた。

「……しょうがねぇな」

父はおもむろにデニムのポケットに指を突っ込んで財布を出した。中から紙幣を一枚抜き、二つに折って差し出してくるので、朴は目を剝いた。なかなかやるじゃないか。受け取ろうとすると、父は即座にそれを引っ込めて手を背中に回した。

「冗談だよ。俺も昔、結構やってたから。カンを取り戻すのに時間かかってただけだ」

父はそう言って歯を見せた。

「ズタズタにしてやる」

朴は吐き捨ててから、物珍しそうな顔つきでこっちを見てくる弟に向かって小さく舌を出した。

帰りの車は母が運転した。二ゲームの連戦で、父はハンドルを握るだけの気力も体力も使い果たしてしまったようだった。

「でさぁ、俊」

朴は隣の座席に座る弟に声をかける。

「今さらだけど。学校行くって、マジなの？　あんな中学行ったって超無意味だしさ。今みたいに家で勉強してたほうがずっとマシだと思うんだけど。正直な話」

猫だって飼ってるんでしょ？　との軽口が喉まで出かかって、かろうじて飲み込む。しばらく沈黙してから、弟が口を開く。その間、両親はなにも言葉を挟まなかった。

「でも、やってみなきゃ分かんないから」

「それはまぁ、確かに」

事実、彼は九月より登校を再開し、座ろうとした椅子を後ろから引いてきた相手の眼球にボールペンの先端による一撃を加えることに成功する。それを皮切りにこれまでとはまったく異なる人間関係を構築するに至った。彼の周りには常に複数人の友人が存在するようになったので、その質の良し悪しを問わなければ、彼はこれまでよりかは広い世界で生きることとなった。それが良いことか悪いことかは本人が決めることだから、朴は彼が万引きで何回か補導されるようになったり、家にやたらガタイがよくて声のでかい中学生が押し寄せるようになったりしたことについてはなにも言わなかった。もっとも、そんなことより自分たちがはじめたビジネスのことで頭がいっぱいだった、ということもある。

俊の変化を一番の誤算とみなしたのは佐藤だった。ステップ一、彼のルサンチマンを利用して暴力を体験させる。ステップ二、それに萎縮した彼が精神を崩壊させる。ステップ三、その罪悪感と後ろめたさを元に思い通りに扱い、朴秀実を追い詰める。せっかく立てた計画がすべてオジャンになった。あの「復讐」で、あろうことかあいつは自信を身につけてしまったようだった。暴力行為によって生きる気力を取り戻すとか、お前の倫理観どうなってんだよ、と呆れるほかなかった。

八月末の深夜、元・祖父の部屋にて、俊は言った。

「あの。僕、その……これからまた学校、行こうと思ってるんです」

佐藤は彼の話を聞きながら、口の中で舌をしきりに動かした。そっかぁ、と冗談めかして肩を叩く。

「佐藤さんには感謝してるんです。あの復讐で、僕は勇気を摑めたっていうか」

「姉さんのことはどうする？　彼女は犯罪者だぞ。見て見ぬフリはできないと思うけど」

口調に焦りがあることを読み取られはしないか懸念する。

「別にいいですよ。僕だって人のことは言えないし。それに、佐藤さんだって」

俊は佐藤にちらりと控えめに視線を向ける。

佐藤は彼をあまりに侮りすぎていたことを後悔し、あえて微笑む。

「確かに、な」

「あの。どうしてそこまで、姉に執着するんですか」

「ウサギを殺したからだよ」

はい？　俊は素っ頓狂な声を漏らす。佐藤は詳細を語らなかった。

その日、佐藤は家から抜け出し、もう二度と戻ってくることはなかった。

彼は最後に、ハンマーでめちゃくちゃに砕かれたウサギの写真をエアドロップで朴のスマホに送信した。

朴はいきなり送信されてきた得体の知れない画像をなんの気なしに削除した。たとえば外出先で、このように無造作に不快な画像が送られてくるのは多々あることだ。

朴が彼のペットを惨殺したのは事実だった。右手に持ったハンマーをそれの身体に何度も打ち付けたのだが、ドラッグで意識が混濁していた彼女は、その事実を認識できていなかった。


ってことがあってさ。

『東海村サイファー』の帰り、朴はジャッキーとともに閉店間際のホームセンター『カインズホーム』のフードコートにいた。マクドナルドのアイスコーヒーを啜りながら自身の弟について語っている間、ジャッキーはしきりに頷いたり、たまに「なるほどなぁ」と感嘆したりした。

「まぁ、いいことなんじゃないかな。学校行けるようになんならさ……」

ジャッキーは朴の弟がいかなる人物であるか露ほども知らないのだが、とにかく一般論的といった感じで言った。

「ニューロが家族のことについて話すの、珍しいね」

「そう？」

「マック・ミラーのさ。『セルフ・ケア』のMVあんじゃん」

朴は頷きながら、その曲のミュージックビデオを思い起こしていた。マック・ミフーは朴もジャッキーも好きなラッパーだった。

目を覚ますと、自分が木製の棺桶のなかにいることに気づくマック・ミラー。しかもここはどうやら地中らしい。彼は棺桶の蓋に何度も拳をぶつけ、穴を開けて内側から脱出することを試みる。そして、やっとのことで地中から這い出るとそこは戦場で、爆発に巻き込まれてしまう。そんな内容だ。

「そんな感じだな。棺桶からは出てこれたけど、外はもっと危険だった、みたいな」

「棺桶と戦場、どっちがマシかな」

ジャッキーはうーんと唸ってみせ、難しいよな、と笑みをこぼす。朴は飲み干したコーヒーのカップをテーブルの上に置いた。

ビデオの中で、マック・ミラーは棺桶の破壊を試みる前に、蓋にナイフで『MEMENTO MORI』と文字を刻む。

朴はそのことについて語る。

「メメント・モリってさぁ。ふたつ解釈があるじゃん?」

朴はカップについた水滴で指を湿らせ、テーブルに『MEMENTO MORI』と記す。

「ふたつ?」

ジャッキーは自分から見て逆向きになった文字列を見ながら言う。

「『死を忘れるな』ってことだけど、要するに。『どうせ死ぬんだからとりあえず今を楽しもうぜ』っていうのと、『常に死を念頭に置き、一生を無駄にするな』っていうの」

「前者のほうが気楽だよな」

「だよね。でも、なるべく死にたくはないね」

ジャッキーは笑った。

「なるべくでいいんだ。でもまぁ確かに。死にたくねぇー」

人もまばらな、薄暗くて薄汚れたフードコートにふたりの声が反響した。マック・ミラーの死が発覚するのは翌日なのだが、当然これは単なる偶然である。

「マリファナ売った金でタトゥー入れよ。ここに、メメント・モリって」

朴は自分の腕を指差しながら言った。

「かっけぇじゃん。でも超痛いらしいよ。タトゥー」

「じゃあ四文字でいいや。略して、『メメモリ』」

「カタカナでいいのかよ」


十一月上旬。園芸同好会の面々はビニールハウスに足を踏み入れたとたん、植物の匂いにスパイシーなフレーバーを足したような独特の空気を感じた。朴が率先してプランターに近づく。ハウス内は小さな森のように緑が茂っていた。先月開いた花は十分に熟している。

朴は拳を握った。

「ついに。ハーベストだね」

ハーベスト？　岩隈は朴とは異なるイントネーションで言う。

「収穫祭」

隣で朴が言い、大麻に実った大きな花穂をまじまじと見つめる。よく目を凝らすと、琥珀色の産毛のようなものに覆われているのが見える。それに軽く左手の指を這わせてみると、べたついているのが分かった。

葉の茂るハウス内は十一月にしては暑く、朴はブレザーを脱ぐことにした。それに準じて、矢口と岩隈もそのようにする。脱いだブレザーを小脇に抱えた。

「ここを取るんだっけ」

「そう。この部分を乾燥させて、粉末にする」

怪我の功名で手に入れたコレが、やっと役に立つわけだ。朴はやる気持ちを抑制しようと思いつつも浮き足立つ。ふたりにハサミ持ってない？　と尋ねる。岩隈も矢口も持っていないようだった。

「藤木くんからマチェーテ借りてこようか」

そうだ。朴は岩隈の言葉で、化学部の部室にはなぜかそれがあることを思い出す。

「ありがと。頼む。あとハカリとか、あれば」


岩隈は部室棟の階段を下り、一階にある化学部部室の扉をノックした。引き戸を開ける。

「失礼しまーす。藤木くん、いる？」

「げっ。岩隈かよ」

扉に一番近いところにいた今村が言った。部屋の奥のほうで部員たちと会話していた藤木はしばらく経ってから彼女に気づき、にこやかに駆け寄ってくる。

「あっ。いいい岩隈せぱっ、先輩」

「藤木くん。ちょっとマチェーテ借りていい？」

「あ、どうぞ。そっそそこのロッカーに。は、入ってます」

部室の奥に三つ縦長のロッカーがある。左からひとつずつ開けていくと、右端に収納されているのを見つけた。ここにいるのは全員スポーツとは無縁の人間であるはずなのだが、その中にはマチェーテの隣になぜか木製のバットが立てられていた。

「なにに使うんだよ」

今村がマチェーテを肩に担いだ岩隈に口を挟んだ。

「ちょっと、切るものがあって」

「なにを切んだよ」

「お前の家族の首だよ！　そのあとお前」

岩隈は刃先を今村に向けた。藤木が遠くから笑う。マチェーテを持ったまま部室を出て階段を上がる。途中何人かの生徒に出くわしたが、これといって奇異な反応をされることはなかった。

朴はマチェーテをナイフ代わりにして、次々に花穂、バッズを収穫した。化学部部室から持ってきた計量器でそれらの重さを測っていくと、合計で二キロほどあることが分かる。想定よりも多く収穫できたのは、日のよく当たる屋上だったからだろうか。学校は大麻を栽培するのに向いている。

「えっと……仮に一グラム五千円で売るとして、五千かける二千でしょ」

「一千万？」

朴より先に暗算を終えた矢口が合計を口にした。彼女は両手の指を使っても九までしか数えられないが、この中で最も計算に強い。

「一千万⁉」

「一千万」

彼女たちは夢想的な金額を口にし、皮算用を開始した。これらを一週間程度置いて乾燥させると、小指の関節ほどの量でも莫大な価値を持つようになる。

「……ちょっと落ち着けよ。懸念しなくちゃならねぇことがあるだろ」

岩隈はしきりに瞬きを繰り返しつつ、朴と矢口に視線を送った。

ああ、うん。そうだね、と朴は頷く。

「まず、金に目がくらんで仲間割れして、この計画も全部バレて……」

「うーわ。怖」

その可能性は否定できない。朴はおののく。

「ティーンエイジャーの犯罪モノにはお決まりの展開だね。まして女が主人公だと」

矢口は皮肉っぽくにやついた。

「朴秀実、基本なに考えてるか分かんねぇからなぁ。裏切るとしたらお前だよな」

「確かに。言えてるわ」

「はぁ⁉『ストレンジャー・シングス』でも言ってんだろ、『友達はウソつかない』って……。つーか、お前らごときに私の思考を読めると思うなよ」

朴は左右それぞれの指で岩隈と矢口の額を指差した。

「ところで、どうやって売んの？」

矢口は話題を切り替えようとした。

「通信履歴が残らないＳＮＳアプリがあるんだ。それで客とやりとりする」

岩隈はふぅん、と相槌を打つ。

「まるで犯罪だな」

「人聞きの悪いことを言うんじゃないよ」

ハウス内で一番日当たりのいい位置に、収穫したバッズを入れたカゴを置いた。武智たちの一件以降、屋上の扉にダイヤル錠をつけることにした。四桁の暗証番号は『２００１』。

彼女たちは化学部にマチェーテを返却することを忘れていた。そのことについて藤木も追及してこなかったため、それはハウス内の角に立てかけられ続けることになる。屋上から外に出る。

朴は入念にダイヤルを回して数字をシャッフルした。今は「完成品」がそこにあるわけで、より一層セキュリティに気を配らなければならない。

「あのさぁ。ちょっと、思ったんだけど」

岩隈は最寄り駅で電車を待ちながら、ふと口を開いた。五分前の一本を逃したため、次に来るのは三十分後だ。

「なに？」

「あれってさぁ。たしか、接木《つぎき》したらまた新しく生えるんだよね」

「そうだね」

接木によって一本の茎から新たな苗を量産するクローン栽培はトマトなどで行えるが、同じことが大麻でもできるらしい。理論上、今生えているものを使って永続的に収穫を続けることができる。

「ちょっとした思いつきなんだけど」

断りをいれてから続ける。当初の計画からは逸脱する考えだったから、岩隈は少しためらった。

朴と矢口が頷き、言葉を待つ。

「私たちは再来年卒業するわけだけどさ、こう、この活動をさ、後輩に継承してくってのはどうかな。金に困ってるヤツ、私たちの学校にいっぱいいると思うんだ」

たとえば藤木のような人間が、この町から抜け出すための手立てになるのではないか。というより、岩隈にとって、「誰かのためになる」という大義名分があるとこの「活動」はずいぶんやりやすくなる。

つまり、と矢口は言う。

「今から何年後とかに都市伝説化するわけか。なんの変哲もないクソ田舎の底辺工業高校にはある噂がある。表向きは園芸同好会だが、その実体は犯罪クラブとして秘密裏に活動している組織であるという……」

「最高じゃん、それ。組織名考えよう」

朴がそれに手を打つ。

岩隈は苦笑した。そういうことじゃないんだけど。

「まぁ、私的には、誰かのためになるって思ったほうがやりやすいな、っつーか」

矢口はなるほどな、と頷く素振りをみせたが、朴はきょとんとしている。

岩隈は朴に「え、そりゃあ、格安で大麻を提供するんだから、誰かのためにはなってるっしょ」と心の中でアテレコし、勝手にビビった。こいつはこういうこと言うから。

「岩隈ちゃんってこの中だと、案外一番ナイーブだよね」

それはまぁ確かに。朴の軽口に顔をしかめはしたが、否定はしない。

「ナイーブなのは悪いことじゃないと思うけどね。イワクマコみたいなヤツがひとりいると組織はうまく回ると思うよ。とくに犯罪をする場合には」

矢口の言葉に自ら、まぁね、と同意する。

「たしかに。お前ら気ぃ狂ってるから、私みたいな常識人枠が必要だよな」

おい！　朴が食い気味に言い、彼女を睨みつける。

「お前も大概だろって」

大げさに笑いながら、岩隈は自分の過去を総括した。屈託なくヒドい冗談を飛ばしあえる相手がいるのは、今だけだった。ただ、「親友」というより「共犯者」というくくりなのが残念なところだけど。もっとこう、みんなでバンド組む話とかだったらよかったのに。

「でさ。せめて、誰かのためになれば……こう、悪人は悪人でも、良い悪人っているじゃん」

「悪人にも事情があって、って？」

岩隈は矢口が付け加えた言葉に頷く。

「事情がない人間なんていないよ」

朴が言う。

「現実に因果応報なんてないからさ。そんなもんクソだ。やり方次第で、応報される前に因果から逃げ切るのだって余裕！」

薄寒い閑散とした駅のホームで電車を待つことほど空虚な時間はないが、岩隈たちは自らの設立した犯罪チームの名前を考えることでそれを埋め合わせた。

「ザ・なになにズ、にしたくない？」

「バンドかよ」

「あ、思いついた」

朴は右手の指を擦り合わせて音を鳴らそうとしたが、そこそこ寒い外気のせいで手がかじかみ、ままならなかったらしい。パスッ、と気の抜けた摩擦音だけが聞こえる。

「オール・グリーンズ。ジ・オール・グリーンズ」

オール・グリーンズ。矢口と岩隈は口々に、若干小馬鹿にした口調でその造語を口にした。

「マリファナって隠語で『緑《みどり》』って言ったりすんのね。日本語のラップとかレゲエとかで。そのグリーンと、システム・オール・グリーン。つまり、万事快調ってこと」

ネーミングの意味を自分で解説すんの、ちょっと恥ずかしいけど。

「ライングループの名前、オール・グリーンズにしようか？」

「いいよ別になんでも」

やっと電車が来た。


最初の客はジャッキーだった。彼は一万五千円で三グラムのバッズを朴から直接購入した。深夜の公園で、朴はリュックサックから三冊の文庫本を取り出した。馳星周の『虚《うつろ》の王』、村上龍『コインロッカー・ベイビーズ』、ジョー・ヒルの『ハートシェイプト・ボックス』。いずれもブックオフの百円の値札シールが貼ってある。中のページはくり抜かれており、そこに一グラムずつパウチパック入りの乾燥バッズがねじ込まれている。この細工をするためには、少なくとも五百ページを超過している必要がある。

ジャッキーは朴から受け取った三冊のうち、『虚の王』のページをパラパラとめくってみたのちに呆れたように笑った。

「すげぇこと考えるなぁ」

文庫本に仕込んでカモフラージュする手法を提案したのは岩隈だった。

「本棚にしまっとけばバレないね。一応、『ノーザンライツ』と『スノーホワイト』と『グリーンヘイズ』が一グラムずつ」

朴は品種の名前を列挙したが、正直なところそれらの違いはよく分かっていない。それ、マリファナの名前？　かっけぇんだな。ジャッキーは感心していた。

「俺んち本棚ねぇや。逆に怪しまれそうだなぁ。普段本なんて読まないから」

「『コインロッカー・ベイビーズ』は読んどいたほうがいいよ。超ヒップホップだから」

これはページの真ん中が欠落してるから読めたもんじゃないけど。

ジャッキーに、どんな話なの？　と社交辞令的に尋ねられた。この時期の村上龍の、文章をページいっぱいミチミチに詰めるスタイルの作品は、彼にとって荷が重いだろうけど。

「産まれてすぐコインロッカーに捨てられた双子がいろんなとこ旅したり、歌ったり、テレビ出たり、刑務所入ったり、あとなんかめちゃくちゃ暴力振るったりして、最後には東京を壊滅させんの」

「へー。めっちゃいいじゃん。それ」

「ジャッキー、紙巻きタバコって吸ったことある？　葉っぱ入れて自分で巻くヤツ」

ジャッキーはかぶりを振った。

「それか、空き缶があれば吸えるよ。試してみる？」

空き缶？　ジャッキーは怪訝に小首をかしげる。

「ここで？」

「まさか。どっか、人目につかないとこ行こ。あ、ジャッキーんちは？　空いてる？」

「いや、うちは……人が入っていい状態じゃないから」

「そっか」

人目につかないとこ、を探して彼女たちは歩き回った。駅前から国道へと出る。しばらくあてもなく進むと、四方をフェンスで囲まれた原子力発電所が見えてくる。

「ジャッキー、こん中入ったことある？」

発電所と思しき建物がぼんやりとライトアップされていた。たしか、と朴は考える。このでっかい湯沸かし器は、今は稼働していないはずだ。

「あるわけなくね」

敷地内には発電所の設備のほかに一般入場可能な科学館があり、記憶はおぼろげだが、そこには朴もジャッキーも行ったことがあるはずだった。この地域の小学生は、必ず遠足でそこに行かされる。それでもって、原子力がいかに便利でクリーンなエネルギーであるか、放射線がいかに安全で無害なものであるかを教え込まれるわけだ。この村に暮らす以上、それを知っておかなくてはならない。原発がイヤなら家の外に出るなって、村長が言ってたからね。

朴は話を切り出した。

「この前、友達と昔の映画見に行ってさ。日本の映画。主人公は冴えない中学の教師で。そいつがひとりで原爆を作って、国家を脅迫するんだ」

「へぇ」

会話を続けながらも歩みは止めない。さすがに肌寒くなってきた。

「原爆を作るためにプルトニウムを盗むシーンがあるんだけど、どうするかっていうと、ここ、東海原発に忍び込むの！　そこがかっこよくてさ」

朴は思い出す。夏休みのある日、この近くの地域のミニシアターはリバイバル上映を行なっていて、矢口は浮き足立って自分と岩隈をそこへ連行した。

「その映画だと、ＳＦの宇宙船みたいだったよ。原発の中」

「すげー」


とくに理由もなく、朴たちはふと目についた潰れたガソリンスタンドに侵入した。何年も前に営業が終わったきり放置されたのであろうそこの外装はひどく錆び付き、地面のアスファルトには苔が生えている。

「こことかいいじゃん」

「それっぽいな」

彼女たちは道路から見えない位置、建物の裏側に回った。そこにしゃがみ込む。朴はあらかじめ自販機で買って空にしておいた空き缶を手に取り、中心に力を込めて押し込んで表面をくぼませる。そして、手持ちのボールペンの先でそのくぼみにいくつも穴を開けた。これは矢口に教えられた手法だった。ギャング映画でこういうシーンがあったらしい。朴は手際よくそれをふたつ作る。『虚の王』にねじ込まれていたパウチパックを開け、乾燥バッズをふたつに割った。それをそれぞれのくぼみにのせる。

「ライター持ってる?」

「うん」

「飲み口を口に当てて、バッズを火で炙りながら出てきた煙を吸うの」

朴はライターを点火した。缶の上のバッズを燃やしつつ、スウッ、と大きく音を立てて煙を吸引する。見様見真似でジャッキーもそれをやり、激しく咳き込む。

「最初はみんなこうなるから。落ち着いて。タバコみたいにすぐ吸って吐くんじゃなくて、ゆっくり、煙を口の中に溜め込む感じで……」

朴はとうとうと語った。酩酊効果を含むTHCの成分が脳に染み込んでいく。目まぐるしいほどの覚醒と、抗いがたい睡魔が同時に巻き起こる。

彼女はこの間の出来事を思い出す。収穫から乾燥、マリファナ作りのための工程がすべて終わって、売る前にまずは自分たちで試してみよう、という運びになった。家族がみな外出していて誰もいない、岩隈のアパートがその舞台になった。正直朴はこの瞬間を心待ちにしていたから、事前にアマゾンで紙巻きタバコのペーパーとフィルターを購入していた。

「さてと、はじめますか」

朴は岩隈の自室をじろじろと眺めるのもほどほどに、パン、と手を叩いた。ハサミで細かく砕いたバッズをペーパーでフィルターと一緒に巻き、端のノリを舌で舐める。筒状になったそれの先端をねじると、ヒップホップのミュージックビデオでおなじみのそれ、いわゆるジョイントが出来上がる。『グリーンヘイズ』を一グラムほど巻いたジョイントを咳き込みながら三人で回していると、全員がそれぞれ数回吸ったあたりで様子がおかしくなりはじめる。

「なんか思ったより、普通……あれ？　あれ、あれ、あれあれ？」

突然視界が揺れた。朴はジョイントを岩隈に手渡しながら、自身の平衡感覚が狂っていくのを自覚した。

「あれ？　岩隈？　いる？」

朴はふらふらと立ち上がった。近くにあったクローゼットにつかみかかり、中身を無造作に投げはじめる。

「は、おい、お前、なにしてんの？」

「……あ、ごめん。ちょっと、あれ？　ああ」

朴はクローゼットの中身をあらかた出し終えてから、岩隈の声を認識した。

「めっちゃ頭おかしくなってんじゃん」

矢口はその様子をゲラゲラ笑いながら眺めていた。

朴はそんなに面白いか？　と自問自答はできるのだが、笑った状態から表情を変化させるのがままならなかった。朴はクローゼットの対の位置にあった本棚に目をつけ、そこまで這いずっていった。その過程で、テーブルの上に置いてあったものをすべて蹴散らした。床にあったエアコンのリモコンを握りしめると、カバーを開けて中の乾電池を抜き取る。それを窓に向かって投げた。ガラスにヒビが入る。

「お前、やめろって、人の家を壊すな……」

岩隈は朴を止めようと腕を伸ばそうとするが、うまく身体が動かせないようだった。あたかも水に潜っているかのように、ふわふわとした浮遊感が全身を包み込んでいた。なるほど、「飛《ト》ぶ」っていうもんな。こういうことか、と思う。

「いいぞ……全部破壊しろ！」

矢口が手を叩いた。朴は部屋じゅうを駆けずって暴れ回ったのち、床に仰向けになって静止した。

「死んだ？」

矢口がにやつきながらそれを覗き込む。

「生きてるな。残念なことに……」

「なんか腹減ったな」

ふと、朴は欠伸混じりに言った。

「確かに」

岩隈と矢口も頷いた。全員が同時に空腹を感じることなどあるだろうか。強烈な食欲促進はマリファナの効能のひとつだ。

「岩隈、なんかない？　食べ物」

「まかせろ」

岩隈はよろよろとキッチンに向かった。自分の家の構造がなんだかよく分からない。部屋を出て、扉を二回開けて数歩歩くだけなのだが、それが途方もないものに思えた。やっとのことで台所にたどり着き、戸棚を開ける。チョコパイとポテトチップスを手に入れて部屋に戻る。

その間、岩隈は音楽を聞いた。幻覚かと思ったが、朴が暴れた拍子にコンポの電源が入ったらしい。たまの『さよなら人類』が音割れをともなって最大の音量で流れていた。コンポは姉の私物であったから、朴と矢口によって破壊されやしないかと懸念する。

今日 人類がはじめて 木星についたよ ピテカントロプスになる日も 近づいたんだよ

「うるせぇな！　消せ消せ！　ゲーセンかよ！」

岩隈はコンポの電源を殴って止めた。そののち、床に大の字になって寝そべっている彼女たちにチョコパイのパッケージを強めに投げつけた。

「ほら！」

「あ、ありがと！　やったぁ」

朴と矢口はそれに飛びついた。パッケージを破り、飢えた野良犬のようにそれにむしゃぶりつく。岩隈はその様子を見て、餓鬼だな、と思うが、自身にも湧き上がってくる得体の知れない食欲もまた抗いがたいものだった。ふと目を離した間に、十個入りのチョコパイはすでに無くなっていた。雑に破られたパッケージだけが床に散らばっている（ポテトチップスもそうだった。岩隈は彼女たちがそれを開封する様子すら見ていなかった）。

「お前ら……マジかよ！」

「あ、ごめん」

矢口は咀嚼したままハッとしたような表情をみせた。

「なんかほかにないの？」

「ねぇよ！　冷凍食品くらいしか」

「いいじゃん。それでいいよ」

朴は岩隈が投げつけた、凍ったままの冷凍のピザにかじりついた。この世でこれよりうまいものはない、といった様子で、それに集中していた。ハイになった状態だと、なに食ってもうまく感じるらしい。これが食事の歓びか。

「おい、独り占めすんなって。私にもよこせ」

矢口が朴につかみかかる。

「うるせぇ。矢口美流紅にはやんねー。なにがミルクだよ。しょうもな。ミルクちゃーん」

朴は挑発的に食い下がる。

「今それ言う？　今さら名前イジりとかやる？」

「九進法の女は黙れよ」

「指の数イジんな！」

数時間経ってから、岩隈たちは正気を取り戻した。さながら空き巣が入った後の様相となった部屋、乱雑に散った食品のカスやパッケージを前に、なんとも言えない気持ちになる。

「法律で禁止されてる理由、なんか分かった気がするな……」

「みんな初体験だったからさ、やり方がよくなかったんだよ、多分」

マリファナには気分を高揚させる「アッパー」系のものと、対照的に落ち着かせる「ダウナー」系のものがある。今回彼女たちが服用したものは前者だった。


朴は細部まで回想を終え、そういえば、と我に返る。ジャッキーは？　隣にいたはずがどこかに消えていた。表面の焦げた空き缶を捨て、廃ガソリンスタンドの敷地を探し回るも、どこにも見つからなかった。しばらく名前を呼びながら姿を探したのだが、返事すら返ってこなかった。先に帰っちゃったのかな？　そんなわけはないのだが、若干酩酊効果が続いていたため、まぁいいか、と割り切ってそのまま帰宅してしまった。

売り上げは想像以上に好調だった。捌き方はシンプルで、ＳＮＳで客に指定された場所、たとえば水戸駅南口のトイレとか、駐輪場の隅とかに向かい、現金と商品を交換する。朴たちはそれを繰り返すことで、二週間で五十万円ほどの稼ぎを得た。客と直接の受け渡しを行うのはもっぱら武智で、朴は彼を日給三万円で雇っていた。

「これが、たったひとつの冴えたやりかた」

放課後、朴は屋上のビニールハウスにて、角に積み上げられた在庫の乾燥バッズを眺めながら言う。栽培が終わったあとも、この屋上は彼女たちの活動の根城となっている。

「ここまでうまくいくと、逆になんか怖いんだけどね」

矢口はわざとらしく肩をすくめてみせた。

「まぁ、べつに悪いことしてるわけじゃないし」

「悪いだろ」

矢口が食い気味に朴を制したのち、そうだ、と切り出す。吹奏楽部の演奏がささやかな音量で聞こえてくる。『ワルキューレの騎行』だ。

「今は一グラム五千円で売ってるけど、単価をもっと上げられる方法があるらしい」

そもそも捜査が厳しくなっている現在において、五千円はかなりリーズナブルな価格設定だった。

「どんな？」

「この前ネットで見たんだけど、大麻に熱を加えながら圧力をかけると樹脂が抽出できて、ワックス状になるんだって。ハイになる成分がより純粋に味わえるから、価値が高い。〇・五グラムで一万くらいの値段で売れるかも」

矢口はスマホを取り出してユーチューブを起動した。アメリカ人の男性が英語でそれの作り方を解説している動画を再生する。筒状のガラス器具にガスを注入し、バッズから液体を分離させていた。それが「ワックス」になるらしい。

「化学部にガスボンベとかビーカーとかあるっしょ。それで代用できると思う」

朴はへぇ、と感嘆した。わりと学校はマリファナを作るのに適した施設なのかもしれない。

化学部？　と岩隈は小さく繰り返す。

「イワクマコ、化学部に後輩いるでしょ？」

「いるけど……」

「化学部と手を組むか。チームにしよう」

朴はビニール越しに夕暮れを見ながらつぶやく。文化部が結託すれば億万長者にだってなれる。

「まぁ、人数増えるとリスクあるけど。化学部って部員少ないんでしょ」

矢口は自分の爪をいじりながら言う。リスクとは言ったが、その口ぶりから、そこまで深刻に懸念しているわけではないように朴には思えた。

「五人しかいない」

「どんな連中なの？」

藤木とのつきあいで、岩隈はほかの部員とも顔見知りになっていた。彼女が言うには、軒並み意気地はないが、信用は置けなくもない、とのこと。

「なんつーかな。みんな、『インターネット』って感じかな」

「ネットなんてクソだよ」朴は言った。

岩隈は思考の末、藤木たちにこの活動を継承するのも悪くないアイディアであると思うに至る。彼らだって、この地域にとどまっているべきではない。抜け出すための手段が要る。

岩隈は化学部部室の扉をノックした。

「げっ。岩隈かよ」

今村が扉が開かれると同時に振り向き、顔をしかめる。

「そういや、ふだん化学部ってなにやってんの？」

部室の中を見渡し、藤木の姿を探す。

「化学だよ」

「ふーん。藤木くんいる？」

「あ、は、はい。いっいいいます」

声だけがした。その方へ視線を向けるが、誰もいない。ひとりでにロッカーが開き、中から身をよじりながら藤木が出てきた。

「なんで？」

「あっ、とっ、とと扉の建て付けが、わっ、わわ悪くなってたんで。なな直してました」

確かに、藤木は右手にドライバーを持っていて、頭にバンド型のヘッドライトをつけていた。

なんで扉を直すのに中に入る必要があるんだよ。絶対ヘッドライトを使いたかっただけだ。岩隈は苦笑する。

「器用だな」

そんなことないですよ、と藤木は分かりやすく照れた。ところで、と岩隈は声色を変える。

「藤木くん、ちょっと、話したいことがあって」

「なっなっ、なんですか？」

今部室にいるのは藤木と今村だけだった。都合がよかったので、単刀直入に話す。

「ちょっと金儲け、しない？」

演技であればオーバーアクトだと失笑を買いそうなほど、露骨に「不敵な笑み」を浮かべてみた。最悪、藤木との友情が決裂しかねないことを言うのだから、手に汗がにじむ。左目を閉じ、一瞬遅れて、右目を閉じる。頼むぜ。ピップ・パップ・ギー。

「どっどっ、どういうこと、ですか」

藤木は隣にいた今村と目を見合わせた。今村は怪訝な表情で顎を引く。

「金儲け？」

「そう。まず、口外厳禁ね。あと、ちょっとでも嫌だったら断っていいから、マジで」

「詐欺師の口ぶりじゃねぇか」

岩隈は失笑する。藤木は短く息を吐き、口を半開きにした。

岩隈はいちおう部室の周囲に誰もいないことを確かめるために聞き耳を立ててから言う。自分たちの「活動」についてあらかた話すと、藤木たちは愕然とした。

「お前、頭大丈夫か？」

「屋上に『実物』あるよ。見る？　なんなら、ちょっとあげようか」

藤木は放心状態になってしまった。話が突飛すぎて、ショック受けちゃった？　岩隈がその顔をそっと覗き込もうとしたとき、彼はびくっとすばやく肩を持ち上げた。

「あ、あ、あ、や、やります。や、やりましょう！」

「お前マジか」

今村が頭を抱える。

「……ホントにいいの？」

「は、はは、はい。たたっ大麻って、んっ、あ、あああアレですよね」

「アレだね」

「アレってなんだよ！　だいいち、お前も真に受けてんじゃねぇっての」

今村は藤木の脳天を強めに小突いた。

「ふたりともちょっと来てよ。一緒にさ、こんなところから抜け出してやろう」

岩隈はふたりを屋上へ誘った。藤木が率先して足を前に出したので、今村は泣く泣くそれに追随する。ＴＨＣ。明るい未来のエネルギー。

「よろしく。私は二年の朴。で、こっちは矢口。あと売り手《プッシャー》に三年の武智ってヤツがいる。ようこそ、オール・グリーンズへ……」

朴は芝居めいた口調で言った。藤木と今村はきょとんと彼女を見つめた。

「ガチなのかよ」

今村はビニールハウスの奥にバッズの山を見つけ、辟易している。

「あ、あ、ああああぁ。はっ、はじめっ、まああっ、して。いっ、いい一年の、ふふふ藤木です」

「よろしく。つーか前にちょっと会ったよね？」

朴は手を差し出した。一拍間を置いてから、藤木が恐る恐るその手を握り返す。今村は拒否した。

「藤木くんさぁ、どんな音楽好き？」

朴が初対面の人間とのコミュニケーションを得意とするとは思えないが、とりあえず自分の好きな分野での会話を試みてみるらしい。

「んもっ、ももっ、森田《もりた》、ど、ど童子《どうじ》」

「『ぼくたちの失敗』ね。一人称が『ぼく』の曲、聞いてるとちょっとモヤモヤするんだよね。私、名前が朴だから」

これは朴の持ちネタだ。たまにウケる。

「ましてや失敗するもんな。『ぼくたちの失敗』」

「あっ、あっ、あっ、すすっ、すいません」

「あ。ごめん。謝んないで……」

岩隈はあたふたしだした朴を見て、あっ、これは、と懸念する。このふたり、性格のバイブスが根本的に合ってないぞ。大丈夫か？

「私はヒップホップ、好きなんだ」

朴はその場を取り繕うようにとっさに言った。ここで藤木は小さく首をあげ、あっ、と漏らす。

「ん？　藤木くんも好きなの？」

藤木は控えめに頷いた。岩隈は内心で驚く。それは知らなかった。

彼は立ったまま、自分の膝を一定のリズムで叩きはじめた。

「一定の、リズムに乗って話すと、ちょっとだけしゃべりやすく、なるんです。ちょっと変だし、難しいから、普段は、やらないんですけど」

「へー。確かに、ラップっぽいね」

岩隈は後から聞いたのだが、藤木が岩隈から「活動」についての話を聞いたときに目の色を変えたのは、マリファナの効能で吃音が治る……というか、一時的に流暢に話せるようになる、という記事をネットで読んだことがあるからだったらしい。これに参加すれば、もしかしたら自分を変えられるのでは、と愚直に思った。あくまで金を稼ぐことについては二の次だった、と。

そして今晩、藤木は実際にそれを経験した。家でひとり朴からもらったジョイントを咳き込みながら吸引すると、たしかに、言葉がつっかえなかった。高揚感のまま知り合いに手当たり次第電話をかけてしまった。岩隈もその対象のひとりで、彼女との会話にはそのうちでもっとも多くの時間を費やしたとのこと。

「先輩。すごいです、これ。夢でも見てる気分ですよ」

「ホントに夢かもよ」

岩隈は溜息混じりに応答した。深夜にいきなり電話がかかってくるものだから、相当動揺した。あれを吸うのはもうこりごりだった。あれは人間から知能を奪い、二足歩行の獣にグレードダウンさせる代物にすぎない。

「たぶん、一時的なものなんでしょうけど。それでも！」

「なら良かったけど。あんまり朴にほだされないようにね。あいつ本性ヤバいからさ。藤木くんも今村も、協力してくれるのは嬉しいけど。無理しなくて大丈夫だから。……こんなことに巻き込んじゃって、ごめんね」

「いや。問題ないです。分かってます。きっと効き目はこの夜の間だけって。だから、先輩、ちょっと俺の話に付き合ってくれませんか？」

電話口から興奮した息遣いが聞こえてきた。家で吸って大丈夫なのだろうか。家族とか。不安要素は多くあったが、とりあえずは同意することにする。

「うん。気が済むまで聞くよ」

藤木はでは、と咳払いし、深呼吸ののちに語りはじめる。

「俺、漫画家目指そうと思うんです」

「おっ。マジで？」

確かに彼は中学の漫研で、一番絵が上手かった。

「はい。……でも俺、お話を考える才能、ないじゃないですか」

自虐的な口調だったのですぐに返答が頭に浮かび、喉まで出かかったが、飲みこんだ。あえて、こう答える。

「そんなことないよ、って言ってほしければ、何億回でも言ってあげるけど」

気を遣わないことこそが、今においては最善に思われた。まいったな、と苦笑混じりの声が返ってくる。ガサガサ、と聞こえるのは、向こうで頭でも掻いているのだろうか。

「ここで。ここでです。俺は先輩の頼みを聞いたので、交換条件じゃないっすけど。……ちょっと、ひとつ頼みたいんです」

「なにを？」

「……先輩に、ストーリーを担当してもらいたいんです。原作・作画のコンビで。中学のときみたいに」

「ははぁ。あの。『リバーズ・エッジ』のパクリの……」

「来年の『コミティア』にでも出しませんか。ふたりで、漫画描いて……」

たぶんこれは、明日になったらなぁなぁになって、そのままなかったことになるやつではないか。達観するに越したことはない、その場限りの勢いに任せた言葉に違いない。

「それ、マジ？　やるからには本気でやるってんじゃないと、私はヤダよ」

「分かってます。ガチです。今までずっと言いたかったんですけど、踏ん切りがつかなくて」

岩隈は無意識のうちに拳を握っていた。ならよかったよ。私たちは、リアリティーに満ちた、なおかつ奇抜な題材を描けるわけだから。

それから岩隈たちは、藤木が眠気に耐えきれずスマホを握ったまま倒れるまで、ずっと他愛のない会話をひたすら続けた。「大島弓子作品の最高傑作はなにか」というトピックは白熱のあまり結成が確定すらしていないコンビ関係が解消するスレスレにまで陥ったが、岩隈はその後、この夜を人生最良の夜とみなすことになった。

この晩、彼女は夢を見た。すべてのきっかけとなった朴が登場したのだが、その彼女が大麻を売っていることがバレ、警察（制服を着た男たち。漠然としたイメージの具現化である）に警棒でなぶり殺しにされる。気分の悪い夢だったが、朝、寝惚まなこで見たホームページによると、友達が死ぬ夢というのは夢占い的には吉報を意味するらしかった（「夢　友達」と検索窓に入力した時点で、「死ぬ」とサジェストされたことにはひどく驚いた）。


日曜日、朴たちは屋上に集った。全員が集まったのを皮切りに、『悪魔のいけにえ』のロンTを着た矢口が言う。彼女の胸元で血塗《ちまみ》れのレザーフェイスがチェーンソーを構えている。

「じゃあ、やろっか」

朴は手を叩き、集まった六人にそれぞれ視線を送る。

藤木がリュックサックの中から数本のビーカーを取り出した。いずれも、工業実習室から朴が盗んできたドリルで小さな穴が開けられている。今村が手元のガスボンベをそっと床に置いた。

ブタンガスは化学室にはなかったが、これもまた実習室で手に入れた。そこにそれがあることは、三年の武智と春紀に教わった。

朴は岩隈と青いビニールシートを広げ、床に敷いた。その上にトレイを置く。

矢口がビーカーいっぱいに砕いたバッズを詰め、それの口をガーゼで覆った。ゴムで堅く留める。朴はブタンガスのボンベを手に取った。遠くからこの顚末を眺めている武智と春紀は顔を引きつらせている。朴も曲がりなりにも工業高校の生徒であるから、ささいな摩擦さえも発火の原因となるブタンの危険性については重々承知していた。

朴は左手で矢口からビーカーを受け取った。右手で摑んだボンベの口を、ビーカーのガーゼで覆われた口に挿入する。ガスを注入した。

ビーカーの中で、液体だったガスが気化して蒸発する。ビーカーから緑色の液体が垂れはじめ、下に敷いたトレイに蓄積されていく。それがガスとの反応によって大麻のＴＨＣが分離したものであり、不純物のないハイになる成分だけを抽出した、ワックスとなるわけだ。しばらくそれを続けると、トレイはその液体でいっぱいになった。

「やった！　うまくいったよ」

朴は拳を突き上げた。その行為の重要性を唯一理解している矢口だけが、称賛の拍手を送る。岩隈含め、それ以外のメンバーは腑に落ちない気分を顔に出していた。

「つまり、例によって万事快調ってことだよ」

矢口は全員に聞こえるように言った。

「不安なんてもう感じないよ、だって私たちは万事快調」
朴はぼそっと呟いたが、誰も聞いていなかった。

朴たちの「活動」は一ヶ月ほどで「仕事」といって差し支えないほど板についてきた。とくに冬場となった今、衣服の中にいろいろなものを隠せてなおさら都合がいい。難題がないわけではなかった。担任との二者面談においてなにも言えず、今までなにやってたんだ？　と凄まれること（「部活動に打ち込み、大麻を栽培していました！　すでに百万円程度の稼ぎがあります！」とは言えない）や、どう考えても話の通じない買い手とのやりとりに苦心した挙げ句品物を盗まれたこと（マリファナとは比べ物にならないくらいシャレにならない薬物でハイになっている。手がつけられない）や、いちおう同好会という名目であるため、文化祭で出し物をしなくてはならなくなったりしたこと（最寄りのホームセンター『ジョイフル本田』、あるいは『カインズホーム』で買ったサボテンを並べてそれっぽく展示をでっちあげることで事なきを得た）などを経て、彼女たちは成長していった。ただ、なにもかもがうまくいったわけではない。

「あれ？　女の子じゃん。なんでプッシャーなんてやってんの？　誰にやらされてる？」
その男は今どき珍しいくらい、威圧的なほどに北関東の訛りを持った口調で言った。声のトーンは高圧的かつ、相手をみくびっておちょくるようなニュアンスを内包している。ふだん売り手《プッシャー》を担当している武智の都合がどうしてもつかなかったから、今回は朴が直接販売に出向くことになっていた。品目は十万円分のバッズと二十万円分のワックス、受け渡しは夜間、水戸駅付近の公園にて。悪くない取引に思えた。指定された公園で待機していると、その男が現れた。そして、しばらくこちらをチラチラと窺ったのち、話しかけられた。とりあえずいつものように、黙って文庫本の入った紙袋を手渡す。

私服警察ではないだろう。警察官は耳に大きなネジのようなインダストリアルピアスを開けないし、背中にゴリラが描かれたエクストララージのグリーンのパーカーを着ない。

「それ、野菜っしょ。誰の許可得てここで押してんの?」

「野菜」はマリファナのことで、「押す」とはそれを売ることを指す。隠語を扱ったことから、少なくとも堅気の人間ではないと予想できる。男は文庫本のくぼみからバッズ入りのパウチパックを抜き出し、小馬鹿にしたように鼻で笑う。それをパーカーのポケットに入れた。どう考えても、正しく金を払うような気配はない。

犯罪をする以上、警戒すべきは必ずしも警察だけではなくて、こういった犯罪者を狙う犯罪者と対峙《たいじ》する必要があるわけだ。非合法な品物を直接売買する際には、それを力ずくで強奪するタタキの存在は決して無視できないのだが、これまでそれらに遭遇したことのなかったために慢心していた。こんな田舎に犯罪のプロなんているわけないし。

万事快調ってわけにはいかないみたい。

男は歯茎を見せてニンマリとしたが、それが威嚇を意味していることは明白だった。

「ほら。ちょっとこっち来いよ」

男に左腕を強く摑まれたのと同時、朴は肩からかけていたバッグに手を突っ込んだ。中にカッターナイフが入っているはずだった。それを首筋に突き刺してやろうと画策したのだが、とっさにそれをするだけの器用さを彼女は持ち合わせていなかった。頭を切り替え、きびすを返してその場から逃げ出そうと試みる。

しかし、足払いをかけられる。朴はその場にうつ伏せに倒れ込んだ。ちょうど額が触れた位置の地面に尖った石があったため、激烈な痛みとともに出血した。

「そういうのいいから。誰の許可で売ってんだっつってんの。日本語分かる？」

うるせぇ！　私が許可する。朴は平時ならそう買い言葉を返すだろうが、今の乾いた口では言葉を発することすらままならない。できることといえば、ひとりでに起こる脚の震えをどうにか抑えるために足の指に力を込めることくらいだった。

頭部を鷲摑みにされ、強引に引っ張られる。

どうしたものか。朴は頭皮に強烈な痛みを感じるさなかに考える。

とりあえず唾を吐くことにした。幸いなことにそれは相手の目に命中し、ほんの一瞬だけ隙を生じさせた。朴は数十本の髪の毛を犠牲にしながら男の拘束をふりほどく。頭に一瞬よぎった死のイメージに萎縮させられ、総額三十万円の品物を奪われることを妥協しなくてはならなかった。一目散に逃げ出す。

この公園から十分程度走れば、水戸駅に着くはずだった。住宅地を抜け、商店街に入る。平日の夜遅くには、ただでさえ閑散とした町の外れの商店街に人通りは皆無だった。シャッターの下りた店舗の並ぶ路地を駆ける。

全身が激しく痛み、とくに脚の疲労と息苦しさは尋常なものではなかったが、背後から絶えず聞こえる男の息遣いが足を止めるのを許さなかった。少しでも走りを緩めたらたやすく捕捉されることは想像に難くない。そして、あえなくそうなった。

朴は死にもの狂いで腕を振っていたし、男はそこまで全力で走っていたわけではなかった。追いつかれたのは砕けたタイルに躓《つまず》いて転倒したためだった。彼女の痛みについて責任を追及するとしたら、その対象はタイルの舗装を怠った市になるかもしれない。

朴は足首を踏みつけられ、痛みとおぞましさに戦慄する。

右脚は捻挫したが、朴にとって幸いだったのは倒れた先にドラッグストアがあったことだった。当然シャッターは閉まっているが、それの手前にはビニールシートが被せられたカゴが置かれていた。それの隙間から、中に殺虫スプレーがいくつも入っているのが見える。おそらく、屋外で販売するアウトレット品であろうと考えられる。朴はそれに手を伸ばし、一本をつかみとった。噴射口に取り付けられたフィルムを破れば、やることはもうただひとつだ。

男は屈み、地面に這いつくばった朴の顔を覗き込もうとした。

朴は首を回し、その顔面をめがけてスプレーを噴射する。それの飛沫が届くのと、首筋を絞め上げられるのがほぼ同時で、男は首を両手で絞めながらも呻き声をあげた。

朴はよろめきながら立ち上がる。駅構内まで右脚をかばいつつ走り、終電に乗り込んだ。

帰路に着く間、巡回の警察官に話しかけられた。

警官は傷だらけの彼女の身体を見て、怪訝な顔つきで持ち物を調べた。

朴は彼の質問を出まかせでやりすごし、女の子がこんな時間にうろついてちゃダメだよ、という説教に相槌を打った。もし品物が奪われることなく、いま手元に持っていたとしたらここですべてが終わっていたわけだから、この点、不幸中の幸いといえる。

滲んだ汗が額の傷に入り込んでひどく染みた。顔をしかめる。

この事件、彼女たちが『タタキ事件』と呼んでいるそれによって、対面での販売には限界があることを知る。ネットを使った郵送販売に方針を切り替えることにし、そのためのシステムを作った。オンラインで古本屋を立ち上げ、商品はレターパックで全国各地に配送する。東野圭吾や池井戸潤の小説が一冊数万円するが、とてもよく売れる。営業範囲も県内から全国に一気に拡大した。はじめからそうしていればよかったのだが、手探りでやる事業というものは、そう円滑に進むものではない。

年をまたぐころには、矢口は顧客の信用を広く勝ち取ることに成功していた。ネットに開設した口座には絶えず収入が振り込まれる。郵送でのやりとりは売る方も買う方も気楽だ。売り上げは右肩上がりで、彼女たちはただ作った品物を文庫本に仕込んで発送すればいいだけだから、これより気楽で効率のいいビジネスはそうそうない。

ただ、往年の犯罪映画を何本か見れば分かるように、こういった行いはときおり唐突に幕を閉じることがある。トニー・モンタナは自滅したし、コワルスキーはダッジ・チャレンジャーでバリケードに突っ込んで爆死した。

勝ち逃げが許されないのは必ずしも物語の中だけではないのだと、矢口は思う。

そのため、この矢口と彼女の母親のやりとりは、時系列としてはだいぶ先の方に位置している。

狭い部屋の一室にはストーブの石油の匂いがかすかに漂っていた。

矢口は満を持して言った。

「あのさ。ちょっと、いいかな」

母親はリビングで炬燵《こたつ》に頬杖をつき、ぼんやりとテレビを見ていた。矢口の声を耳にし、どうしたの？ といつものように微笑みながら首をそちらに向けた。

矢口はこれまでで最も神妙な顔つきを意識したのだが、母親はそれを読み取らなかった。矢口は手元に持っていた紙幣の束を炬燵に置く。母親はそれがなんだかしばらく思案したのち、ん？と小首をかしげてみせる。慣用表現ではなくて、本当に首を三十度くらい傾けた。

「これ。全部で三百万あるんだけど。ふたりで半分に分けよ。で、これから私はこの家を出てく。お互いにそのほうが、今よりマシになるんじゃないかなって」

親子間のわだかまりや気まずさを金の力で解決する。矢口はその俗っぽさが気に入っていた。

炬燵の上の紙幣を指で押して、母親へ向けて近づけた。そのとき母親は矢口の小指のない右手を認識して、そっと目を逸らした。

「ミルちゃん、このお金、どうしたの……？」

「自分で稼いだ金だよ。友達と一緒に」

さすがに詳細は語れない。だからそれだけ言った。高校生の娘が突然大金を手にしたとしたら、その親は売春や援助交際を疑うだろうが、彼女の母親もまた例外ではなかった。表情に陰が生まれたことが明白に分かる。顔を引きつらせた。

母親は弾かれたように立ち上がった。そのとき、膝を炬燵の足にぶつけて、鈍い音がした。炬燵がかすかに振動する。そのまま三百万円分の紙幣をつかみ取ると、リビングから逃げるように走り出した。

「なにしてんの？」

母親が向かった先はキッチンだった。矢口はなにをしでかすのかと彼女の動向を一歩離れた先から見つめていた。母親はコンロのツマミを回す。カチカチという音を伴って、青い炎が吹き上がった。

「あっ！　おい！」

矢口は慌ててそれを制止しかかったが、母親がその火に紙幣を投げ込んでしまうほうが早かった。三百枚の一万円札はたやすく燃え広がっていき、矢口が母親を突き飛ばして栓を締めるよりも、黒々とした炭に成り果てるほうが早かった。換気扇も回っていなかったから、狭い部屋に煙と有害そうな匂いがすっかり充満した。矢口は咳き込んだ。

「なにやってんの……」

煙が目に染み、まぶたが痙攣した。目を瞬かせると目尻が湿り、それを袖口で拭った。

「美流紅」

母親もまた息苦しいようで、過呼吸ぎみに言う。

「えっと……あんたがこれまで、なにやってたかは、まぁ、なんだっていいんだよ」

母親はキッチンでうろうろしながら言葉を続けた。矢口は換気扇のスイッチを探しているのだな、と察する。どこにあったたっけ。

矢口たちがそれを見つけるよりも早く、リビングの天井に取り付けられたスプリンクラーが煙に反応した。水の流れる音がする。一瞬で部屋じゅうが水浸しになった。母親はすかさずリビングに舞い戻るが、もうどうしようもない。矢口はあーあ、と失笑する。

「美流紅」

母親にふたたび名前を呼ばれ、矢口はなに？　と小さく答える。そういえば、と思う。名前で呼ばれたのはいつ以来だったたか。まさか、このショックで正気を取り戻したとでもいうのだろうか。正気とは言っても、おかしくなる前の状態が正常であるとも限らないけれど。

「あんたの名前、なんで美流紅っていうか、分かる？」

「お父さんがつけたんでしょ」

父親については情報としてでしか知らない。娘に「美流紅」とか名付けるセンスの持ち主であるから、少なくとも尊敬に値する人物ではないのは確かだ。

「そう。アメリカに昔、ハーヴェイ・ミルクっていう政治家がいて、それで……」

矢口は思わず、母親の言葉に割り込んだ。

「は？」

「えっと、その人はね」

「ハーヴェイ・ミルクくらい知ってるよ！　ナメんな！　同性愛者の権利を守ったんでしょ。え、ホントにハーヴェイ・ミルクにちなんでるわけ？　私の名前」

うん、と母は頷く。

うわ、マジか。そんな説得力ある名前だったのかよ。早めに言ってくれよ。濡れた足元が冷えるが、それどころではなかった。美流紅＝ハーヴェイ・ミルク説が、まさかオフィシャルなものだったとは。知らずのうちに両親と感性を共有していたことが、無性に小恥ずかしいものに思えた。

「ミルクみたいな人になって欲しかったんだろうね。社会に見捨てられてる人を救えるような？そんな、優しい人に？」

母親の口調がどこか頼りなげなのは、そのフレーズが父親の受け売りだからだろうか。

「だからといって美流紅はマジでないから。自己紹介のたびにめちゃくちゃ恥ずかしいんだから」

矢口は挑発的に笑った。

「私もそう思って。今後困るから、もっと無難な名前にしようって。でも、あの人、なかなか聞かなくて……」

「もっと粘って欲しかったな」

「正直私、その人についてよく知らないし」

　びしょ濡れになったテレビをハンカチで拭きながら、母はいたたまれなそうに言った。幸いなことに、壊れてはいないらしい。スピーカーに水が入ってしまったせいで、音が変になってはいる。

「それなら映画でも見ようか？　ミルクの伝記」

　ガス・ヴァン・サント作品でなんかあったっけ。強いていえば、自分たちがやってたことっぽい映画、ヴァン・サント作品でなんかあったっけ。強いていえば『ドラッグストア・カウボーイ』か。もし自分が名付け親になるとしたら（結婚なんてするつもりないけど）ガス・ヴァン・サントにちなんで、男児だったら「讃人《さんと》」とかにしようかな。『サイコ』のリメイクという無謀な試みにチャレンジするような、勇気に満ちた子に育ってほしい、という思いを込めて。

「……そうだね」

　母親は返事に一分程度の時間を置いた。その間に、なにかいろいろなことを思い出していたのかもしれない。

「ねぇ、お母さん」

　なに？　と母親は言う。

「私、高校卒業したら上京しようと思ってたんだよ。映画の仕事したくて、現場とかでバイトしながら生活しようって。そのための金だったんだけど」

「あー……」

母親は声を伸ばす。

「大丈夫だよ。お金は、私が、どうにかするよ」

「いいよ別に。ただ、お母さんもさ、しばらくひとりでいたらいいと思うんだよ」

矢口は吐き捨てる。

父親はきっと、そこまでいい人じゃなかった。

それがある種の救いであるような気がするのだ。

「とりあえず、部屋、どうにかしよっか」

返答に詰まる母親を尻目に言う。カーペットを踏むたびに、ぬかるみのように水が滲み出てくる。

「なんか私、ずーっとボーッとしてた気がする。何年も、ずっと」

「自覚あった？　相当ヤバかったよ」

別に、許したわけじゃない。なんなら今もムカついてる。ただ、少なくとも、「敵対」から「中立」の関係にはなれたんじゃないかな。ちょっとはマシになったことは確かだね。

朴は数ヶ月ぶりにジャッキーと再会した。彼は病院のベッドから動くことができなくなっていた。

最後に会ったのは、バッズを売ったとき。彼は大麻で頭がぼんやりして道路に飛び出してしまい、そのまま国道を通りかかったワゴン車に撥ねられて重体となったらしい。

「あ、あの、ごめん」

原因が自分にあることは明らかだったから、開口一番、朴は頭を下げた。

「別に……大丈夫。俺が不注意だったからさ……」

結局、彼とはまともに会話もできないうちに面会時間は終わってしまった。

売り上げは右肩上がりで、不都合なことなどなにもなかった。自分も岩隈も矢口も、少なくとも金銭面においては幸せになれるだろう。それは確実だ。そう断言できるほど、自分たちのビジネスはうまくいっている。

それでも、こういうふうに、割を食うヤツがどこかには必ずいるのだ。ジャッキー以外にも、自分たちの売った商品のせいで不幸になる人間が、必ず。

「まぁ、まさに……メメント・モリっていうか……」

別れ間際、最後にジャッキーはそう言った。表情が見えなかったが、それはあくまで冗談であるのが明らかだったのに、朴は笑うことができなかった。

朴の弟はすっかり変わり果てた。あらゆる変化がそうであるように、彼のそれもまた、良くも悪くも、といった調子だった。

引きこもっていたときに愛していた漫画やラノベはすべて処分してしまっていたし（新しくで

きた友人たちへ迎合するためではなくて、純粋に感性が変わったことが理由……だといいな、と朴は思う）、むしろ家にいること自体が少なくなった。朴のことも「姉貴」と呼称するようになった。

まして、一人称が「俺」になった。徹底的に自己の改変を試みた彼は、文字通りすっかり別人へと変貌してしまったように思える。このツーブロックを丁寧に刈りそろえた少年が本当に自分の弟なのか、朴は不安に感じるほどだった。

ただ、先日の出来事以降、この変化後の弟には一目置いている。

ある日の夕食時、おもむろに彼は、なぁ、と切り出した。

「ちょっと。俺前から思ってたけど。それ、どうにかなんねぇかなぁ」

父はぴくりと眉を動かし、箸を持つ手の動きを止めた。母もそうで、どこか排泄を連想させる音を立てながら麺をすするのを途中でやめた。

「どうしたの？」

母は言う。

「ずっと思ってたけど、ふたりとも、メシの食い方きったねぇよ。せめて口を閉じて嚙めや」

おお！　朴は純粋に感嘆した。こんな気まずいことを堂々と言ってのけるとは。さりげなく弟に称賛の視線を送り、小さく頷いた。

きっぱりと断言された父は小難しげな顔つきになり、自分の持つ箸を見つめた。もう弟は父を恐れてなどいない。気弱な引きこもりはもういなくて、今ここにいるのは剛健で野蛮な中学生だ。

家父長であることだけを心の支えにしている中年には手に余る相手だ。

「……そっか。悪いな」

マジで？　朴はあたかも革命の瞬間を目にしたかのような心境に陥った。

その日以降、両親は食事に二倍の時間を要するようになったが、あの拷問のような音を聞くことは著しく少なくなった（皆無にはならない。一度定着した習慣は白いシャツについた染みのように、身体にしつこくこびりついているのである）。

朴は弟を抱きしめてやりたくなったが、今の彼にそれをすると最悪殴られかねないので、断念した。


「俺、前にさ、こっそり猫飼ってたって言ってたときあっただろ」

「そうだね。結局あれ、なんだったの？　いくら探しても見つかんなかったんだけど」

気配とか匂いとか、鳴き声とか。生き物がいるという情報はまったく感じられなかった。たしかに冷蔵庫から食べ物が減ったり、夜中に物音がしたりはしたのだが。

「あれは、人を匿ってたんだ」

「は？」

「だから、じいちゃんの部屋だったとこがあるだろ、俺はそこに、人を住まわせてたんだ」

「どゆこと？」

人間を飼育してたってこと？　生身の人間を？　大江健三郎かよ。

「ちょっと、あっちで話すか」

弟はリビングに母がいることを踏まえて、ソファーから立ち上がった。自室へ向かおうとする。朴もそれに続いた。

弟の部屋に入るのは久しぶりだ。壁の一部分だけ、ほかと比べて汚れておらず白い箇所がある。今まではそこに『灼眼のシャナ』のポスターが貼ってあったはずだ。

三月の夜でまだ寒かったが、弟は部屋の窓を開けた。申し訳程度についたバルコニーの柵に足をかける。朴はいきなり飛び降りるんじゃないかと思ったが、そんなことはなく、進行方向はむしろそれの逆だった。柵に足をかけ、窓枠を摑む。そのまま身をよじって爪先を伸ばす。しなやかな身のこなしを以て、弟は屋根に飛び移った。

「すご。脱獄みたいだな」

バルコニーから身を乗り出して、屋根に乗った弟を見上げる。彼は縁に座りながら、ジャケットのポケットからタバコを取り出した。

「姉貴も来いよ」

「えー、寒いじゃん。つーか、落ちたらどうすんだよ」

朴は言いながら額を掻いた。深く切った傷はかさぶたになっていて、それを隠すために前髪を垂らしていた。それが絶えず痒みをもたらす。

「こっから落ちても別に死なねぇよ」

「いや死ぬって！」

そう言いながらも、朴は弟と同じようにバルコニーを蹴った。案外高さはなく、たやすく屋根に登ることができた。

弟は朴がそれを要求するより先にタバコを一本差し出した。

「ありがと」

ライターを借りて火をつける。

「外出てなかった頃も、たまにここ登ってたんだ」

「ふぅん。……あ、そうだ。人飼ってたって話、それなに？」

「飼ってはねぇけど。むしろ、飼われてた。俺が」

「え？」

弟の口から不可解な言葉が頻出するので、思わず顔をしかめる。

「もうさ、単刀直入に言っちゃうけど。姉貴、大麻隠し持ってるだろ」

「はぁ!?」

自分が思っている以上に大声が出てしまったので、両親に聞こえてはいないか不安になる。目を見開いて弟を見る。なんでお前が知ってるんだ。匂い？

「いや、あれだよ。姉貴を告発しようとか、追い詰めようとかぜんぜん思ってないから」

「なんで……」

「姉貴を追ってるヤツがいたんだ。そいつは警官を装って、俺に寄ってきたんだよ。そんなわけねぇって、ちょっと考えりゃ分かんのにな。昔の俺、超バカだったから。そいつを家にずっと匿ってた」

「え、誰それ」

「佐藤って名乗ってたけど。たぶん本名じゃねぇよな、たぶん……」

朴は絶句した。

あいつが。あいつがずっと、自分と同じ家に潜伏していたというのか。で、弟は、そいつを……猫飼ってるフリしてまで、ずっと匿っていた。

弟の背中を押して突き飛ばしてやろうと思いはしたが、それは単なる逆恨みであると思われたのでやめておいた。ただ、戦慄が止まらないのもまた事実だった。

吸血鬼《ノスフェラトウ》は死んでいなかった。

「あいつ、やば……。なんでこんな、執着してくんの」

口元がおぼつかなかった。過去に彼に受けた仕打ちがフラッシュバックし、吐き気を催す。手からタバコが落ちる。当然拾い上げる気になどならないから、そのまま足でもみ消した。靴を履いていないことを忘れていたため、足の裏に強烈な熱を感じる。

「あいつが最後に言ったのは、姉貴がウサギを殺したからだ、って」

「なんだそれ。知らないよ。ウサギってなんのこと?」

朴の記憶に、それについての情報はいっさい残っていなかった。「ウサギ」とはなにかのメタファーだろうか、と考える。マリファナの種のことか。

「じゃあ、あいつから種を奪って、学校で栽培して売り捌いてる、ってことも全部バレてるってわけか」

朴は頭を抱えたが、弟はむしろ目を見開いた。え？　と復唱を求められたため、同じことをもう一回言った。

「姉貴、お前、それはヤバくね？」

「え、それは知らないの？」

「そういや、最近羽振り良かったよな。たけーヘッドフォンとか、デニムとか平気で買ったり……本とかＣＤも」

「数百万は稼いでるよ。マジで」

「やば。めちゃくちゃ犯罪者じゃん」

「犯罪女王《クライム・クイーン》と呼べ」

ウケを狙ったが、弟はぴくりとも笑わなかった。

「なぁ、姉貴」

遠くの暗い空を眺めながら、弟は改まった口調で言った。朴はうん、と次の言葉を待つ。

「なんでそんなこと、しようとしたわけ？」

若干時間を置いて、朴は考えた。そういえば、どうしてだろうか。

「たまたまだった。転んでもタダでは起きたくなかったっていうか」

しばらく迷ってから、佐藤に受けた仕打ちを彼に打ち明けることにした。

弟は閉口した。とっくに火の消えたタバコをくわえっぱなしだったが、新たな一本に火をつけることをしなかった。頭を抱えて深く溜息を吐く。

「あいつ、最悪じゃん」

「今でもたまに夢に出て、冷や汗かきながら飛び起きるよ」

あいつがいたからいろんな友達とも出会えたし、大金も手に入れられたと言えなくもないのだが。それで帳消しにできるようなものじゃない。

「……姉貴」

弟は言った。矢継ぎ早に続ける。

「で、なんでこんなこと言ったのかっていうと、ちょうど昨日。あいつから連絡来たんだ。久しぶりに」

「はぁ」

弟はスマホを取り出して画面を見せた。

朴は弟から受け取ったままのライターを指先で弄びながら、それを覗き込む。

写真が送信されていた。自分の通う学校の外装が撮影されていて、部室棟屋上のビニールハウスがクローズアップされている。

「たぶんあいつ、そろそろ来るんじゃないかな」

奇しくも、明日は卒業式だった。自分たちには関係ないが。

佐藤は裏口から学校の敷地内に入り込んだ。彼は父兄に紛れ込むために卒業式の日を選んだ。下調べは入念に行っていた。部室棟へ入り、階段を登る。生徒や教員と遭遇することはなかった。遠くにある体育館からは鈍重な物音が聞こえてくる。

屋上へ続く扉を見つけた。そこにはダイヤル錠が取り付けられていた。前にここに忍び込んで確認したときには見受けられなかったものだ。ペンチで強引に破壊してもいいのだが、必要以上に物音を立てないに越したことはない。

ダイヤルを手に取る。まず、朴秀実の誕生日。違う。

マリファナの隠語、０４２０。違う。

それから何度か、考えうる数字に合わせてみた。いずれも正解ではなかったため、痺れを切らして物理的に破壊しようと思い直す。バッグからペンチを取り出した。

そのとき、足元になにかが当たった。とっさに振り返る。誰もいない。

目線を落とすと、その正体が分かった。文庫本ほどの体長のネズミが廊下を走っていた。しばらく廊下を走り、奥の隙間へと消えていく。それに若干うろたえてしまった自分を恥じつつ、ふたたび扉に向き直る。

ここでふと考える。ＭＣニューロマンサー。ＳＦファンらしい。ダメ元で四桁の数字にダイヤルを合わせてみた。ＳＦといえば……。

カチャリ、と軽快に鳴り、錠が外れる。笑いを堪えずにはいられなかった。

屋上に足を踏み入れる。例のビニールハウスを見つけた。ゆっくりとそれに近づく。

「朴秀実、今日来てないの？」

矢口は一足先に登校していた岩隈に声をかけた。岩隈が操作していたスマホを机に置いてから振り返る。

「そうみたいだな。卒業式参加すんのめんどくさかったんじゃないの？」

「あー。それはありそう」

今日は下級生も卒業式に参列しなければならない。人の熱気で暖まった体育館で眠気と闘うのはなかなかに難儀だ。

「なに書いてたの？」

「え？」

岩隈が苦笑してみせる。

「さっき、なんか文章打ち込んでたじゃん。メモアプリに」

あー、と曖昧に声を漏らす。別に隠さなくてもいいか、と高を括ったらしい。

「今、藤木くんと漫画描いてんだけど。で、私はストーリー担当で……」

「どんな話にすんの？」

「高校生がマリファナを学校で栽培して……」

「おい！　現実を踏まえんなよ。まだ早いだろ。せめてあと五年くらい経ってからにしろ」

ホームルームが終わり、彼女たちは体育館への移動を強いられる。

案の定、そいつはビニールハウスに入ってきた。

朴はとっさに前方へ走った。右手に握ったマチェーテを、その胸に向かって刺すように突き立てる。

佐藤は目を見開きつつ、その襲撃を身をよじってかわす。刃は空を斬った。

佐藤はさしたる動揺を見せないまま、背中のバッグを開けた。中から四十センチ程度の鉄パイプを取り出す。

だいぶ容姿は変わっていたが、朴には明白にそれが佐藤であると分かった。

佐藤は満面の笑みを浮かべた。挑発というより、心底今の状況を楽しんでいる、といった具合だった。

「なんだよそれ」

鉄パイプで朴の構えているマチェーテを指差す。

「知らねぇよ」

そんなの、自分だって分からない。それに、こいつと会話してやる道理なんてない。朴は再び斬りかかろうと、そのタイミングを窺う。

ビニールハウスには、来年の栽培に向けて挿し木をはじめた苗が植えられている。収入で設備を強化して、それなりに板についた栽培環境を整えていたのだ。このまま順当にいけば、断続的に収穫を続けられる。

「これ、お前がやったの？　結構すげぇじゃん。これだけの規模」

「ひとりじゃないけど。友達と一緒に」

朴は刃先を向けながら言う。なんで馬鹿正直にこいつに答えてるんだ？　言ってから気づく。

「すげぇよ。才能あんじゃないの」

佐藤は一歩前に歩み寄り、朴に近づいた。朴はそこでマチェーテを振り下ろせば良かったのだが、タイミングを逃した。ただ、強く睨みつける。

そうだ、と手を叩いたのち、佐藤が言う。

「いっそ、手ぇ組むってのはどうよ。俺たちで。俺はいろんな買い手と面識あるし。たぶん、今よりずっと稼げるんじゃないかな」

佐藤の語尾が聞こえるのと同時に、朴はマチェーテを振り上げた。刃は彼の左腕に深く突き刺さり、ジャージの袖ごと皮膚をえぐった。コンクリートの地面に血が滴る。

佐藤は腕を庇《かば》いながら歯を食いしばる。

「てめぇ、ふざけん」

彼が怒鳴り終えるより先に、もう一撃、脳天に向かって刃をぶつけようとする。彼はとっさに後ろに身を引いた。近づいてきた朴の頭部をパイプで殴る。鈍い音が響く。

朴はのけぞる。手からマチェーテの柄がこぼれ落ちる。

佐藤はすかさず右手でそれを拾い上げた。

「お前がその気なら分かった。お前のやってること、全部バラしてやるよ。もう、マトモには生きらんねぇよ」

「ニュースになったらネットでウケるかも。十万リツイート。みたいな？　つーか、お前だって、潔白じゃないだろ」

朴は少しずつ後ずさりながら言う。なにか、今の状況を打開できるものはないか。なかなか整わない頭で考える。ブレザーのポケットに指を入れると、ライターがあった。前夜弟から借りっぱなしだったもので、たまたまそこに入っていた。最後の手段だ。

「それもそうかもな」

佐藤は笑った。朴はすかさずブレザーを脱ぎ、前方に投げ捨てる。

「なにやってんだ、お前」

床に落ちたブレザーに、手に握ったライターで火をつける。なかなか火がつかない。やっと袖口に燃え移ったのを確認し、背後に向かって走る。佐藤は怪訝に思ったまま、とりあえずその火を消そうとそれを踏みにじった。

今だ、と思う。ハウスの後方に、ワックスを作るために使ったブタンガスのボンベがある。それを小さな火に向かって投げつけた。

激しい爆発が起こった。一瞬でその小さな火は何十倍にも増大していく。火炎に巻き込まれた佐藤は鋭い悲鳴をあげた。服への着火を消そうと、その場を激しく転がる。

朴はバケツを手に取った。火を消すための水を汲みに行かなくちゃ。佐藤を横切ってハウスを出ようとする。そのつかの間、背中に痛烈な痛みを感じた。その場に倒れる。

佐藤が立ち上がって、マチェーテで彼女を斬りつけていた。息も絶え絶え、皮膚は完全に焼けただれている。機械音を彷彿させるような呼吸を漏らしながらも、ゆっくりと朴へとにじり寄ってくる。

外の体育館から、かすかに音楽が聞こえはじめた。吹奏楽部の演奏と、生徒たちの合唱。『旅立ちの日に』。『仰げば尊し』が陳腐化して以降の、卒業式の定番曲だ。

朴は地面を這って佐藤から離れようとする。腕を伸ばした先に鉄パイプが転がっていた。出血と熱と煙で意識が朦朧とするが、それは佐藤もまた同様のようで、朴はとりあえずはそれを拾い上げて立ち上がることに成功する。そのまま腕を振り上げると、佐藤の腹部に命中した。彼は呻き声を漏らすが、致命的な一撃には至らない。

炎は容赦なく燃え広がる。植えられた苗や外装のビニールまでをも巻き込んで、著しく炎上を続けた。バチバチ、という破裂音が周囲に響く。

朴は唐突に痛みを感じなくなった。理由は明確だった。ハウス内には在庫のバッズが保存されている。それが燃えてしまって、煙が漂ってきているのだ。

朴は深く深呼吸をした。なんだか、楽しくなってきた。声を張り上げる。

「立てよ。ぶっ殺してやる」

鉄パイプを強く握った。煙のせいで視界は不明瞭だが、佐藤がゆっくりと立ち上がったのが分かる。

「かかってこいよ」

佐藤は咳き込みながらそう返した。マチェーテを構える。

彼女たちは痛みや恐怖を喪失していた。酩酊の煙の中で、本能的に対峙する。そこに意思や目的は一切介在しておらず、ただ、野蛮な本能だけがあった。

朴は大きく笑った。佐藤の表情は、煙でよく見えない。

『旅立ちの日に』がサビの男女混声パートに差し掛かる。

朴は痛みとか、恐怖とか、闘争を阻害する感情の一切を忘却した。

前に向かって飛びかかる。


ストーブの焚かれた体育館では、換気のために窓が開けられていた。

卒業式最後の演目である、在校生の合唱。岩隈は欠伸混じりにパイプ椅子から立ち上がる。この高校に在籍してなお未練の残るヤツなど存在しないはずだから、誰も泣いてなどいない。式は淡々と、システマチックに進行した。

合唱が三番に差し掛かった時点で、岩隈、もとい全ての生徒と来場者が異変に気づく。

ピアニストが突然演奏を止めた。それに準じて歌声がざわめきへと変わる。

ピアニストが椅子に座ったまま、頭を鍵盤に打ち付けた。ガーンッ、と伸びた、激しい音が響く。コンピューターのエラー音を彷彿とさせた。額ででたらめに鍵盤が押され、めちゃくちゃな音が響き渡る。

生徒たちの混乱の声が耳に入ってくる。岩隈はなんだか頭がボーッとしていた。この感覚には覚えがあったから、混乱に乗じて前方に座っている矢口を探しにいった。

矢口も同じことを思っていたようで、ふたりは容易に合流した。

「えー、その……みなさん、落ち着いてください」

教師のノイズを伴った声が聞こえてくる。彼の声はどこか間延びしていた。館内には咳の音が蔓延した。窓から煙が入り込んでいるのが見える。ビニールハウスにはかなりの量のバッズを溜め込んでいたし、ちょうど、風はこちらに向かって吹いていた。とんでもない偶然がたまたま重なった、としか言いようがない。

「これ、ヤバくない?」

「なんで?」

ふたりは頭を抱えた。どう考えても、これはマリファナの煙なのだ。それも、かなりの濃度の。激しい叫びや笑い声が聞こえる。生徒たちの気がしだいにおかしくなっていくのが見て取れた。多くはプツンと糸が切れたかのように、その場に倒れ込むようにぐったりとした。

「え、ええ……」

「アポカリプスじゃん」

男子生徒のひとりが壇上へ上がった。窓の近くに座っていた生徒で、煙を深く吸い込んでしまったようだった。教師を肩に担いだ椅子で殴り倒し、マイクに向かって叫ぶ。ファーーーーック！　彼の他にも、吸い込みどころが悪くてハイになってしまった生徒が数人いる。

「うわぁ。マジかよ。なんで……」

岩隈は頭を抱えて漏らす。

岩隈と矢口は群衆をかき分けて体育館を出た。部室棟へ目を向ける。

絶句した。案の定、屋上から煙が昇っている。直後、体育館そばにある駐車場で激しい破壊音がした。停められていた車に軽自動車が突っ込んでいた。ヒステリックなアラートが響きはじめる。また、その後ろに位置していたワゴン車も、軽自動車の背後にぶつかっていった。敷地内で巻き込み事故が広がっていく。父兄たちの叫び声が聞こえてくる。

「とりあえず……、どうする？　あそこ、行く？」

矢口が部室棟を指差した。

「行くしかないでしょ」

ふたりはその場から駆け出した。岩隈は走りながら、スマホで朴に電話をかけた。あいつ、こんなときに限って、なにしてんだよ。

電話は繋がらない。岩隈は耳にスマホを当てたまま走る。

部室棟にたどり着く。中は煙が充満していた。袖で口元を覆いながら、そこへ入り込む。

「朴秀実は？」

「出ない」

岩隈は階段を上りながら、痺れを切らして通話を切断しようとした。

そのとき、やっと声が聞こえた。

「え？　なに？」

雑音がひどくて聞こえない。

ふたたび声がしたが、どうしてもそれは言葉として認識できない。

「なんだって？　朴？」

どうしようもない。岩隈は電話を切った。

矢口が屋上への扉の鍵が開いているのを見つけ、眉をひそめた。扉を蹴り開け、屋上へ出る。

岩隈もそれに続く。

ふたりは呆然とした。ビニールハウスが跡形もなく燃えていた。

煙に混じって、奥から人影が見えた。

「え？　マジで？　なんで？」

「話せば長くなるんだけどさぁ」

マチェーテを杖代わりにして、朴がよろよろと近づいてくる。矢口はすかさず肩を貸した。

「なんで血だるまなんだよ！」

岩隈は叫ぶ。

「とりあえず、どっか行こ」

朴はあー、とか、痛ぇ、とか、声を漏らしながら、小さく笑う。

岩隈は矢口と反対側の方の肩を支えた。

「いや、マジで。どうすりゃいいわけ」

「まぁ、これから考えればいいよ」

ゆっくりと、歩みを揃えながら、その場から離れることにした。

きっとマトモなところには辿り着けない。それでも、まぁ、いいか。

彼女たちは混乱のさなか、とりあえず、そう思った。

装丁・装画　城井文平

波木 銅（なみき・どう）

一九九九年、茨城県生まれ。大学在学中の二〇二一年、本作『万事快調（オール・グリーンズ）』で第28回松本清張賞を受賞しデビュー。

万事快調《オール・グリーンズ》

二〇二一年七月十日　第一刷発行

著者　波木《なみき》 銅《どう》

発行者　大川繁樹

発行所　株式会社 文藝春秋

〒一〇二-八〇〇八

東京都千代田区紀尾井町三-二三

☎〇三-三二六五-一二一一

印刷　凸版印刷

製本　加藤製本

組版　萩原印刷

本文書体　秀英明朝＋ちまた（城井文平）

ISBN978-4-16-391396-4